LA VIDA ES UN CUADRO DE HOPPER

Carlos Langa (Barcelona, 1977) es guionista. En televisión, ha trabajado, entre otros programas, en *Likes*, *El Cielo puede esperar*, *El Condensador de Fluzo* y *La Noche D*. Ha sido colaborador de *Carne Cruda*, *Ilustres Ignorantes* y *Hoy por Hoy* en la Cadena SER. En prensa, ha escrito en la web de GQ, en Líopardo y Tentaciones. Además, dirigió y presentó el programa de humor *Lo del Floox Show* (Flooxer).

Ha triunfado en Instagram con su serie de pinturas de Edward Hopper a las que añade sus propios diálogos y que han inspirado su primera novela, *La vida es un cuadro de Hopper*.

CARLOS LANGA

LA VIDA ES UN CUADRO DE HOPPER

PLAZA JANÉS

Papel certificado por el Forest Stewardship Council®

MIXTO
Papel procedente de
fuentes responsables
FSC® C117695

Penguin
Random House
Grupo Editorial

Primera edición: abril de 2021

© 2021, Carlos Langa
© 2021, Penguin Random House Grupo Editorial, S. A. U.
Travessera de Gràcia, 47-49. 08021 Barcelona
Diseño de la cubierta: Penguin Random House Grupo Editorial / Begoña Berruezo
© Ignasi Font, por la ilustración de la cubierta

Printed in Spain – Impreso en España

ISBN: 978-84-01-02260-9
Depósito legal: B-6.519-2020

Compuesto en Comptex & Ass., S. L.

Impreso en Rodesa
Villatuerta (Navarra)

L022609

A Lucía

Nada te dirá
dónde te encuentras.
Cada momento es un lugar
donde nunca has estado.

MARK STRAND

PRIMERA PARTE

FINALES DE JUNIO

1

Autorretrato

Self Portrait, 1925–1930
Óleo sobre lienzo, 76,2 x 144 cm

Serían las nueve y media del atardecer de un día de finales de junio cuando corría por la acera camino de la estación de autobuses cargado con una maleta en cada mano y una enorme mochila a la espalda. Una mochila real, de tela negra y con el bolsillo azul. Nada de cosas emocionales, esas las llevaba impregnadas hasta el tuétano de mi último hueso, como cualquiera a lo largo de cientos de años, no voy a dramatizar.

Perdía el autobús con el que quería comenzar una nueva etapa y, sin embargo, en lo único que podía pensar era en que yo una vez quise ser como Tom Sawyer y correr por la orilla del río Misisipi en busca de aventuras. Ya quedaba lejos aquello. Ahora solo pisaba asfalto y el único lugar que podía explorar eran las calles de una nueva ciudad. Yo quise ser Tom Sawyer, aunque seguramente estaba más cerca de convertirme en Muff Potter: el borracho del pueblo a quien Sawyer y Huckleberry Finn salvaron de la horca. Mientras corría calculé mentalmente qué edad podría tener aquel pobre hombre cuando le acusaron erróneamente de matar al Dr. Robinson y cuánto tiempo me quedaba a mí para tener sus años. Seguro que ya los había cumplido.

También pensaba, no podía evitarlo, en lo lamentable que me veía a mí mismo imaginando aquellas cosas mientras cruzaba pasos de cebra empapado de sudor y con la lengua fuera. No hay margen para la épica en la vida de algunas personas. Ni siquiera en pequeños momentos como este. Una despedida pedía un ritual algo más poético, pero la vida no suele tener brillo. Muff Potter lo sabía bien. Todo es un aprendizaje mate hacia la nada. Nunca se produce una secuencia de acontecimientos que te hagan pensar que todo lo malo valió la pena. Lo habitual es dar vueltas en un laberinto vital, volviendo cada poco tiempo a la casilla de salida, cada vez más cansado y abatido, preguntándote, en el mejor de los casos, qué ha fallado. Seguramente ni eso. Tal vez la capacidad para contar con talento el relato de nuestras desgracias pueda redimirnos. Aunque, para ser consecuentes, esta no es una buena historia.

Llegué a tiempo a la estación. Hasta pude fumarme medio cigarrillo mientras recuperaba el aliento y buscaba mi billete.

2

Autovía de cuatro carriles

Four Lane Road, 1956
Óleo sobre lienzo, 69,8 x 105,4 cm

Dejé el equipaje en el portamaletas y subí al autobús. El chófer echó un vistazo rápido al billete y lo único que me indicó fue que no me quitara el calzado durante el viaje. Oí que también se lo decía al de atrás. Y al hombre que venía después. Supuse que se lo diría a todos los pasajeros. Me alivió saber que no era nada personal. Más bien política de empresa o una razonable precaución que tomaba escarmentado por cientos de viajes malolientes.

Un par de hileras de luces azules señalaban el camino en el pasillo. Busqué mi asiento, coloqué la mochila en la parte superior y me acomodé junto a la ventanilla. Serían casi las diez de la noche, en breve saldríamos.

A esa hora, al anochecer, aquel sitio que abandonaba y que conocía tan bien me pareció un lugar extraño. Como si perteneciera a otra ciudad, a otro país. Las personas que esperaban en los andenes, las que bajan de los autobuses o los que simplemente merodeaban por allí eran de otro mundo. Tal vez de otra época. Sentía que ya no pertenecíamos a la misma realidad.

Una mujer de unos cincuenta y pico años se detuvo junto a mis asientos, miró su billete y luego el número sobre el respaldo. Me dedicó una sonrisa, enarcó las cejas y se dirigió a mí.

—Perdona —dijo en un tono muy prudente—, creo que

estás ocupando mi asiento, pero no importa. Me da igual ventanilla que pasillo. No te muevas. Ya me quedo aquí.

Se sentó, encendió la lucecita del techo y sacó un libro de su bolso. Lo abrió más o menos por la mitad, pero antes de comenzar a leer, se agachó un poco y se quitó un zapato y luego el otro.

—¿Te importa? —dijo sin dejar que respondiese—, vengo de una reunión y me están matando. No tengo edad ya para taconazos. No me delates al conductor.

Me encogí de hombros y sonreí. La mujer vestía un traje chaqueta negro, tenía media melena gris y llevaba unas gafas de pasta con la montura roja. Pensé que no encajaba mucho con los demás pasajeros que estábamos allí.

El autobús arrancó y salimos de la estación a la vez que hacía efecto el Valium que me había tomado un rato antes. La mujer se centró en su novela. Yo me puse los auriculares. Sonaba *Guaranteed* de Eddie Vedder. Coloqué mi chaqueta vaquera en la ventana y apoyé la cabeza sobre ella. Todo se volvía dulcemente borroso. Apenas recuerdo pasar por las calles de la ciudad. Esa era mi intención. Al segundo semáforo en rojo todo era oscuridad, la ciudad había desaparecido. Solo la música y la cálida voz de Eddie Vedder. No recuerdo llegar despierto al tercer cruce.

Ignoraba cuánto tiempo había pasado cuando abrí los ojos. El autobús permanecía a oscuras y en silencio. Por la ventana apenas se distinguía el paisaje, solo gotas de lluvia desplazándose por los cristales y a lo lejos una enorme factoría iluminada. La intensidad de las luces blancas de las naves, los silos y las chimeneas le daban el aspecto de un Nueva York cutre y patético. A mi lado la mujer seguía con su lectura. Una pequeña linterna pinzada en la contraportada iluminaba ahora las hojas. Cerró el libro y se dirigió a mí.

—Apagué la luz del techo por si te molestaba —me informó—. Has roncado, por cierto.

—No me he dado cuenta. Perdone.

—No soy tan vieja, puedes tutearme. Y no te preocupes. Yo también ronco mucho. Aunque lo tuyo era más bien respirar fuerte. Lo mío hizo que mi marido se fuera a otra habitación.

La mujer metió el libro en el bolso, se quitó las gafas y señaló con ellas al pasajero de delante.

—Ese no paraba de mirar hacia atrás para ver de dónde venían los ronquidos —dijo—. Le he asegurado que era algo del motor.

Me reí y volví a mirar por la ventana. La fábrica había desaparecido, pero seguía la lluvia. Aquella mujer me estaba cayendo bien. Ahora se cubría el pecho con un fular porque en el interior del autobús hacía frío. Yo la imité con la chaqueta vaquera.

—Lo de dormir en habitaciones separadas es una putada, ¿no? —comenté.

Me daba la sensación de que tenía que decirle algo, corresponder con la conversación.

—No te creas —contestó segura de sí misma—; de hecho, fue lo que hizo que durásemos veinte años. Luego me dejó por una alumna veinte años más joven. Con el tiempo entenderás que el número veinte tiene algo de mágico.

Nunca me ha gustado que me hablen desconocidos en el transporte público. Suelen ser conversaciones absurdas, un trayecto de ascensor demasiado largo. Por no decir que, la mayoría de las veces, cuando se dirigen a ti, son chalados. Comienzan a soltarte cualquier cosa, hablan sin parar y en el momento que quieres responder, siguen a la suya, con su sarta de absurdeces. No te han escuchado, ni hay posibilidad de diálogo. Aunque aquella mujer no me incomodaba. Me gustaba que me hablase. Y para nada parecía una loca.

Quizá eran los últimos coletazos de la pastilla, pero sentía una agradable tranquilidad. En aquel autobús en medio de la autopista, sentado al lado de mi compañera de viaje, pensé que todo aquello comenzaba a ir bien. Me pareció una buena señal.

La mujer sacó un paquete de su bolso y me ofreció:

—¿Quieres galletas?

—Quizá luego —dije.

—Quizá luego no queden. —Guiñó un ojo—. ¿Escapada de fin de semana?

—Qué va —contesté—. Más bien escapada a secas.

—No te voy a preguntar más, pero sea lo que sea, haces bien. Yo he tenido muchas de esas a lo largo de mi vida. Cuando acabé la carrera me fui un año a la India. Un poco a lo hippy y tonterías de esas. Y, tras separarme de mi marido, me ofrecieron trabajo en una universidad de Estados Unidos y ni me lo pensé. Mi hija ya estaba estudiando en Nueva York, pero si ella hubiera vivido aquí, me hubiese ido de todas formas.

Envidié a su hija y la vida que me había resumido en dos frases. Me daba vergüenza decirle que lo más lejos que había ido yo era a París, pero se lo dije.

—Yo lo más lejos que he ido es a París.

—Me parece perfecto —respondió—. París es precioso. Ya irás a otras partes. Eres más joven de lo que seguro llevas pensando mucho tiempo.

Treinta y cinco años me parecían bastantes. Dos más que Cristo cuando lo crucificaron, ocho más que Kurt Cobain y compañía cuando entraron en el club de los 27. Esa gente había montado y finiquitado una vida mucho más joven de lo que yo era ahora. Es curioso lo alejado que los ves cuando eres adolescente y de pronto adviertes que has superado su edad sin apenas enterarte. Es así, Cristo y el club de los 27 siempre quedarán como marcapáginas vitales.

Aunque en algo no se equivocaba aquella mujer. Siempre creemos que estamos en el último capítulo de nuestra vida, y solo es un jalón más. Resulta tan complicado vernos en la mitad de todo. Aprendí a montar en bici muy tarde, me resistía a hacerlo porque me veía patético intentando mantener el equilibrio mientras el resto de los chicos de mi edad ya hacían excursiones de kilómetros. Durante mucho tiempo pensé que ya se me había pasado la edad de aprender. Un verano nos quedamos solos en el barrio una vecina y yo, era tres años más joven. Me enseñó a montar en su bici rosa con una cesta de mimbre en la parte delantera. Yo tendría unos doce años y ahora pienso lo ridículo que resulta verse mayor con esa edad.

—Nunca es tarde, ¿no? —dije.

—Algo así —contestó con una sonrisa.

Respiré hondo y especulé en todo lo que estaba por venir. Además, sentía que era una suerte haberme encontrado a aquella mujer a las primeras de cambio. Me hacía sentir bien. Me hubiera gustado conocerla veinte años más joven.

Cogí una de sus galletas y dije:

—Supongo que esa es la razón por la que he tomado este autobús a Madrid.

Me miró extrañada.

—Te has confundido.

—¿Cómo? —No sabía a qué se refería.

—Este autobús no va a Madrid, va a Almería —aclaró.

—¿Estás segura?

—Tanto como cuando supe que mi primer matrimonio estaba acabado.

—Joder.

No sabía qué hacer. Me maldije mientras calculaba mentalmente cómo retomar el rumbo. Quizá era mejor dejarlo estar. Saqué otro Valium de la caja. Solo quería volverme a dormir y que el autobús me llevase a cualquier sitio. Eché el respaldo del asiento para atrás y me quité los zapatos.

La mujer me miró y se levantó del asiento como un resorte.

—Imagino que te habrás agobiado —dijo—, pero se lo voy a decir al chófer. En este autobús hay más personas respirando el mismo aire. No me gustan los marranos.

Vi alejarse a mi compañera de asiento con su traje chaqueta negro, sus gafas rojas de pasta y sus tacones negros de aguja.

3

Interior veraniego

Summer Interior, 1909
Óleo sobre lienzo, 61 x 73,7 cm

Lo primero que me recibió al entrar al piso fue una máscara africana colgada en la pared de la entrada. Me pareció horrible, pero imagino que a cualquiera le parecerán espantosas esas máscaras tribales de imitación. Incluso las auténticas. Tal vez le gustasen a Picasso a principios del siglo xx. Al lado de la máscara de imitación había un espejo. Me vi reflejado en él al cruzar la puerta con las dos maletas. Mi cara mostraba cansancio acumulado y unas enormes ojeras. Tenía ganas de darme una ducha y descansar un rato.

El piso estaba en calma. No había nadie en ese momento o mis nuevos compañeros permanecían tranquilos en sus dormitorios. Me gustó que un lugar habitado aún por desconocidos tuviera momentos tranquilos. Busqué mi puerta. Era la C. Las cuatro habitaciones de la casa tenían asignada una letra. No había salón, estaba reconvertido en uno de los dormitorios. La llave de mi cuarto, tal como me había indicado el casero, se hallaba en un cajón de un viejo mueble situado en el pasillo. Cogí la llave, abrí mi puerta y entré con las maletas.

Apenas eran diez metros cuadrados de dormitorio. Había una pequeña cama junto a la pared, un escritorio, un par de sillas y un armario empotrado. La ventana daba a la terraza interior del patio de vecinos. Dejé las maletas junto al escritorio y saqué un paquete de tabaco de la mochila. Sentado sobre la colcha raída de la cama me encendí un cigarro.

Al poco dieron dos golpes en la puerta abierta y se asomó un tío. No llevaba camiseta. Estaba bastante moreno y musculado. Mediría más de un metro noventa.

—¿Eres el nuevo? —preguntó.

Me levanté de la cama y fui a saludarle. Me apretó bastante la mano.

—Sí. Pasa. Soy Pablo —dije.

—Yo soy Lito. De Miguelito —aclaró—. ¿Qué te parece el piso?

—Solo he visto la entrada y mi cuarto.

—Sal y te enseño el resto.

Me guio desde mi habitación hasta los baños. En realidad era un cuarto de baño reformado en dos piezas, con un váter, una ducha y un lavabo cada una. No me había duchado desde hacía un par días. Lito continuaba con su parloteo.

—El lavabo 1 pertenece a las habitaciones A y B y el lavabo 2 a las C y D —informó—. A ti te toca el lavabo 2.

El lavabo 2 era el peor, bastante más pequeño y viejo.

—¿Tú cuál usas? —pregunté.

—El 1.

Después fuimos hasta la cocina. Lito siguió hablando.

—Yo llevo cuatro meses en Madrid —dijo—, pero me conozco ya la ciudad como si hubiera nacido aquí. Me vine de Sevilla. Allí tenía una empresa de cítricos. Iba de maravilla. Pero mi socio me dejó tirado.

Siempre son los socios los que dejan tirados. Nunca he conocido a nadie que confesara que le había metido el palo al suyo y por ese motivo el negocio que compartían se había ido a la mierda. Lito no era una excepción.

—El cabrón pilló la pasta y se largó a Argentina —siguió, con su rostro cada vez más tenso—. Tuve que cerrar la empresa.

Ahora se le marcaban los músculos de las sienes.

—Qué putada —dije, en solidaridad con los socios traicionados.

—Aquí trabajo de barman. Dos meses de antigüedad y ya soy encargado. He pasado a muchos que llevan años.

En la cocina, Lito me mostró dónde estaban los productos de limpieza, cuál era la balda de la nevera que me correspondía y mi zona de los armarios.

—¿Curras cerca de aquí? —pregunté.

—En la calle Ponzano —me respondió sin mucho interés—. ¿Sabes que me follé a Elsa Pataki?

—¡Vaya!

Ese giro no me lo esperaba.

—Menuda cara se te ha quedado —su rostro, sin embargo, se había destensado—, tendrías que verte. Pataki cumplía diecisiete años y yo tenía quince, pero yo estaba muy desarrollado para mi edad. Fue en Salou, entre dos barcas.

Aquel muchacho no me había concedido ni cinco minutos de cortesía para lanzarse a contar el mejor momento de su vida. Me preguntaba qué haría a partir de ahora si ya había sacado su as de la manga.

—¿Cuál es la tía más top que te has follado? —me preguntó, mientras abría la nevera y cogía una par de pechugas de pollo.

—No sé —dije.

Lo que no sabía muy bien era a qué se refería con top.

—Bueno, no todos podemos follar con tops —siguió Lito—, qué harían las normalitas y las feas.

Soltó una fuerte carcajada y colocó las pechugas de pollo sobre una sartén.

—Esta plancha es mía —me indicó muy serio—. No del piso. Es antiadherente y de la mejor calidad. Solo la uso para las pechugas de pollo y de pavo. Si la necesitas, pídemela.

—Lo haré —dije, pero yo estaba interesado en otro tema—. ¿Cómo sabes que era Elsa Pataki?

—Porque yo me la he follado y tú no.

Ahí concluyó el tema Pataki.

Aunque Lito estaba lanzado; ya no había qué o quién pudiera detenerlo.

—Ese año además debuté con los juveniles del Caja San Fernando, era con diferencia el jugador más joven del equipo. Ganamos la Liga contra el Barça con un triple que me marqué en el último segundo de la final. Desde ocho metros.

—Un gran año —indiqué.

—Ya te digo. ¿Te gusta el baloncesto?

—Ahora casi ningún deporte.

—A mi bar vienen muchos jugadores del Real Madrid —dijo orgulloso—. Soy colega de algunos de ellos. No tienen permiso para salir de fiesta, pero muchas noches se pasan por allí a escondidas porque les flipan mis gin-tonics. Tienes que venir y te presento a los chavales.

—Pues igual me paso —sugerí—. ¿Dónde dices que estaba el bar?

No me dio ninguna referencia.

—Oye, ya no fumo —dijo—. Pero te he visto con un cigarro. ¿Me invitarías a un piti?

Fui a mi habitación, cogí el paquete y le di uno. Saqué otro para mí. Cuando lo fui a encender, me detuvo con la mano y señaló hacia el patio interior.

—Para fumar, mejor allí. No fumamos dentro del piso. Al casero no le gusta. Si te lo enciendes dentro de tu habitación, el humo llega al resto de las habitaciones. No lo hagas.

Fuimos hasta el patio. En el alféizar de la ventana que daba a mi cuarto había un tapón viejo de un bote de detergente. Lo cogí como cenicero. Fumamos sin hablar durante un rato. El suelo estaba lleno de pelusas y polvo. También había en un rincón herramientas oxidadas, un cubo y una fregona . A los cuatro lados se veían balcones y ventanas hasta llegar al sexto piso. Un diminuto cuadrado de cielo azul se distinguía en lo alto.

—Lo de la Pataki fue espectacular —insistió.

—Claro.

—Algún día te contaré cuando Pau Gasol durmió borracho en mi casa de Sevilla.

—Creo que voy a darme una ducha —dije.

Lito levantó su mano como barrera.

—La ducha de tu cuarto de baño está estropeada. Puedes usar la mía, pero no te acostumbres. —Apagó el cigarro en el tapón y se fue a su cuarto. Le oí refunfuñar a lo lejos—. Y al acabar seca bien el suelo.

Me quedé allí mirando mi habitación desde la ventana interior del patio. Distinguía la colcha granate y el paquete de tabaco sobre ella, las maletas en el suelo y el escritorio vacío. No sabía si dormir primero y ducharme después o ducharme primero y después pegarme un tiro.

4

Domingo

Sunday, 1926
Óleo sobre lienzo, 73,6 x 86,3 cm

Al abrir los ojos no recordaba dónde estaba. Apenas entraba luz por la ventana. En la penumbra pude distinguir algunas de mis cosas. Tardé unos segundos en ubicarme. Era domingo. Estaba en Madrid.

No sabía cuánto tiempo había dormido, pero me sentía cansado. Todos los músculos de mi cuerpo estaban entumecidos y tenía las articulaciones rígidas. Me levanté y me quedé sentado unos segundos sobre la cama.

Por la ventana que daba al patio entraban las voces de los vecinos. Podía oír una discusión entre un hombre y una mujer. Ella le acusaba de gastarse todo el dinero en el juego. Le reprochaba que tenían un hijo al que no podía ni comprar pañales. El hombre hablaba tranquilo, soltaba una palabra de vez en cuando y apenas podía entender lo que decía. Alguien gruñó y ordenó que se callasen, y entonces sí oí perfectamente al hombre. Su voz sonó contundente y hueca a la vez. Amenazó al vecino con aplastarle la cabeza. Después se hizo el silencio.

Aproveché la calma vecinal para hacer balance mental de todo lo que tenía pendiente. La prioridad era buscar trabajo. A partir de ahí ya iría organizándome. Pensé que podía visitar alguna empresa de trabajo temporal. Sería la manera más rápida de conseguir un empleo. No tenía problema en currar de cualquier cosa, era lo que había hecho toda la vida, aunque mi intención era encontrar algo de camarero por el centro de Madrid. Eso me permitiría conocer gente de la zona y quizá poder trasladarme allí. Aún no conocía mi barrio, pero no quería quedarme en él; mi intención era vivir en cuanto pudiese por Malasaña, Chueca o La Latina.

Salí de la habitación. La casa estaba en silencio y todas las puertas cerradas. Busqué en el patio algo que sirviera de cenicero y me encendí un cigarro. Traté de adivinar de qué piso provenían los gritos, pero era imposible saberlo. Ahora todo permanecía en calma. Solo se escuchaba el ruido de alguna lavadora y el sonido rítmico de cubiertos golpeando platos. Una figura se asomó por un pequeño balcón del tercer piso. Era un tío con melena negra y revuelta. La camisa abierta dejaba ver un torso delgado y curtido por el sol. Me miró, dio un último trago a la lata de cerveza y la lanzó a la terraza contigua a la de nuestro piso. Después escupió y desapareció.

Dejé el patio, me di una ducha rápida en el cuarto de baño de Lito y bajé a la calle para dar una vuelta por la zona. Caminé sin saber muy bien dónde ir. Encontré un kebab y entré a pedir algo para comer. Me pillé el menú más barato y me senté a una de las dos mesas viejas con publicidad de Mahou que tenían en la terraza. No había nadie más. En la acera de enfrente vi una oficina de trabajo temporal Adecco. La visitaría al día siguiente.

Las calles se hallaban vacías y apenas circulaban coches. No me daba la sensación de que estuviera en Madrid. Podría ser cualquier otra ciudad. Todo estaba en pausa.

Cuando no tienes planes concretos, las primeras horas de la tarde de los domingos son momentos raros. Salir a la calle es ir a ningún lugar. Seguramente la vida prosigue en alguna parte, pero no a la hora de la siesta de un domingo de verano en una ciudad extraña.

5

Mar de fondo

Ground Swell, 1939
Óleo sobre lienzo, 91,9 x 127,2 cm

El lunes me había propuesto levantarme temprano y acudir a la oficina de trabajo temporal. Aunque después de despertarme apuré un rato en la cama. Busqué en el portátil castings para actores. No había gran cosa. La mayoría de las ofertas eran colaboraciones no remuneradas o necesitaban participantes para programas de televisión. Cerré el ordenador y salí de la cama.

Me preparé un café en la cocina y después fui al baño para ducharme. El cerrojo estaba echado. Lito abrió un poco la puerta de su dormitorio y asomó la cabeza. Se dirigió a mí con un silbido súbito y apagado.

—Eh, está ocupado por Sara y luego voy yo. —Me hizo un gesto con la cabeza para que me acercara a su puerta—. ¿Sabes qué? Me he follado a una actriz de la hostia, y ahora duerme en mi cama. Fliparías. En un rato nos vamos a su casa de la playa, en Zahara de los Atunes. Necesitamos una ducha, ya me entiendes.

—¿Qué actriz? —pregunté.

—Qué cojones te importa —protestó—. No puedes usar mi lavabo todos los días. Hay baños públicos en la glorieta de Embajadores. Lárgate allí.

—No pienso ir a unos baños públicos —repliqué.

Lito salió de su cuarto, cerró la puerta y caminó hasta la cocina. Estaba en calzoncillos. Se bebió un vaso de agua de un trago, hinchó el pecho y eructó todo lo fuerte que pudo. Después se dirigió a mí.

—Pues te duchas esta tarde —dijo—. No hay agua caliente para todos. Además, estos días lo has dejado todo hecho una mierda.

Empezaba a sospechar no solo que no había una actriz famosa en su cama, sino que seguramente su dormitorio estaba vacío. Lito me miró con una risa burlona y dijo:

—Si te digo qué actriz es, ¿te duchas en otro momento?

—No me importa con quien follas.

Lito soltó una fuerte carcajada, me dio la espalda mientras se dirigía a su habitación; luego se giró y solo movió los labios. Pude entender perfectamente cómo decía «Penélope Cruz».

Me reí.

—Bueno, su hermana —matizó—. Ahora no recuerdo el nombre. Anoche íbamos muy pedos.

Lito entró en su cuarto y cerró la puerta al tiempo que una chica salía del baño envuelta en una toalla. Otra más pequeña le cubría la cabeza.

—¿Qué hermana? —preguntó.

—La de Penélope Cruz —aclaré.

—Tú eres Pablo, el nuevo, ¿no? —Se acercó a mí—. Yo soy Sara.

Nos dimos dos besos. Entró a su habitación y volvió a salir con un vapeador en la mano. Por la boca soltaba una gran nube de vapor con olor a vainilla. Entramos en la cocina.

—He dejado el tabaco —me informó Sara—. Esto por el momento me quita el mono.

—Tendría que hacer lo mismo —dije.

—¿Quieres probarlo? —Me ofreció el cacharro.

Negué con la cabeza. Sara colocó un pequeño cazo con cera sobre uno de los fogones de la vitrocerámica. Se apoyó en la encimera y soltó otra bocanada de vapor.

—¿Qué tal por el piso y por Madrid? —preguntó, mientras echaba un ojo a la cera.

—No he visto mucho todavía —dije.

—Seguro que te gusta la ciudad. A todo el mundo le encanta. Yo la odio. Menos mal que me largo pronto. En unos días acabo en el instituto donde doy clases y me vuelvo a Mallorca. Soy de allí. Qué ganas tengo de mar.

—¿Para siempre?

—Ojalá —dijo—. Vuelvo en septiembre, pero eso sí, después de tirarme dos meses bronceándome en la playa.

Sara removió la cera rosa con una especie de cuchara de madera. La pasta estaba cada vez más líquida. La cocina olía a una mezcla chiclosa entre la cera derretida y la vainilla del vapeador.

—Por cierto —dijo Sara—, el jueves celebro me despedida. Si quieres vente. También se lo he dicho a Lito.

Aproveché para preguntar por nuestro compañero de piso.

—¿Cómo es? —Señalé su puerta.

—¿Lito? Tiene sus cosas, pero está bien vivir con él. Me dijo que el otro día oyó cómo intentaban forzar la puerta y que ahuyentó a quien fuera.

Sara se fue con la cera a su cuarto de baño.

Salí de casa sin ducharme. Creía que recordaba dónde estaba la oficina de trabajo temporal que había visto el día anterior, pero di un par de vueltas sin dar con ella. Entré en un bar para preguntar. El camarero, un tío con ojeras y tan delgado que parecía que se le hundía el pecho, me dijo que sabía que antes había una en esa misma calle, junto a una casa de apuestas. Me tomé un cortado y salí de allí.

Al final di con la oficina, el camarero recordaba bien. Entré y pregunté a la mujer que ocupaba la mesa más cercana a la puerta.

—Vengo para apuntarme —dije.

—Yo creía que venías a rescatarme de una vida monótona y gris —dijo con una mueca cáustica.

La chica usaba unas gafas estilo años cincuenta que le hacían parecer mayor de lo que en realidad era. Se hizo un moño con un boli Bic, rebuscó en una bandeja y sacó una hoja.

—Rellena este formulario —indicó— y cuando te toque, se lo entregas al hombre de la mesa del fondo, ese que tiene cara de haber dormido en el coche por una discusión con su mujer.

—Gracias.

—Puedes escribir en aquella mesa.

Me senté y fui completando las preguntas: datos personales, vida laboral, preferencias de trabajo y disponibilidad. A mi lado había un muchacho de unos veinte años que se aplicaba con su propio formulario. Me miró mientras se hurgaba con el lápiz en la oreja.

—¿Qué es «Recursos Humanos»? —preguntó.

Pensé en explicarle lo que era, pero me dio pereza y solo me encogí de hombros. El chaval llevaba una camiseta blanca con publicidad de una empresa de neumáticos y unas bermudas negras. Escribió algo y volvió a mirarme.

—Quiero trabajar haciendo anuncios de la tele —me informó—. Tengo muchas ideas.

—Muy bien —contesté.

—Pero en esta hoja no te dan la opción.

—Prueba en «Otros» —sugerí.

—He hecho un curso de marketing del INEM —siguió el chaval—, pero no tenía prácticas. Igual aquí me encuentran algo para el verano. Y luego ya me quedo en la empresa pensando anuncios. Por probar, ¿verdad?

—Claro.

Se sentó junto a nosotros un tío que no paraba de hablar por el móvil. Vestía con un traje azul entallado y corbata a juego. Se tocaba su media melena rubia mientras reía. Tenía acento sudamericano. No sabía exactamente de qué país. Acabó su conversación con un «Hasta la vista, putita».

Nos miró, guiñó un ojo y dijo:

—Es un colega.

El chaval y yo no dijimos nada.

—¿Vuestro primer día buscando por aquí? —preguntó el tío del traje.

Asentimos.

—Yo también —continuó—. Llegué ayer de Barcelona. Es preciosa, pero en Madrid tengo planes. Me llamo Matías. No quiero trabajar para nadie, quiero que trabajen para mí.

El hombre de la mesa del fondo llamó al chaval. Este se levantó sobresaltado y acudió con su hoja a medio completar. Matías volvió a hacer una llamada de teléfono y después completó rápidamente su formulario. Me preguntó si tenía casa y cuánto pagaba por ella. Él había alquilado un piso por Malasaña con cuatro habitaciones y realquilaba las otras tres. Tenía intención de comprar una vivienda en cuanto pudiese para ofrecérsela a turistas. Me hizo cuentas allí mismo y parecía bastante rentable.

—Un buen negocio —dijo.

Me dio su número por si quería mudarme. La zona me interesaba, pero el precio me parecía muy alto por una habitación en un piso compartido. Por ese dinero prefería encontrar un sitio para mí solo, aunque no fuera en el centro. Matías también me habló del local de apuestas que estaba junto a la oficina. Tenía pensado entrar e informarse para montar algo parecido.

Matías no paraba quieto. Todo le interesaba. Desde el mecanismo del bolígrafo con el que escribía hasta saber cuánto ganarían los empleados de aquella oficina de trabajo temporal. Me contó que era de Valparaíso, en Chile. Llegó a España con diecisiete años, pero aún estaba fascinado por su ciudad natal y por la vista del mar desde la casa de su abuela. Quería volver en cuanto pudiese y pasear por la costa montado en un descapotable. Precisó la marca, pero no la retuve más de dos segundos.

El chaval acabó y se acercó a nosotros.

—Te toca —dijo dirigiéndose a mí. Luego nos miró a los dos—. Bueno, no hay nada de lo mío. Que tengáis suerte vosotros.

Me senté frente al hombre y esperé a que acabara de escribir algo en el ordenador. Golpeó fuerte al *enter* y levantó la vista.

—¿Tú también quieres hacer anuncios de televisión?

Negué con la cabeza.

—Mejor.

Echó un vistazo a mi formulario. Nombraba en alto algunas de las empresas en las que había trabajado. Las que más le llamaban la atención. Después anotó algo en el ordenador, me volvió a mirar y dijo:

—Por lo que veo, sobre todo has trabajado de operario en fábricas y en almacenes.

—Sí.

—Pero aquí solo has puesto que quieres trabajar en hostelería.

—Es mi preferencia.

Negó con la cabeza mientras escribía.

—Pues veremos si podemos encontrar algo —dijo con disgusto—. Mira que en verano hay sitios con playa que necesitan camareros. ¿Por qué no te has ido a un lugar con costa?

Me encogí de hombros y dije:

—Supongo que porque hasta aquí me ha traído la marea.

El hombre se levantó las gafas con el índice y me miró sin decir nada. Después de unos segundos, se centró en su ordenador y, sin mirarme, me informó de que ya estaba inscrito y que en cuanto tuviera algo se pondría en contacto conmigo.

6

Escalera

Stairway, 1949
Óleo sobre lienzo, 40,64 x 30,16 cm

Regresé de la empresa de trabajo temporal hacia la una del mediodía. Empezaba a apretar el calor en Madrid. Entrar en el portal del bloque me dio un respiro, el ambiente dentro era fresco. La puerta del ascensor se abrió y salió una anciana apoyada en un andador. Era muy delgada, vestía con una bata de tela floreada sin mangas y lucía un enorme broche dorado de una libélula a la altura del pecho. Me escrutó desconfiada.

—Perdone, ¿dónde va? —preguntó, observándome de arriba abajo.

—A mi casa.

—No le conozco. ¿Qué piso?

—Soy nuevo. El entresuelo B.

—El otro día se cagaron en el portal. No era de perro.

—No fui yo —aclaré.

—Nunca se cague en el portal.

—Creo que no lo haré.

La anciana me dejó y se dirigió hacia la puerta de la calle tan rápido como le permitía el andador. Yo subí las escaleras hasta mi casa de tres en tres. No había nadie en las zonas comunes del piso. Me preparé un bocadillo de atún antes de echarme un rato en la cama. Sonó el portero automático. Abrí sin preguntar. A los pocos minutos llamaron a la puerta. Era un chico de una empresa de reparto.

—¿Lucas Fernández? Traigo un paquete. —Preguntaba por el otro compañero de piso.

Le indiqué que se esperara allí y fui hasta su habitación. Llamé varias veces, pero Lucas no daba señales de vida. Volví y le dije que no estaba y que podía recoger yo mismo el paquete. Me preguntó el nombre, me hizo firmar electrónicamente en una PDA y me entregó una enorme caja de cartón y una carta. El sobre tenía el logotipo de Michelin. Intenté abrir la puerta de Lucas, pero estaba cerrada con llave. Introduje la carta por debajo de la puerta y guardé el paquete en mi habitación.

Llevaba viviendo en aquel piso varios días y aún no había visto a Lucas. Tal vez estaba fuera o no teníamos los mismos horarios. Le dejé una nota en su puerta informándole de todo.

Aquella tarde volvieron a llamar. Era otro enorme bulto, tan alto como yo y otra carta, esta vez con el logotipo de Playmobil. Arrastré como pude el bulto hasta mi habitación y lo dejé junto al paquete de la mañana. La carta volví a meterla por debajo de la puerta de Lucas.

Dos días después llamaron tres veces a la puerta. De nuevo eran paquetes de distintos tamaños para Lucas. Esta vez eran de Matutano, Bic y Tarradellas. Me hice cargo de todos los paquetes y los fui colocando como pude en mi habitación. Las cartas las seguía metiendo por debajo de la puerta de Lucas.

En mi dormitorio apenas quedaba un hueco libre. Si continuaban llegando paquetes tendría que empezar a dejarlos en el pasillo o en la zona del recibidor. Aunque sabía que eso molestaría a Lito. Cualquier cosa que implicase una pequeña incomodidad para él nunca era bien recibida. Aquella misma noche me topé con Lito por el piso y le pregunté.

—Están llegando muchos paquetes para Lucas —dije—. ¿Sabes dónde está o si se pasará algún día por aquí?

—Ni idea.

Lito no estaba muy interesado en responderme. Tenía que seguirle por el pasillo para que me atendiera.

—En mi habitación no caben ya —insistí—. ¿Te importa que los deje por el pasillo si siguen llegando?

—Ni hablar —me dijo cortante—. Ya puedes quitar ese paquete de ahí. Que cada palo aguante su vela. Además, estoy saliendo con una cantante que te cagas. Si me la traigo aquí, no quiero que vea esto como una pocilga.

—¿Quién? —pregunté extrañado—. ¿No estabas con la hermana de Penélope Cruz?

—Ya te contaré —contestó apresurado—. Menuda movida. Ahora estoy con otra que viene a mi coctelería. Así que nada de mierda por el pasillo. Y baja la basura, aunque sea por un día.

Lito entró en su habitación y cerró la puerta sin darme muchas más opciones.

Saqué la basura del cubo y salí del piso para bajarla por las escaleras hasta el pequeño cuarto que había junto a la puerta de entrada del bloque. Aunque el contenedor estaba vacío y limpio, el habitáculo de la basura olía fatal. Dejé la bolsa aguantando la respiración. La puerta del ascensor se abrió y apareció la anciana del andador. No me dejó ni que la saludara.

—Joven, ¿usted vive aquí? ¿Dónde va?

—A mi casa, en el entresuelo —indiqué.

—Ayer se cagaron en ese cuarto de las basuras. Y no era mierda de perro.

—No fui yo.

—Nunca es nadie.

La anciana se fue refunfuñando.

A la mañana siguiente llegó otro paquete para Lucas. Cuan-

37

do firmé en la PDA, vi que era una camiseta negra con el logotipo de Bayer. También venía con una carta. En la escalera del bloque, entre el entresuelo y la planta baja, había un enorme zurullo. No parecía de perro.

7

La ciudad

The City, 1927
Óleo sobre lienzo, 70 x 94 cm

Compré dos litros de cerveza, pan y embutido en un pequeño supermercado que había en mi calle. Subí a casa, me preparé un bocadillo en la cocina y me lo llevé a mi habitación. La primera botella me la acabé en dos vuelcos, con la segunda bajé un poco el ritmo.

Mientras le daba a la cerveza traté de escribir algo que recordase a poesía, pero todo lo que hice me pareció una mierda. En el portátil busqué chorradas en la Wikipedia. Un artículo me llevaba a otro. Me sorprendió descubrir que existía una ciudad llamada Nueva Madrid. Se trataba de una población ubicada en un meandro acentuado del curso medio del río Misisipi, en el condado de Nueva Madrid, Misuri. Según la Wikipedia, era la capital y la ciudad más poblada de su condado. En el último censo vivían 3.116 vecinos. En el artículo también aparecía una pintura antigua de Nueva Madrid. Mostraba un par de balsas pequeñas y un barco de vapor navegando por el río. En la orilla se levantaban varias casas de madera con el campanario de la iglesia sobresaliendo al fondo. No me pareció ver en el dibujo a Tom Sawyer, pero hubiese encajado a la perfección.

Tras terminar de cenar, recordé que no me había duchado. Salí de la habitación y comprobé que no hubiera nadie en el piso. Iba ya algo borracho. Entré en el cuarto de baño de Lito y Sara y usé su ducha. Al acabar, lo limpié todo lo mejor que pude para no recibir reproches. El agua medio fría me despejó un poco. Me dio fuerzas para mandarle un SMS al casero pidiéndole que arreglara la ducha de mi lavabo lo antes posible. Después me puse unos vaqueros y una camiseta y salí a la calle.

Aquella noche, Sara celebraba su despedida veraniega de Madrid. Habíamos quedado en la coctelería de Lito, quien nos aseguró que allí invitaría a cócteles preparados por él mismo. Luego nos llevaría de fiesta por la zona.

Decidí ir andando hasta su local, en la calle Ponzano, a más de una hora de mi barrio, aunque no tenía muy claro cuál era mi barrio. La parada de metro más cercana era Delicias, así que suponía que ese sería mi barrio. De camino volví a entrar en el supermercado y compré una lata de cerveza.

Sara se despedía por el momento de la ciudad y yo llevaba casi una semana y aún no había visto más que calles que podrían pertenecer a cualquier lugar. Aún no tenía la sensación de vivir en Madrid. A esas alturas sabía más cosas de Nueva Madrid. Pensé que me tomaría aquella noche como el primer contacto verdadero. Hasta ahora solo había sido preámbulo.

Subí hasta la glorieta de Embajadores y atravesé Lavapiés algo desorientado. Las plazas estaban repletas de vida. Grupos de personas alrededor de los bancos tomaban el freso y charlaban relajadas. Las terrazas tenían las mesas llenas y niños sin camiseta disparaban un balón a porterías improvisadas.

Entré en un bar cerca de la plaza de Antón Martín para darme un respiro. Me pedí una caña y calculé cuánto quedaba hasta Ponzano. Tal vez era demasiado seguir a pie. El camarero me sirvió la cerveza con una tapa de aceitunas. Me quedé en la barra plateada junto a un tío totalmente ebrio. A ratos se le caían los párpados, pero de un golpe se incorporaba y pedía a gritos otra cerveza. Una de las mesas estaba ocupada por treintañeros con estética mod. Junto a ellos, en otra de las mesas, una pareja de abuelos compartían una ración de calamares. En la tragaperras un hombre con la camisa desabotonada golpeaba los botones de manera rutinaria y sin mucho interés. El borracho de la barra trataba de enfocar su mirada hacia mí. Dijo algo que no entendí. Sonreí. Volvió a hablarme, ahora en un tono más seco, pero seguía sin poder vocalizar y no comprendía lo que decía. Estar solo en los bares siempre me ha incomodado; si hay un borracho cerca, más todavía. Me acabé de un trago lo poco que quedaba de la caña y pedí al camarero que me cobrase. Lo hice al tiempo que el hombre de la tragaperras se apoyaba en la barra y dejaba un montón de monedas sobre ella. El camarero se dirigió primero a él.

—¿Te lo cambio en billetes, Indio? —dijo.

—Estaba primero el joven —contestó.

Pagué con un billete de cinco euros. Mientras me traía el cambio vi cómo el tal Indio le daba una colleja al borracho de la barra. Luego le acarició la nuca de forma amistosa. Se dirigía a él en un tono engañosamente afectuoso.

—Estás espabilado, ¿a que sí? —preguntó Indio.

—Claro —contestó.

—Pues agarra tu bolsa, Oswaldo. Nos vamos.

Fue entonces cuando caí en que el tipo de la tragaperras, Indio, se parecía mucho a mi vecino, el que días antes lanzó la lata de cerveza al patio y después escupió. De cerca todavía era más siniestro. Tenía unas profundas ojeras oscuras que resaltaban sobre su tez cobriza y una cicatriz dejaba un claro alargado en su ceja izquierda. Curiosamente, compartía el mismo sobrenombre que Joe, el enemigo de Tom Sawyer.

Joe, el Indio, actuaba de forma expeditiva cuando las cosas se le complicaban. Fue él quien asesinó al doctor, se lo atribuyó al borrachín de Muff Potter y luego no dudó en lanzar un machete a Tom Sawyer cuando este lo señaló a él en el juicio. Joe era un tipo duro. Estaba al margen de la sociedad, pero, claro, le habían desposeído de las tierras de sus antepasados, tenía derecho a seguir su propia brújula moral. El caso es que la sombra de Joe, el Indio, siempre me impresionó. De crío, cuando deambulaba por la calle estaba la posibilidad de toparse con algún Joe, el Indio, como el de Sawyer o como mi vecino. Eran tíos que conducían coches viejos azul marino o granate, estaban en las puertas de los bares con un cigarrillo negro y una cerveza o aparecían por algún parque solitario a eso de las cuatro de la tarde. Todos los barrios tienen sus propios Joe, el Indio, y simplemente deseas no toparte con ellos en el momento y el lugar menos indicados. Y esa idea me ha acompañado siempre.

Noté con alivio que Indio no me había reconocido. Recogí el cambio y me dirigí hacia la salida. Al llegar a la puerta oí que me llamaba.

—¡Joven! —gritó Indio.

Me giré y le vi rodeando con el brazo el cuello de Oswaldo.

—Mi amigo te quiere decir algo.

—Discúlpeme —dijo Oswaldo—. No quise importunarle. Tenga usted una buena noche...

—Igualmente —contesté.

Y salí del bar sin permitirles una nueva réplica.

Caminé por la calle Atocha. Me pareció oscura y siniestra. Al llegar al final de la calle vi la estación de Atocha a lo lejos y me topé con una boca de metro. Entré y compré un bono de diez viajes. Respiré aliviado al ver que la Línea 1 me llevaba casi directo a Ponzano.

No tardó en llegar el primer metro. Me subí y busqué un sitio libre. Observé a las personas que ocupaban el vagón y me dio la sensación de que todos tenían un propósito, cada cual con su vida y sus rutinas dibujaban una ciudad de la que yo aún no era miembro, como si te colaras en una obra de teatro empezada y la vieses con la sensación de que te has perdido algo fundamental. Tal vez hubo algún momento en mi vida que quise sentirme extranjero y desarraigado, y creo que ahora empezaba a conocer esa sensación.

Casi al llegar a mi parada, un viejo con boina que estaba sentado a mi lado me miró con una sonrisa burlona.

—Le ha quedado regular. —dijo.

—¿El qué? —pregunté confundido.

—La metáfora del teatro y todo eso. Afine un poco más sus comparaciones o déjelo, por favor.

El viejo se levantó y se bajó del metro sin darme tiempo a preguntarle nada.

Salí a la calle y busqué la coctelería de Lito. Cuando di con ella, me metí en el bar de al lado y me pedí un par de cervezas. Me las acabé rápido y después entré en la coctelería. Me pareció más bien un bar arreglado. El único indicio de cócteles que vi fue una pizarra colgada en la pared con una copa de martini dibujada a tiza en una esquina y las siete combinaciones que servían. En otra pizarra estaba escrito el menú de bocadillos y tapas.

Sara me saludó desde en un rincón del bar, junto a la barra. Llegué hasta ella, nos saludamos con un par de besos y me recriminó con una sonrisa que llegase tarde. Me presentaba a sus amigos a medida que aparecían. El local estaba bastante abarrotado y no distinguía quién era de su grupo y quién no. Un tío con traje que estaba junto a Sara señaló una mesa que se quedaba libre y nos movimos hacia allí.

Éramos unas siete personas. Hablaban de que echarían de menos a Sara y de hacerle una visita a Mallorca durante el verano. Ella dijo que por desgracia en septiembre estaría de vuelta. Todos reímos.

Lito apareció y se sentó con nosotros. Vestía con ropa de calle. Resopló y comentó que ese día había trabajado doce horas, pero que tenía ganas de fiesta. Miró al grupo y preguntó si nos apetecía una ronda más de cócteles. Todos dijeron que sí. Levantó la mano e hizo un gesto al camarero. Después nos advirtió de que no estarían tan buenos como los anteriores porque estos no los prepararía él. Yo me pedí una caña doble.

El tema de conversación pasó a ser Madrid. Todos menos Sara estaban encantados con la ciudad. Uno de ellos era de Barcelona. Aunque su ciudad le gustaba más, también le entusiasmaba vivir en la capital. Todos dijeron entonces que Barcelona era preciosa. Lito torció el gesto.

—Barcelona tiene el mar y a Gaudí —dijo—, si le quitas eso, Sevilla se mea en Barcelona.

Después hizo inventario de todo en lo que era mejor Sevilla que Barcelona. Una amiga de Sara dijo que había pasado dos años en Sevilla trabajando en un estudio de arquitectura y guardaba muy buen recuerdo de la ciudad. Lito respondió que su padre era arquitecto y que él había hecho tres años de carrera, pero que la había dejado porque consideraba que los profesores de su facultad eran unos inútiles y le hicieron desencantarse con la carrera.

Nadie comentó nada sobre eso.

La conversación se atomizó y me quedé charlando con Sara y otra de sus amigas, una compañera del instituto donde daban clases. Tenía el pelo teñido de rosa y cortado como un príncipe de cuentos. Me preguntó a qué me dedicaba. Dije que a nada. No me atreví a decirle que quería ser actor. Le sorprendió mucho que hubiese venido a Madrid sin tener un trabajo.

—A esta ciudad no puedes venir sin un empleo —dijo—. Con solo pisar la calle ya te estás dejando pasta.

Insistió varias veces en la idea mientras daba pequeños sorbos a su copa. Sara añadió que ella no podría estar cómoda viviendo con incertidumbre. Necesitaba tranquilidad en todos los aspectos de su vida, el económico el primero. Quería aprobar las oposiciones en su comunidad, dejar definitivamente Madrid y vivir feliz con su novio en la casa que tenían cerca de Palma.

—¡Sin trabajo! —no paraba de decir la amiga del pelo rosa—. Estás loco.

Yo llevaba las suficiente cervezas en el cuerpo para que no me afectasen lo más mínimo las críticas sobre mi falta de empleo. Incluso solté algún comentario sarcástico dándoles la razón y dejándome como un irresponsable. Sara advirtió que su amiga podía estar incomodándome y trató de desviar la charla hacia otros temas. Aunque fue el camarero quien rompió la conversación cuando dejó la cuenta sobre la mesa. Se hizo el silencio. Lito lo único que hizo fue agarrar el brazo al camarero y mandarle que trajera unos chupitos. Nos miró a todos, guiñó un ojo y añadió que a eso invitaba él. Sara tomó la cuenta, la miró, puso dos billetes de cincuenta en la bandeja y dijo:

—Es mi despedida, dejadme que pague yo.

Salimos del bar y Lito nos llevó a un garito en el que había quedado con jugadores del Real Madrid y algunos cantantes. Quizá también aparecía Enrique Iglesias, le habían informado de que estaba por la ciudad y le encantaba el garito donde íbamos. Fue el propio Lito quien se lo había descubierto.

Al llegar al pub, mi compañero de piso habló con el *puerta* y este dijo que dejaba pasar gratis a la mitad del grupo.

Era suficiente para mí. Me despedí de Sara y le dije que ahí se acababa mi noche y que nos veríamos por casa antes de su marcha. Lito hablaba con la chica del pelo rosa mientras entraban al local.

Deambulé sin saber muy bien por dónde iba. Trataba de orientarme, sin ningún éxito. Pregunté por la Puerta del Sol a un hombre, pero a la tercera indicación me perdí y simplemente seguí por la dirección que había apuntado con el dedo. Luego volví a preguntar a una pareja. Me resistía a pagar un taxi.

Tras andar un buen rato aparecí en la Gran Vía. Desde ahí sabía llegar a casa. Miré calle abajo, en dirección a plaza España, y por primera vez sentí que estaba en Madrid. A aquellas horas de la madrugada la calle aún seguía rebosante de luz y de gente.

Aunque no me sentí parte de ese trajín. Quizá me había equivocado de lugar, y era cierto que en esta ciudad «no quedaba sitio para nadie», y menos para alguien sin empleo ni expectativas, y pensé que tal vez debería haberme instalado en un lugar más tranquilo, donde la gente se conociera por su nombre, donde hubiese futuro, pongamos que hablo de Nueva Madrid, Misuri.

8
Conversación nocturna

Conference at Night, 1949
Óleo sobre lienzo, 70,5 x 101,6 cm

Entré en una pizzería y compré algo de comer. Pagué cinco euros por una cerveza y una porción de pizza. Me la acabé de dos bocados en la puerta del establecimiento. Luego caminé por la calle Montera, crucé la Puerta del Sol y subí hasta la plaza Jacinto Benavente. Allí mi estómago comenzó a dar señales de que no había sido buena idea hacerlo trabajar. Sentí un fuerte mareo. Llegué hasta la plaza de Tirso de Molina y busqué un banco donde sentarme y poder recuperarme. Enormes gotas de sudor bajaban por mi frente. Un vendedor de latas de cervezas se acercó hasta mí.

—¿Birra fría? Un euro, amigo.

—No, tío —dije como pude.

—¿Birra fría? Un euro, amigo.

No volví a contestar. El hombre se alejó con su carro lleno de cervezas. Intenté vomitar sin éxito. Todo comenzaba a dar vueltas. Apoyé la cabeza en las manos y me doblé. Trataba de concentrarme en vomitar, primero; y en no hacerlo, después. Permanecí así unos minutos. Pensaba en todo lo que había pasado esa noche. Lito era imbécil. También pensaba cosas que no tenían mucha relación. Me vino a la cabeza cuando vomité en el autocar escolar en una excursión a una fábrica de bollería. Ramón Prieto se lo dijo a la maestra.

—Qué asco, seño. Pablo ha vomitado. ¿Me puedo cambiar de sitio?

47

—Pero, Pablo... —protestó la señorita Ana—. Si son diez minutos de viaje.

Qué más daba que fueran diez minutos o uno. Nada más subir al autocar y oler a gasoil y a asientos de escay estaba sentenciado. El estómago se retorcía y aparecía un mareo creciente que solo podía acabar en vómito. Y no eran diez minutos, eran al menos cuarenta. Para alguien que se mareaba en la carretera eso suponía una eternidad.

Aquel curso le dimos bastante trabajo a la señorita Ana. Un día a primera hora de la mañana, a Dani Zamarreño se le rompieron los pantalones por la pernera y la señorita Ana se los grapó para que pudiera pasar el día. Horas después, Dani Zamarreño se cagó en esos mismos pantalones zurcidos con grapas.

Durante un rato olvidé que eran las tantas de la madrugada y estaba sentado en un banco de la calle. Creo que hasta me dormí unos segundos. Por un instante perdí la noción del espacio y llegué a pensar que estaba en mi cama. Pero no era así. Despertarse de un microsueño en ese estado y en medio de una plaza es una sensación desoladora.

Noté que alguien me estaba observando. Balbuceé unas palabras sin incorporarme ni separar la cabeza de mis manos.

—Que no quiero cerveza —dije al fin.

Nadie me contestó. Aunque notaba la respiración de una persona junto a mí. Después de un silencio por fin habló.

—Yo no vendo nada —dijo en un tono áspero.

—Déjame algo de espacio —protesté—. Necesito aire.

De nuevo un prolongado silencio que aquella persona rompió con un reproche.

—Te has vuelto a vomitar encima —dijo—, como en primero de EGB. ¡Asqueroso! Pero ahora no tienes a la señorita Ana para que te limpie.

Me incorporé y busqué a la persona que había dicho aquello. Era un viejo con boina y una barba rasurada y canosa que afilaba un rostro nada simpático. Era el mismo tipo que me había hablado en el metro. Pese a ser principios de verano, el hombre vestía con un gabán negro y una bufanda blanca. Estaba sentado a mi lado y me escrutaba de forma inquisitorial. Con su bastón me señaló los pantalones para ejemplificar la reprimenda.

—Mírate —gruñó—. ¿No te da vergüenza?

No recordaba haber vomitado, pero no era eso lo que me preocupaba.

—¿Cómo lo sabes? —pregunté—. Lo de la señorita Ana.

—Sé muchas cosas —dijo—. Sé que eres un andrajoso. Sé que no estás haciendo nada de provecho con tu vida. Y sé que no me das nada de pena.

—¿Quién eres?

—Mírame bien —dijo con cierto orgullo—. ¿No me reconoces?

No caía en quién podría ser.

—¿Mi abuelo? —pregunté ilusionado.

—Qué coño voy a ser tu abuelo —gruñó—. Eres peor de lo que pensaba. ¿No sabes reconocer a tus propios abuelos?

—Pues no —dije—. Cuando nací ya habían muerto los cuatro. Solo los he visto en fotos viejas. También usaban boina como tú, yo qué sé.

—No soy ninguno de tus abuelos.

—Hubiera molado...

El anciano dejó una larga pausa, carraspeó y dijo con solemnidad:

—Soy Pío Baroja.

—¿Quién?

Conocía a ese viejo escritor, solo era una de esas preguntas que uno hace para ganar tiempo y ordenar el pensamiento.

Él seguía a lo suyo:

—Uno de los grandes, pero en este país de mediocres tampoco es decir mucho... La edad de plata de la literatura española, Cuba, la Generación del 98, ¿te suenan? Aunque a mí nunca me interesó mucho encuadrarme en ningún grupo porque...

—Ya, ya... —interrumpí—. Me he leído algún libro tuyo...

—Uno, concretamente —matizó.

Tomé aire y le miré con atención.

—A ver, un momento... ¿Qué eres? —dije confundido—. Tú hace años que estás más muerto que mis abuelos. No entiendo nada.

—Soy Pío Baroja —contestó orgulloso—. Quédate con eso.

—Pues vaya... —No oculté la desilusión.

—¿Qué pasa?

—Menuda mierda. —Era lo único que podía decir—. Tengo una aparición o lo que sea y es un tío con boina que vivió hace un siglo. Y no digo que no fueras un gran escritor, pero no sé...

La vida suele esconder decepción y fiasco hasta en los momentos más gloriosos. Siempre hay algo que no encaja, un cabo suelto que no te deja disfrutar del todo plenamente. Y las náuseas volvían a aparecer.

—¿No te parezco interesante? —dijo Baroja molesto.

—Supongo que sí, pero si hubiera podido elegir, no sé, me habría gustado que se me apareciesen gente como Kurt Cobain o Jim Morrison... ¿te suenan? Creo que tienen mucho más que ver conmigo, pero, bueno, al parecer todo en mi vida tiene que ser cutre.

Baroja meneó la cabeza y dijo:

—Si quieres encontrarte a unos estadounidenses mamarrachos, ¿por qué no te largas a Norteamérica?

—Ojalá pudiera...

Baroja miró al frente, cogió aire, y sin mirarme, comenzó a hablar en un tono furioso.

—Lo que me llama la atención de los jóvenes actuales de este país es la propensión a la... —Se detuvo un instante, carraspeó nervioso y continuó—. La tendencia hacia un... sois un atajo de... quiero decir que...

Se calló de golpe, aguardó unos segundos, levantó su bastón, señaló el edificio que teníamos enfrente y dijo:

—En el segundo piso de ese inmueble que ves ahí, a principios del siglo XX, había una pensión regentada por Braulio, un hombre que jamás hizo daño a nadie, salvo a todos los que le rodeaban. Un año, una de las habitaciones de la pensión la ocupó un joven de Plasencia que venía a la capital a estudiar Derecho, el único hijo varón de un matrimonio de jornaleros. Pronto el muchacho abandonó los estudios por la vida bohemia y disoluta. Se arrastró por las calles de Madrid un tiempo, hasta que conoció a una joven. Se casaron a los dos años y se mudaron a Logroño, donde el hombre trabajó de ayudante en una imprenta y, aparte de tener seis hijos, poco más destacable le sucedió en su vida. Creo que se llamaba Gaspar. O Teodoro.

—¿Por qué me cuentas esto? —dije.

—Siempre quise meter a Teodoro o Gaspar o como se llamara en algunas de mis novelas, pero el personaje no daba mucho de sí. Y al final nunca lo hice.

—Una pena. Supongo.

Baroja me miró desafiante.

—Ese hombre me recuerda mucho a ti. También vomitó por estas calles hace más de un siglo.

Nos quedamos en silencio unos minutos. Mi estómago comenzaba a retorcerse. Al final fui yo el que habló.

—Como veo que sabes mucho sobre mi vida, me gustaría saber qué fue de mi maestra.

Baroja apoyó su mano en la empuñadura de su bastón y dijo:

—¿Ana? Murió de un cáncer de estómago más joven de lo que tú eres ahora.

Sentí un fuerte mareo y más náuseas. Me volví a doblar. Apoyé la cabeza en mis manos y traté de vomitar. Esta vez lo conseguí sin mancharme. Me limpié la boca con un pañuelo de papel. Al enderezarme advertí que volvía a estar solo en el banco. Un *latero* se acercó hasta mí.

—¿Birra fría? Un euro, amigo.

9
Sombras nocturnas

Night Shadows, 1921
Aguafuerte, 17,5 x 20,8 cm

No recuerdo el camino que tomé aquella noche hasta llegar a mi habitación. Da igual lo borracho que estés, tarde o temprano siempre encuentras la cama. Entré en mi cuarto y me quité los pantalones. Después fui a la cocina a beber agua fresca. Al abrir la nevera vi una caja de KFC en la balda de Sara. Cogí un par de piezas y las calenté en el microondas. Me las comí sentado en una silla de la cocina. Notaba cómo se me cerraban los párpados mientras masticaba, pero no podía parar de comer. Apuré los restos y me lavé los dientes.

Antes de tirarme en la cama se me antojó un cigarro. Me jodía porque me había lavado los dientes y el sueño me vencía, pero una vez el pensamiento se había instalado ya no podía quitármelo de la cabeza. Pensé en dar un par de caladas, volverme a cepillar y después dormir. Busqué el paquete en el bolsillo de atrás del pantalón y saqué un cigarro. Me lo encendí en la habitación, pero reparé en que pronto llegaría Lito y olería el humo del tabaco, así que me dirigí al patio del piso. La puerta de la cocina que daba a la galería estaba entreabierta, no me dio tiempo a abrirla más. Un golpe secó me paralizó. Después vino un breve silencio seguido de murmullos. No podía determinar de dónde provenían con exactitud. Me alegré de no haber encendido la luz de la cocina. En la penumbra podía permanecer sin que me viera nadie desde el exterior. La puerta que daba al patio era de cristal, así que me permitía ver qué pasaba al otro lado, si no hubiera sido porque el otro lado estaba en total oscuridad. De repente brilló un pequeño destello. Un diminuto haz se movió apenas un par de segundos por las paredes del patio. La vista se me iba haciendo a la oscuridad y pude distinguir la silueta de alguien descendiendo por los balcones, entre tuberías y cables. La persona llegó hasta uno de los balcones y se detuvo. Allí le esperaba alguien. No distinguía las caras de las personas, pero era el balcón de Indio. Supuse que la otra persona sería su amigo Oswaldo, el borrachín de la barra.

Aguardé un rato más para ver qué hacían aquellas dos sombras nocturnas, pero no volvieron a aparecer. Regresé a mi habitación, bajé del todo la persiana que daba al patio y eché el cerrojo a la puerta. Antes de estirarme en la cama, me tomé un Valium, el último que me quedaba. Comenzó a hacerme efecto al tiempo que oí entrar al piso a Lito y Sara. Los escuchaba hablar por el pasillo.

—Aquí han fumado —renegó Lito.

—Puede ser —oí decir a Sara.

De pronto, Lito subió el tono de su voz.

—¡Me cago en Dios! —gritó—. ¡Quién cojones se ha comido mi pollo!

No recuerdo nada más. Caí en un profundo sueño. Creo que aquella noche soñé con Pío Baroja, Jim Morrison y Kurt Cobain. Íbamos de excursión en un autocar de la escuela y los tres se reían de mí desde los asientos del fondo porque aguantaba con la mano una bolsa de plástico con mi vómito dentro.

10

Mediodía

High Noon, 1949
Óleo sobre lienzo, 69,9 x 100,3 cm

Me despertaron varios porrazos en la puerta. No sabía qué hora era, me dolía la cabeza y estaba empapado de sudor. Sonaron un par de golpes más y después la voz chirriante de Lito.

—¡Te está sonando el móvil, *comepollos*! —gritó.

Distinguí el sonido de mi teléfono y lo busqué por la habitación. Estaba en el suelo, junto a los pantalones. Era un número desconocido.

—¿Sí?

—¿Pablo? —dijo una voz desconocida de hombre—. Soy Jorge Castaño. Te llamo de Adecco. Tenemos una oferta de trabajo que te puede interesar.

—¿De qué?

—Tendrías que pasarte ahora mismo por la oficina, te cuento de qué se trata y me confirmas.

Tardé unos segundos en ubicarme, no me había despertado aún del todo. La voz siguió al otro lado.

—Nos corre bastante prisa —dijo Jorge Castaño—. Si no puedes, dímelo y contactamos con otros demandantes. Tenemos que dejarlo cerrado antes de mediodía.

—Sí que puedo —dije—. En nada estoy allí.

—Gracias.

Salí de la habitación y me bebí dos vasos de agua. Lito apareció en la cocina. Solo vestía unos calzoncillos y llevaba una pequeña toalla sobre el hombro.

—*Comepollos*, me debes un menú del KFC.

—Perdona, pensé que era de Sara —me excusé—. Y solo me comí un par de trozos.

—Quiero un menú —insistió Lito—. Y ventila tu habitación, que de ahí sale un tufo que está apestando todo el piso. No sé cómo puedes dormir con la persiana bajada.

—Compraré un menú, pero a ti solo te daré las putas piezas de pollo que te debo.

A Lito no le gustó la frase. Quizá el tono o la palabra «puta» para intensificar el pollo. Clavó la mirada en mí.

—Cuidado —dijo amenazante.

Mientras volvía a su cuarto inició otra frase que no le dejé acabar.

—No pensaba utilizar tu ducha —dije.

Me vestí y me dirigí a la empresa de trabajo temporal. No estaba lejos de casa. Pero el camino se me hizo agotador. Tenía todo el cuerpo impregnado de sudor y la resaca martilleaba mi cabeza. El calor sofocante lo empeoraba todo. Debía de tener una pinta horrible. Al entrar en la oficina me recibió la chica de las gafas de los años cincuenta que ocupaba la mesa junto a la puerta. No me dejó hablar.

Y dijo:

—Hombre, campeón. ¿Qué tal? ¿Te estás merendando la vida?

—Me ha citado Jorge para un trabajo —le informé.

—Estás en racha, crack. Pasa al fondo y espera a que te llame.

Jorge me saludó desde el fondo e hizo gestos para que me acercara a su mesa. En la oficina se estaba a una temperatura agradable. Mucho mejor que en la calle. Me senté frente a él. Se quedó un rato mirándome.

—¿Te encuentras bien? —preguntó preocupado.

—Sí. Estoy bien.

—No tienes buena cara.

El hombre consultó la pantalla de le ordenador y continuó.

—Nos ha llegado una oferta desde otra oficina que creo que te puede interesar porque encaja con el tipo de trabajos que has desempeñado hasta ahora.

No era una buena noticia. La clase de trabajos que había hecho a lo largo de mi vida era precisamente lo que trataba de evitar. Empleos de operario en fábricas oscuras y deprimentes. También estaban los almacenes, algo menos desesperantes porque te permitían cierta libertad de movimientos y no tener que estar anclado a una máquina. Pero ya no quería nada de eso.

—¿De qué se trata? —pregunté.

—Es para una multinacional alemana, se llama Variant. Es una empresa química que hace colorante para plásticos. Necesitan urgentemente un operario para cubrir una baja. ¿Te interesa?

No me interesaba nada, pero lo necesitaba. Aun así, dudé unos segundos. Antes de decidirme, lancé una última pregunta.

—¿De camarero no hay nada?

—No hay nada —Contestó—. Ya te dije que apenas tocamos restauración. Porque supongo que ser camarera de piso en un hotel no te interesa, ¿verdad?

Negué con la cabeza.

—¿Entonces?

—¿Cuánto pagan? —Comenzaba a resignarme.

—Son noventa euros al día, con las dos pagas extras y las vacaciones prorrateadas.

—Voy a probar.

—Bien hecho —dijo mientras escribía en el teclado—. Cada viernes tienes que traer la hoja sellada por tu responsable. La ropa y equipamiento, en este caso, te lo proporcionarán ellos. Empiezas este domingo, de noche. ¿Sabes qué es el cuarto turno?

—Creo que sí —dije.

—Bueno, te lo resumo igualmente. Trabajarás siete días en el turno de noche, luego tendrás dos días de fiesta. Después otros siete días de tarde y dos días de fiesta. Y por último, otros siete días de mañana y tres de fiesta que coinciden con viernes, sábado y domingo.

—¿Qué duración tiene el contrato?

—Cinco días.

Me pasó la dirección de la fábrica, la hora de incorporación y el nombre del responsable por quien debía preguntar al llegar. También me informó de que me darían de alta en la Seguridad Social para el domingo. El contrato lo firmaría en cuanto lo tuvieran preparado.

Me tendió la mano y me dio la bienvenida a la empresa, a la suya, no a la de químicos. Para Variant solo sería un trabajador bastardo. De camino a la salida, Jorge me llamó de nuevo.

—Oye —dijo—, si quieres trabajar de camarero, por qué no preguntas por bares y restaurantes. Igual te resulta más fácil. No sé, es una idea.

Le di las gracias y me dirigí a la puerta. Al pasar junto a la chica de la entrada apenas le dediqué un gesto de despedida, pero ella no perdió la oportunidad de despedirse.

—Hasta luego, figura, ¡y a comerse el mundo!

Al salir de la oficina, el aire caliente me sacudió todo el cuerpo igual que si hubiera recibido una mala noticia. El calor comenzaba a ser sofocante y solo era mediodía. Al llegar al portal de mi casa me encontré con Sara; cargaba una maleta y una mochila.

—¡Pablo! Menos mal que te veo —dijo alegre—. Creía que no me despediría de ti. Salgo ya para Mallorca. Que tengas buen verano.

Nos dimos dos besos y levantó la mano para detener a un taxi que justo pasaba por delante de nosotros. Le ayudé a cargar la maleta y le deseé que tuviera unas muy felices vacaciones.

Mientras veía alejarse al taxi camino del aeropuerto advertí que enfrente de mi portal había un bar. Crucé la calle y entré. No había más de dos personas. Una de ellas, una mujer en bata, jugaba en la tragaperras. Me quedé en la barra y llamé al camarero. Se acercó con tranquilidad. Era un hombre con todas las partes de su cuerpo hinchadas, como si su interior, desde los ojos hasta la tripa, luchara para atravesar su piel.

—Una pregunta —indiqué.

—Dime —contestó sin muchas ganas.

—No necesitaréis un camarero en este bar, ¿no?

—No.

Apenas se inmutó.

Aguardé unos segundos por si ampliaba su respuesta o me daba alguna indicación, alguna pista para seguir avanzando en mi búsqueda. No dijo nada. Simplemente se quedó mirándome con cara inexpresiva. Yo también permanecí en silencio. Al final fui yo el que volvió a hablar.

—Me pones una caña.

El camarero cogió un vaso y se dirigió al grifo de cerveza. Mientras me servía, movió la cabeza hacia las raciones que estaban en la barra y me preguntó:

—¿Qué te pongo de tapa?

Miré todo lo que había. Nada pintaba muy bien, pero no había desayunado. Al final me decidí.

—Ponme alitas de pollo.

11

Chop suey

Chop Suey, 1929
Óleo sobre lienzo, 81,3 x 96,5 cm

Lucas llegó al piso un viernes a la hora de comer. Yo estaba hirviendo arroz en la cocina cuando lo vi arrastrar una enorme maleta verde camino de su habitación. Vestía una camisa hawaiana y bermudas color crema con bolsillos a los lados. Estaba bronceado y llevaba las gafas de sol puestas.

Fui a saludarle.

—Hola, soy Pablo —dije—. Imagino que tú eres Lucas.

Asintió.

—¿Eres el nuevo? —preguntó—. En este piso estarás bien. ¿Te gusta?

—No está mal —contesté sin mucho entusiasmo—. ¿De vacaciones?

—Más o menos. Me tocó un viaje a México en un sorteo por internet. He pasado por allí unas semanas. ¿Has estado?

Negué con la cabeza.

—Te lo recomiendo —siguió—. Una pasada. Las chicas no son muy abiertas, pero con un par de tequilas se animan.

Tenía mi habitación repleta de paquetes de Lucas que no paraban de llegar. Verlo aparecer por el piso fue un alivio. Por fin me podría librar de todo aquello y disponer de un poco más de espacio en mi ya de por sí diminuto cuarto.

Señalé mi habitación y dije:

—Tengo algún paquete que ha llegado a tu nombre.

Lucas se quitó las gafas de sol y abrió mucho los ojos en gesto de sorpresa.

—No me digas, ¿de quién?

—De todas partes —contesté—. Son bastantes. Te los estaba guardando en mi cuarto.

Abrí la puerta de mi habitación y Lucas pudo ver decenas de paquetes y cajas por el suelo, sobre la mesa y en las sillas.

—Qué pasada —exclamó.

—Desde hace unos días no han parado de llegar —dije con agobio—. Ya no sabía dónde los podría meter.

Me miró extrañado mientras abría uno de los paquetes. Era una sartén Tefal.

—Pero ¿por qué no los has metido en mi habitación? —preguntó.

—No podía. La tienes cerrada con llave.

Lucas cogió su maleta y la llevó hasta su puerta. Movió con fuerza el pomo hacia ambos lados y al final se abrió. Me miró con sorna.

—Solo está un poco dura.

Se agachó y recogió todas las cartas que le había ido metiendo por debajo de la puerta. Buscó una en concreto, la abrió y la leyó.

En Tefal le agradecemos enormemente la confianza que durante tanto tiempo ha depositado en nuestra empresa. Para nuestra compañía la mayor satisfacción es tener clientes que confíen en nosotros. Quisiéramos compensar su fidelidad con uno de nuestros productos más demandados: una sartén Tefal de aluminio fundido de 28 cm, antiadherente y con extra de titanio, apta para todo tipo de cocinas incluidas las de inducción. Esperamos que siga depositando su confianza en nosotros muchos años más. Atentamente.

Lucas rompió la carta y la tiró a la papelera que tenía junto a su cama.

—Cuando Lito vea la sartén va a flipar —me dijo entre risas—. Yo diría que es mejor que la suya.

Después se quitó la camisa hawaiana, cogió una toalla de un cajón y dijo:

—Oye, ¿te importa que se queden los paquetes en tu cuarto unas horas más?

—No, qué va.

—Luego me los llevo. He quedado para comer en un restaurante chino y después iré a tomar unas birras. Si te apetece puedes venir.

—No sé —dije pensativo.

El arroz hervido estaba casi listo.

Lucas echó un vistazo a la cocina y luego me miró a mí.

—Comer arroz blanco es triste. —Hizo pucheros con los labios—. Comer chop suey es alegre. Piénsatelo mientras me ducho.

Advertí a Lucas que la ducha de nuestro cuarto de baño no funcionaba y que a Lito no le gustaba que se usara la suya. No me hizo mucho caso.

—También voy a cagar en su váter —dijo—. No quiero dejar *eso* que llevo ahí en el nuestro. Que se joda Lito.

Lucas se metió en el cuarto de baño.

A los nueve años, poco después de que mi madre muriese, mi padre llegó a casa con una chica de ojos verdes y una enorme sonrisa. Mi padre dijo que se llamaba Paloma, que era mi hermana y poco más. Con el tiempo supe que Paloma era de otra relación que había mantenido mi padre hacía años. Esto último no me lo dijo nunca, simplemente se presentó con ella en casa y a partir de entonces se quedó a vivir con nosotros. A mí me encantó la idea de tener una hermana, aunque fuera ocho años mayor que yo. Además, era muy amable conmigo. El día que la conocí, me llevó a comer a un restaurante chino que acababan de abrir en el barrio. Nunca había ido a un restaurante chino. De hecho, nunca había ido a un restaurante.

Con el tiempo, Paloma cambió y ya nunca más volvió a ser la misma. Aunque no me gusta hablar de eso, supongo que todavía me duele.

Mientras Lucas se duchaba, saqué del fuego el cazo con el arroz y lo colé. Desde la cocina le oí gritar.

—¡ARROZ BLANCO: TRISTE! ¡CHOP SUEY: ALEGRE!

Aunque tenía ganas de pasar la tarde con Lucas, no me apetecía gastarme dinero. Le pedí si me dejaba su sartén nueva para hacerme unas pechugas. No tuvo ningún problema. Lucas se fue a comer chop suey y yo me comí el arroz con pollo en la habitación rodeado de sus paquetes.

12

Noctámbulos

Nighthawks, 1942
Óleo sobre lienzo, 84,1 x 152,4 cm

El sábado por la mañana me saltó un SMS en el móvil. Era publicidad sobre un evento que pasaba esa misma noche en Madrid. «The Band vuelve a la capital después de dos meses de ausencia. ¡No te lo pierdas!»

The Band era una especie de karaoke, solo que las canciones las tocaba una banda en directo: un batería, un bajo y dos guitarras. También contaba con un maestro de ceremonias que acompañaba a los que quisieran subirse al escenario. Te podías sentir una estrella del rock durante unos minutos. Los vi en un local de Zaragoza un fin de semana que pasé allí y fue divertido, aunque no recordaba haberme dado de alta en ninguna lista para que me llegase publicidad. The Band actuaban ese mismo día en un local de Malasaña a partir de las once. Me pareció buena idea acudir por allí.

Cené un bocadillo de lomo en casa y me acabé dos litronas. Salí de casa hacia las diez para pillar el metro. La cerveza me había subido y tenía ganas de mear. Entré en un bar por Malasaña, pedí una caña y pregunté por los servicios. Al salir tenía la cerveza sobre la barra con una pequeña bandeja de patatas chips. Me la tomé rápido y me largué.

Llegué al local y pagué diez euros de entrada. No estaba muy lleno, grupos sueltos charlaban por la pista y algunas personas ocupaban las barras de los laterales. Me fui a una de las barras. En el escenario un tío cantaba *Light My Fire* sin mucha convicción. El maestro de ceremonias le seguía en cada frase para que no decayese la actuación. La gente en la pista se movía sin entusiasmo.

Me pedí un gin-tonic y calculé mentalmente cuánto dinero llevaba gastado esa noche y cuánto más me podía permitir. Cuando sale dinero de la cuenta y no hay perspectivas de que entre pasta, cada gasto es un disparo mortal a los ahorros. Aquella noche pensé que no podía gastarme mucho más.

La pista comenzó a llenarse y el público se veía más animado. Apenas quedaban ya huecos en la pista. Ahora sonaba *Take Me Out*. Un joven muy delgado con gafas de sol empezó a moverse sobre el escenario. Se manejaba bastante bien, el maestro de ceremonias le dejaba a su aire. De vez en cuando el tipo se acercaba al atril donde había un libreto con la letra de las canciones, leía alguna frase y se volvía a alejar. En el estribillo se sacó la camiseta. La sala ya estaba completamente llena. Justo debajo del escenario un grupo de personas bailaban y jaleaban al cantante con silbidos y frases de ánimo.

El gin-tonic junto con los dos litros de cerveza estaba haciendo su efecto. Me encontraba más animado. Decidí bajar a la pista, pero una vez dentro pensé que era mejor idea quedarme a un lado, junto a las escaleras.

El joven en los últimos acordes de la canción se sacó un paquete de Lucky del pantalón y se encendió un cigarro. Echaba caladas desafiantes al público mientras se movía alrededor de los guitarristas. Le acercó el cigarro al bajista y este le dio una calada. Un par de *seguratas* del local subieron al escenario, agarraron al improvisado cantante del brazo y lo bajaron. Hubo algo de desconcierto durante unos segundos. El maestro de ceremonias tomó rápido el mando y presentó a la siguiente cantante. Se llamaba Julia y cantaría *Perlas ensangrentadas*.

La tal Julia tendría unos veintitantos años, una larga melena pelirroja y ojos muy grandes. Se puso alrededor del cuello una boa fucsia que movía mientras cantaba. Lo hacía bastante bien. Me dio la impresión de que todas esas personas que se atrevían a cantar eran habituales de The Band.

De pronto, alguien llamó mi atención. Era una de las chicas que animaban al cantante que acababan de echar por fumar. Me tocó con un dedo en el hombro.

—Perdona, ¿me dejas pasar? —Se dirigía a las escaleras que subían a las barras.

—Claro —dije, mientras me apartaba.

—¿Te mola? —Señaló a Julia—. Es mi amiga.

La conversación era a gritos.

—Lo hace muy bien —afirmé.

—Lo hace mejor que cualquiera que haya cantado esta canción, desde Alaska a Xoel López.

—Sí —asentí.

No había escuchado la versión de Xoel López.

La chica subió las escaleras y desapareció entre la gente. Me quedé en la pista viendo acabar a Julia y al resto de los cantantes que subieron después de ella.

Durante las siguientes actuaciones busqué a Julia en la pista y la vi bailar acompañada de un grupo. Y reparé por primera vez en que un hombre solo en una discoteca era una imagen que siempre me había producido bastante tristeza. Notaba, además, que el efecto del alcohol comenzaba a desaparecer y no tenía ganas de pulirme más dinero. Iba a tomar el camino de salida cuando volvieron a tocarme en el hombro.

—¡Hola! Vuelvo a molestar, ¿me dejas pasar? —Era la misma chica de antes.

—Perdona —dije.

Y me aparté.

—Ahora voy a cantar yo, a ver qué te parece —dijo, e hizo el gesto de victoria con la mano.

—Genial.

—¿Has perdido a tu gente?

—¿Cómo? —No se oía muy bien.

—¿Que si has perdido a la gente con la que has venido? —Casi me lo tuvo que gritar al oído.

—No —dije—, estoy solo.

La chica teatralizó la cara de pena.

Y dijo:

—Qué tristeza, solo como en un cuadro de Hopper.

—¿El qué? —pregunté desconcertado.

—Da igual —dijo ella—. ¿Quieres mojar un poco de *eme*?

Abrió una bolsita y me la ofreció discretamente con una sonrisa. Se le acentuaron dos agujeros en las mejillas. A primera vista la gente con hoyuelos siempre gana puntos de simpatía.

Me mojé el dedo índice y pillé algunos cristales. Me miré el dedo. No me pareció suficiente y mojé un poco más. Estaban amargos. Le pedí si me daba un trago de su vaso.

—Quédatelo —me dijo—. Creo que ya me toca a mí. Cantaré *State of Love and Trust*. ¿Te gusta? Por cierto, soy Elia.

—Soy Pablo —dije.

Soy Pablo. Soy Pablo. Me volvió a sonar raro. De adolescente odiaba mi nombre: Paaa-blo. Odiaba cómo sonaba cuando me lo preguntaban y tenía que pronunciarlo: ¿Cómo te llamas? Paaa-blo. Odiaba tanto Pablo como llegué a odiar Pablito. Para Paloma siempre fui Pablito. Llega una edad en la que es una tortura pública oír tu nombre en diminutivo, pero a mi hermana le daba igual. Yo era «Pablito». De adolescente fue «Pablo» el que me sonaba odioso. ¿Cómo te llamas? Paaa-blooo. Al resonar el nombre en mi cabeza me desmoronaba y ya comenzaba la conversación en desventaja moral. Si era un chica quien me lo preguntaba, la cosa empeoraba. «¿Cómo te llamas?» «Paaa-blooo.» Y ellas: «Jijijiji». No es que se riesen en mi puta cara, pero anímicamente yo lo sentía así. Con la edad supongo que se me pasó y «Pablito» hasta me parecía entrañable. Elia y yo nos dimos dos besos y le contesté a su pregunta.

—Me gusta mucho la canción que vas a cantar —dije.

—¡Genial! Nos vemos —se despidió.

Elia intentó abrirse paso entre la gente en dirección al escenario.

El maestro de ceremonias anunció la siguiente canción: *State of Love and Trust.* Y para interpretarla llamó a un tal Jimeno. Elia se giró hacia mí sorprendida. Abrió los brazos e hizo gestos de no entender nada.

—¡¿JIMENO?! —me gritó extrañada.

La banda comenzó a tocar acompañando a un hombre de unos cuarenta años con melena y grandes entradas. Trataba de imitar sin éxito a Eddie Vedder. Elia no se movió de mi lado, pero atendía con ímpetu la música. Seguía la letra de la canción como si fuera ella la que estuviera sobre el escenario. Vestía con una falda de tela roja plisada que no le llegaba a la rodilla y una camiseta blanca entallada con dos franjas rojas en las mangas. De vez en cuando movía la cabeza hacia delante y lanzaba al aire su melena.

Al acabar la canción se giró muy orgullosa hacia mí.

—¿Qué? —preguntó—. ¿Quién te ha gustado más, el Jimeno ese o yo?

—Tú —contesté.

Me chocó la mano.

—Elia —dije sin soltarle la mano.

—¿Sí?

—Creo que me está dando un pelotazo enorme de *eme*.

13

Primeras horas de una mañana de domingo

Early Sunday Morning, 1930
Óleo sobre lienzo, 84,9 x 153 cm

Elia me preguntó si me encontraba bien y si quería salir a tomar un poco de aire. Tomé aliento con una profunda bocanada.

—Ahora mismo estoy en una nube. —La miré y me reí.

Elia también se rio.

—Estos cristales son fuertes, te lo tendría que haber avisado. —Abrió mucho los ojos—. Yo también llevo un buen colocón, ¿sabes?

—¿Vamos a fumar? —pregunté.

—No fumo —me dijo—. Pero si me invitas a uno te acompaño.

—Te invito.

Salimos del escenario y nos dirigimos a las escaleras que daban a la calle. Durante el trayecto todo me parecía borroso y amable. Las personas, las luces y hasta los pilares de la discoteca me resultaban algo maravilloso y entrañable. Todo estaba en un perfecto equilibrio cósmico. Ya había tomado otras veces MDMA, pero ahora me parecía mucho mejor que todas las veces anteriores juntas.

Salimos a la calle y me despejé algo con el aire de la noche. Me encendí un cigarro y le ofrecí otro a Elia.

—Me voy a hacer un porro con él —dijo—. No te importa, ¿no?

Me encogí de hombros y me encendí mi cigarro. Busca-

71

mos un sitio unos metros apartado de la puerta de la discoteca y nos sentamos en el bordillo. Elia sacó una piedra de *chocolate* y quemó un lado con el mechero.

—¿Eres de Madrid? —me preguntó mientras pellizcaba la piedra y la deshacía sobre la palma de su mano.

—No, qué va, he llegado hace unos días.

—Anda —exclamó sorprendida—. Pues bienvenido.

Se acabó de liar el porro con bastante destreza, le dio un par de caladas largas y me lo ofreció. Le dije que no con la mano.

—Yo sí soy de aquí —me contó mientras observaba su porro—. Pero bueno, he vivido en muchos sitios.

De la sala salió un grupo de personas. Reconocí al tío que habían echado del escenario por fumar y al grupo que le vitoreaba en la pista. También estaba Julia. Cuando repararon en nosotros vinieron hasta donde estábamos sentados. Un tío de patillas largas y gafas le dijo a Elia que se iban a la sala Sol a ver pinchar a un colega. Elia me miró y me preguntó si me apuntaba.

De camino fui hablando con varias personas del grupo. Se acercaban y me preguntaban si me encontraba bien. Supongo que Elia les habría hablado de mi pelotazo de *eme*. Me paré en una esquina y compré un pack de seis latas de cerveza y desconté mentalmente el saldo a mi cuenta. No me importó. Las repartí entre todo el grupo y me quedé una. Elia me preguntó si conocía la sala Sol y le dije que no.

Al llegar a la puerta, el chico que habían echado del escenario, a quien llamaban Iggy, se acercó al *segurata* y habló con él. Hicieron recuento de los que éramos y pasamos todos dentro sin hacer cola.

Nos pusimos junto a la zona vip, pero sin entrar. Algunos de ellos pasaban dentro, saludaban a gente y volvían después. Elia se quedó a unos metros. Me acerqué a ella y le pregunté si quería algo. Me dijo que no. Fui a la barra y pedí dos Barceló con cola. Le ofrecí uno.

—¿Y qué haces por Madrid? —preguntó.

—Soy actor.

Elia fue hasta Iggy y lo trajo del brazo.

—Mira, Iggy —dijo—. Es actor, como tú.

—Genial. ¿Te llamas? —preguntó Iggy.

—Pablo.

—¿Estás con algo, Pablo? —preguntó interesado.

—Qué va —dije lamentándome—. Ahora no tengo nada.

Elia se sumó a la conversación.

—Tranquilos. Cuando vuelva de hacer mi curso de realización en Nueva York, os contrataré a los dos en mi primera película. Aunque a ti no te haga falta.

Señaló a Iggy. Luego me miró y añadió:

—Lo está petando en el teatro.

Mojamos con disimulo más cristal de la bolsita de Elia. El pelotazo se mantuvo estable. Permanecí casi toda la noche en el mismo sitio. De vez en cuando se acercaba alguien y hablábamos de cualquier cosa. Otras veces era Elia la que venía con un amigo y me lo presentaba. Julia había desaparecido en algún momento de la noche.

Las horas pasaron rápido. Al encender las luces de la sala alguien vino y me dijo que se iban a casa de un amigo de Iggy. Me fui con ellos. Elia también venía.

De camino me detuve en una tienda y compré una docena de latas de cerveza. Otros hicieron lo mismo. Todos seguíamos a Iggy. No recuerdo por dónde pasamos, al girar la segunda esquina ya estaba totalmente perdido. Llegamos a un pequeño portal, Iggy metió la llave en la cerradura, abrió y nos cedió el paso.

—Es el segundo A —nos iba informando a medida que entrábamos.

Algunos subieron caminando. Otros nos esperamos a pillar el ascensor. Cuando entramos todos en el portal, Iggy cerró la puerta y subió con grandes zancadas por las escaleras hasta la segunda planta. Entramos en el piso y nos acomodamos por el comedor. Algunos fueron a la cocina para meter las cervezas en la nevera. Iggy hablaba muy entusiasmado con una pareja sobre una exposición que estaba preparando. Yo me senté junto a Elia en un sofá de dos plazas. Le ofrecí una lata. Brindamos.

—Llevo un buen pedo —me dijo, mientras daba un trago a su lata.

—Yo también. —Aunque notaba que el colocón ya no era tan potente.

Elia se quedó mirando a la nada durante un rato, después me miró a mí y dijo:

—Si alguien nos estuviera observando en este preciso instante y su mirada se fuese alejando de este sillón, de este piso, de este bloque hasta solo verse la ciudad a lo lejos, ¿qué música crees que sonaría?

Me quedé un rato procesando la pregunta. Al final contesté.

—No sé, quizá *Tonight, Tonight*, de los Smashing.

Elia soltó una carcajada.

—Qué viejuno eres. Me encanta.

Me encogí de hombros y le pregunté qué música estaría sonando para ella. No le dio tiempo a contestar. Un tipo en calzoncillos abrió la puerta del comedor con cara de pocos amigos.

—Chicos —dijo—, lo siento, pero se acabó el mañaneo.

Buscó con la mirada a alguien en concreto. Lo encontró.

—Joder, Iggy —protestó—. Al final te dije que prefería que no trajeses a nadie a casa. Mañana me levanto temprano.

—Creía que me habías dicho que sí, que podía traer gente a casa. Lo siento, tío. —Iggy se excusó muy apurado.

El resto nos fuimos levantando y dirigiendo a la puerta. El dueño de la casa seguía discutiendo con Iggy.

—No, Iggy. Al principio te dije que sí podías venir con

gente. Pero luego te escribí y te dije que mejor no vinieses con peña porque Alicia y yo estábamos cansados.

—*My fault*, tío, perdona. Mi culpa. Lo siento, en serio —seguía Iggy—. Sabes que si no estuvieran este finde mis padres, hubiésemos ido a mi casa.

Elia permanecía en el sofá. Le pregunté si no salía con todos.

—Qué va —me dijo mientras se acomodaba—. Iggy y yo hoy dormimos aquí.

Después me pidió mi móvil y tecleó algunos números.

—Llámame si te apetece y tomamos un refrigerio algún día.

—Claro —dije.

—Genial, Pablo actor.

Al salir a la calle, estaba totalmente perdido. Serían las siete de la mañana y la luz del sol era una bofetada a la vista. Me despedí del resto de la gente y callejeé un rato hasta dar con la Gran Vía; una vez allí, me ubiqué. Bajé a Callao para pillar la línea amarilla.

Estaba bastante agotado. De camino a casa pensaba en Elia y lo bien que se había portado conmigo. También calculé cuánto dinero me había dejado esa noche.

14

Soledad

Solitude, 1944
Óleo sobre lienzo, 81,3 x 127 cm

Me desperté con resaca y un poco triste. Se trataba de una congoja tibia, pero de la que me resultaba imposible deshacerme. El clásico bajón tras una noche de fiesta, supuse. Aguanté un rato en la cama cuantificando el nivel de abatimiento. No era tan elevado como para lanzarse por un cuarto piso con una nota de despedida en la mesilla, pero sí lo suficiente como para llegar a la conclusión de que la vida no iba bien, de que algo fallaba.

Cuando era un crío, en ocasiones me entraban ataques súbitos de tristeza muy parecidos al que sentía en ese momento. Entonces buscaba estrategias para combatirlos y achicarlos todo lo posible. Uno de mis métodos favoritos era pensar que en el mismo instante en el que me sentía abatido, la vida se desarrollaba a la vez en diferentes lugares. Imaginaba, por ejemplo, qué estaría haciendo mi hermana Paloma o mi vecino Lolo durante las vacaciones. Sabía que todo estaría ocurriendo al mismo tiempo que mi tristeza, y así conseguía liberarme de ella o, al menos, controlarla. Nunca entendí muy bien la secreta relación entre esa pena que me golpeaba y especular con otras vidas simultáneas a la mía; simplemente sabía que funcionaba. Supongo que si de adultos acudimos a cualquier pastilla para atenuar el dolor, de críos tenemos la necesidad de explorar nuestros propios paraísos artificiales.

No me apetecía salir de la cama. La tristeza me impedía

cualquier tipo de acción por pequeña que fuese. Busqué algún método para combatirla. Lo intenté con la técnica de las vidas simultáneas en un mismo instante. Pensé en Elia y en qué estaría haciendo en ese momento. Seguramente estaría desayunando con Iggy por algún bar del centro. No funcionó. Hay remedios que con el tiempo pierden su eficacia.

Una mancha de humedad en el techo de la habitación llamó mi atención. Me quedé observándola un rato. Y se me ocurrió una idea para un cuento. La historia transcurría en una casa de una familia pobre con muchos hijos. Uno de los hermanos pequeños dormía en un cuarto con los más grandes. Apenas poseían juguetes, y los pocos que tenían, viejos y despedazados, los mayores nunca los compartían. El niño únicamente podía jugar con una mancha de humedad que había en una de las esquinas de la pared. La mancha estaba situada justo debajo de la ducha de los vecinos del piso superior. Con el tiempo iba creciendo y transformándose. Cuando el muchacho apenas tenía siete años, el manchurrón era un dinosaurio capaz de tirar rayos y, sin duda, su mejor amigo. En la pubertad aquel borrón húmedo se convirtió en Bruce Willis y resolvía casos en una comisaría de Brooklyn; de adolescente, la mancha era Michael Jordan y no paraba de conseguir triunfos para su equipo, además de ser el mejor confidente del chaval. Ya en la juventud, la mancha comenzó a frecuentar otro círculo de amistades con las que compartía inquietudes y aficiones. Poco a poco la mancha de humedad se iba alejando del joven hasta que ya nada les unía. Finalmente perdían el contacto. La mancha llegaba a graduarse en Medicina y se convertía en un referente en cirugía de columna.

Sabía que nunca escribiría esa historia, pero imaginarla me sirvió para salir de mi estado de letargo. Me propuse conseguir pequeños objetivos para ir avanzando durante ese día. El primero fue salir de la cama para hacerme un huevo frito. El piso permanecía en silencio y con todas las puertas de los dormitorios cerradas. No sabía si había alguien más en la casa. En mi balda de la nevera tenía huevos, pero no pan. Busqué por los armarios de mis compañeros y encontré una bolsa de sobaos. Cogí uno y lo usé para mojar en la yema. Descubrí que dos cosas aparentemente perfectas no tienen por qué encajar.

Eran las ocho de la tarde y llegaba el momento de prepararme para empezar el primer día en mi nuevo trabajo. Comenzaba en el turno de noche, de diez a seis de la mañana.

Antes de ir, necesitaba un baño urgente. Al entrar en el lavabo de Lito vi en el espejo un folio pegado con celo que decía: «No usar la ducha si no es tu cuarto de baño. Gracias». No le hice caso y me di una ducha rápida. Cuando se fue el vaho cambié el folio por otro que decía: «Gilipollas». Después me preparé la mochila con una toalla y unos calzoncillos limpios. Por el camino compraría pan y algo de embutido para comer durante la hora de descanso. Busqué cómo llegar a la empresa. Estaba situada en un polígono de Alcobendas. Para llegar hasta allí tenía que coger la Línea 1 hasta Moncloa, después la Línea 10 hasta La Granja y, por último, caminar unos diez minutos.

Al salir a la calle el sol aún tenía fuerza. De camino a la parada de metro vi las terrazas de los bares llenas de gente acabando de disfrutar el fin de semana. Bebían cervezas o tintos de verano. Esa imagen hacía aún más dolorosa la idea de trabajar toda la noche en una fábrica que todavía no conocía. El primer día en cualquier trabajo siempre resulta inquietante, el miedo a lo desconocido, supongo; pero pensar en comenzar a trabajar aquella noche de verano me resultaba insoportable.

Llegué a la parada de La Granja hacia las nueve. Salí y caminé en busca de la empresa. No había nadie por las aceras. Tampoco circulaban coches por las carreteras del polígono. El sol comenzaba a desaparecer, pero no el calor.

Todos los polígonos industriales tienen un inquietante parecido. Caminé un par de vueltas algo despistado hasta que di con la dirección correcta. Llegué media hora antes, así que me senté en un banco y me encendí un cigarrillo. Vi salir un par de tíos. Tenían el pelo aún húmedo tras la ducha. Uno tendría mi edad, el mayor pasaba de los cincuenta. El joven se despidió del otro con una palmada en el hombro y dijo:

—Ahora para casa, canalla, nada de irse de putas, que nos conocemos.

Los dos se rieron. Luego cada uno se dirigió a su coche y se largaron de allí. Yo fui a la garita de entrada y me asomé a la ventana en busca del guardia de seguridad.

—Hola —dije—. Entro en el turno de noche. Es mi primer día.

—Pues te va a encantar.

Luego me preguntó mi nombre y descolgó el teléfono. Le dijo a alguien que ya estaba en la entrada el nuevo *ett*. Después colgó y me indicó hacia dónde debía ir y que al llegar preguntara por Joaquín, el jefe de turno de la noche.

Caminé hasta un pequeño almacén. Veía hombres salir en dirección a la calle con bolsos y mochilas al hombro. Se despedían hasta el día siguiente. No reparaban en mí. Al fin llegó un tío de unos cuarenta años con un mono de trabajo marrón, un vaso de café en la mano y una cucharilla de plástico en la boca. Se dirigió a mí muy amigable. Tenía los dientes marrones.

—Eres Pablo, ¿verdad? Yo soy Joaquín. El jefe de turno. —Nos estrechamos las manos y me indicó que le siguiera.

Caminamos por un pasillo hasta llegar al vestuario. Entramos y me señaló una taquilla. Dentro había una bolsa transparente con ropa de color verde doblada: un par de pantalones, tres camisetas y una sudadera. Saqué todas las prendas y comprobé que fueran de mi talla. En el suelo de la taquilla también había unas botas de seguridad manchadas de pintura.

—¿Esas botas también son para mí? —pregunté.

—Sí. Son obligatorias.

—Parece que están usadas. —Las cogí para mostrárselas.

—Vaya —dijo fingiendo sorpresa—, el caso es que el almacén no está abierto hasta mañana a las nueve. Te aseguro que aun en el estado en el que está ese calzado te va a ser más útil que lo que llevas.

Miré mis sandalias viejas y luego di la vuelta a las botas para mirar la suela y asegurarme de que fueran de mi número. El jefe de turno me dejó la llave de la taquilla, y me dijo que me cambiase sin prisa y después subiera a buscarle a la primera planta donde me explicaría todo lo que necesitaba saber.

Estaba solo en el vestuario. Me cambié con tranquilidad. Dejé mi ropa dentro de la taquilla y fui en busca del jefe de turno. Subí por las primeras escaleras con las que me topé, pero me llevaron hasta una gran estancia repleta de mesas separadas por mamparas. Supuse que sería la zona de administración. Volví a bajar y busqué otras escaleras. Al final di con unas que me llevaron hasta la planta de producción donde me esperaba Joaquín. Estaba en el interior de un pequeño cubículo acristalado que servía de oficina. Permanecía sentado frente a un ordenador rodeado de impresoras.

—Ya estoy —dije.

—Fenomenal. Veo que la ropa es de tu talla y las botas no están tan viejas, ¿verdad? —Me entregó un dossier—. Deja tu mochila por aquí, léete esto con tranquilidad y después rellena la hoja suelta que viene al final. Cuando acabes, me avisas.

Joaquín me dejó en su oficina con el dossier. Lo abrí por la mitad para echarle un vistazo. Era un tocho bastante extenso en Comic Sans que hablaba sobre la compañía y los distintos ámbitos en los que era un referente mundial. Trataba a los trabajadores de colaboradores y señalaba objetivos a largo y medio plazo con la mirada siempre puesta en la mejora continua. En el bloque de prevención, cada página estaba ilustrada con un dibujo de un operario con pinta de anormal que hacía bien, mal o muy mal su trabajo.

No aguantaba demasiado tiempo con los ojos pegados al dossier. De vez en cuando levantaba la vista para mirar a través del cristal de la oficina. En la planta de producción, a unos metros de donde yo me encontraba, cinco hombres y una chica se movían junto a una máquina cada uno. La chica tenía tatuajes por los dos brazos y el pelo verde algo desteñido. Los seis operarios tenían a su lado palés llenos de sacos y en una pequeña mesa había bolsitas de distintos colores. Regularmente vertían el contenido de los sacos y las bolsitas por una obertura de la máquina y después desaparecían de su puesto de trabajo.

Acabé de leer el dossier, rellené el cuestionario todo lo rápido que pude y fui en busca del jefe. Estaba charlando con uno de los operarios junto a su máquina. Era un tío regordete, con el pelo negro y grasiento.

—Ya está —dije.

—Genial. Ven conmigo.

Joaquín caminó rápido hacia un pasillo. Le seguí. El hombre regordete nos habló antes de que abandonásemos la planta.

Gritó:

—¡Joaquín, no asustes mucho al chaval el primer día!

Joaquín no le contestó. Entramos en el pasillo y caminamos unos metros hasta llegar a una máquina de *vending*. Dentro de la máquina no había ningún tipo de alimento. Joaquín me entregó una tarjeta con una banda magnética por uno de los lados y mi nombre por el otro. Y me explicó:

—Con esta tarjeta puedes coger tú mismo el equipo de protección individual que necesites cada noche. Mete la tarjeta.

Metí la tarjeta en una ranura.

Joaquín señaló distintos puntos de la máquina y dijo:

—Hoy vas a necesitar un mono de papel, guantes, una máscara y unas gafas de protección. Ve dando al número que hay debajo de cada cosa.

Apreté los números y fueron cayendo los objetos a una ranura. Me agaché y los cogí.

—Lo estás haciendo todo perfecto —dijo Joaquín—. Nadie te controlará lo que cojas, pero sé sensato adquiriendo elementos de protección y sobre todo no pierdas la tarjeta. Vamos.

Le seguí. Joaquín volvió a la planta de producción. Se detuvo junto a una de las máquinas. Y siguió poniéndome al día.

—Como ya habrás leído en el dossier, en estas máquinas elaboramos colorante para plástico. El material que se usa para crear prácticamente cualquier pieza de plástico es en su 98 % incoloro, y el 2 % es el colorante. Nosotros fabricamos ese dos por ciento. Para conseguir los tonos mezclamos distintos productos con medidas muy precisas. Son esos sacos de ahí y estas bolsitas.

Joaquín señaló los sacos y las bolsitas, y siguió hablando.

—Las medidas te las daré yo según el color que queramos obtener. Al fondo hay una sala con balanzas para pesar. Pero hoy no te preocupes que no tienes que hacer mezcla. Hoy toca limpieza. Sígueme.

Le volví a seguir. Se metió por detrás de la máquina y me mostró un panel repleto de botones, lucecitas e interruptores.

—Aquí pones en marcha y desconectas la mezcladora. Ahora la voy a apagar. —Apretó varios botones y movió una palanca—. Esta palanca es lo más importante que debes recordar. Por tu seguridad.

Joaquín me dio un candado y una llave.

—Debes anclar la palanca a esa ranura.

Me mostró cómo hacerlo y dijo:

—No lo olvides nunca. La palanca debe estar bloqueada

con el candado. Y la llave la debes tener siempre en tu bolsillo. Ahora coge esa linterna, una rasqueta y estropajos de la caja.

Joaquín bajó por una pequeña escalera metálica hasta la cubierta de una especie de contenedor. Le volví a seguir. Dio varias vueltas a una rueda, luego sacó cuatro anclajes y levantó una escotilla que daba al interior de la máquina donde se hacía la mezcla.

—Ponte los guantes, el mono de papel, las gafas y la mascarilla.

Le hice caso. El mono de papel tenía capucha. Me cubrí con ella la cabeza. Joaquín continuó hablando.

—Ahí dentro se mezcla el material que echamos desde arriba y se crean las perlas que luego servirán para colorante de plástico. Una vez creada la mezcla se abre el depósito y el material cae a un contenedor que debes poner tú mismo y sacar cuando esté lleno. Nunca te olvides de colocar el contenedor antes de abrir el portón inferior o el material inundará la planta baja y te tocará barrer durante días, además de llevarte una bronca descomunal.

El depósito sobre el que estábamos era como una enorme Thermomix, con cuchillas incluidas. Las paredes y el suelo estaban cubiertos de una especie de pintura roja.

—Las palas que ves —señaló Joaquín— son las que hacen la mezcla. El candado que bloquea la palanca sirve para que nadie conecte la máquina contigo dentro y las cuchillas comiencen a dar vueltas a miles de revoluciones. No quiero recogerte en pedacitos. El candado es tu seguro de vida.

—¿Y qué tengo que hacer concretamente? —pregunté, aunque tenía una ligera sospecha.

Joaquín enarcó las cejas y dijo:

—Tienes que meterte ahí dentro y dejar el depósito limpio como una patena. Debe brillar como el papel Albal. El turno de tarde ha mezclado naranja para tapones de Fanta. La próxima mezcla es blanco talco, así que no puede quedar ni rastro de naranja o contaminará la siguiente partida. Dale con la rasqueta y el estropajo. Cuando lleves un rato me avisas para decirte cómo aclarar el depósito con agua y volver a rascar. Y así hasta que se pueda comer sopa dentro.

Encendí un pequeño foco y entré con él en el depósito. Apenas tenía un metro y medio de altura por unos dos metros de diámetro. Me puse de rodillas entre las dos enormes palas y comencé a rascar las paredes. Joaquín permaneció unos minutos mirándome desde arriba.

—Dale sin miedo, sin miedo —dijo.

Y después se largó.

Me quedé solo dentro de aquella enorme batidora. Frotaba con el estropajo un rato por una zona y después me iba a otra y daba con la rasqueta; luego seguía por las palas y volvía al tramo del principio. No avanzaba demasiado. Aquello no se acababa nunca. Busqué todas las posiciones para estar cómodo mientras limpiaba, pero en ninguna aguantaba mucho rato. Tenía las gafas de protección empañadas, la ropa de trabajo empapada de sudor y el mono de papel completamente manchado de naranja tapón de Fanta.

Imaginé que alguien cercano, para aliviar su tristeza, pudiera estar pensando qué hacía yo en ese mismo instante y tuve la certeza de que sería imposible que me visualizara dentro de aquel cubículo de metal frotando mierda sin orden. Seguramente nadie estaría haciendo ese absurdo ejercicio contra la tristeza, pero me divirtió y me apenó a la vez la idea.

Mientras rascaba imaginaba que aquel habitáculo podía ser cualquier cosa: el *Apolo XII*, una máquina del tiempo o las calderas en las que iba de polizón en un viejo barco a vapor navegando por el Misisipi.

Desconozco cuánto tiempo me tiré rascando hasta que una voz me habló desde fuera del depósito.

—Ey, ¿cómo vas?

Era la chica del pelo verde.

Me quité la mascarilla y contesté.

—Bien.

—Te traigo agua fresca.

—Gracias.

Me lanzó una botella de plástico de litro y medio.

—No has salido ni para comer —dijo—. ¿Necesitas algo más?

Le pedí que fuera hasta el despacho del jefe de turno y buscara en el bolsillo de mi mochila una pequeña radio con auriculares. La chica me trajo el aparato y me lo dejó junto a la escotilla. También me advirtió de que estaba prohibido usar auriculares en todo el recinto. Le di las gracias y se fue.

Me saqué con cuidado un guante, coloqué un auricular en una oreja y busqué algo para escuchar. Sonaba en alguna emisora *I See the Darkness*. Dejé la canción un rato regocijándome en mi lamentable situación. Después moví la ruedecita en busca de alguna emisora donde no hubiese música. Necesitaba escuchar a personas. Encontré un programa deportivo en el que hablaban de los equipos de fútbol recién ascendidos a Primera División. Lo dejé ahí. Me metí la radio en el bolsillo de la camiseta donde estaba estampado el logo de la empresa, subí la cremallera del mono de papel y seguí con la limpieza.

Allí continué hasta que alguien me gritó desde el exterior. Era hombre que me daba el relevo. Me dijo que saliera del depósito. Afuera, un hombre de unos sesenta años, de pelo canoso y bigote me preguntó si tenía alguna novedad que darle.

—No he avanzado mucho —contesté.

El depósito prácticamente seguía con tanta mierda como cuando entré yo.

—No te preocupes, niño —dijo el hombre—. Ya lo acabo yo o el que venga después; y si no que le den por culo y baje el jefe y lo limpie con sus cojones alemanes. ¿Muy duro allí dentro tu primer día?

—Un poco. —Le mostré el mono totalmente anaranjado.

—Tranquilo, niño, no todos los días toca limpieza. Ahora date una buena ducha y a descansar. El mono de papel lo puedes dejar allí. —Señaló un cubo.

Tiré el mono hecho un ovillo al cubo y bajé en busca de los vestuarios. Me equivoqué de camino un par de veces hasta dar con ellos.

El agua de la ducha salía con fuerza. Me quedé un buen rato bajo el potente chorro. Las piernas me temblaban de estar horas arrodillado. La indeterminada tristeza con la que había comenzado el día se había transformado en una tristeza real, concreta y precisa. No estaba triste por tener ese trabajo de mierda. Estaba triste por cada uno de los pasos que me habían llevado hasta él. Los errores propios y los ajenos que pueden joder una vida. Estaba triste porque ya no tenía forma de atajar mi tristeza con trucos como cuando era niño. Si lloras en la ducha no cuenta porque no hay forma de contar las lágrimas.

De camino a la calle, el tío regordete de pelo grasiento me lanzó un par de comentarios jocosos sobre mi primer día de curro, bromeó con que había visto a la compañera indagar en mi mochila y luego me preguntó dónde vivía. Sugirió que con el bus llegaría antes a casa y me indicó dónde se encontraba la parada. No estaba lejos de la fábrica. Llegué sin problema. La marquesina se hallaba junto a una carretera con dos carriles por dirección. No había nadie. Me senté. Mientras aguardaba la llegada del autobús, miraba los coches que pasaban y trataba de adivinar el tipo de personas que los conducían, hacía dónde iban y cómo sería su vida.

Sonó un mensaje en mi móvil. Deseé que fuera Elia. No era ella. Era el casero. Me indicaba que no podía arreglar la ducha. Se iba unas semanas a Kenia. Tenía negocios allí y estaría un tiempo incomunicado. Ya mandaría a alguien a que viese qué problema había.

Notaba cómo el tráfico aumentaba a medida que pasaban los minutos, pero mi autobús no llegaba y yo seguía solo en la parada. Miré los horarios y comprobé que la frecuencia se había reducido por el horario de verano. Ya estábamos en julio.

Saqué de mi mochila el pan y el embutido que no había cenado. Abrí la barra con los dedos e improvisé un bocadillo. Me lo comí sentado en la parada viendo pasar los coches.

Aún era de noche y parecía que nunca iba a amanecer.

SEGUNDA PARTE

JULIO

1

Sol en una habitación vacía

Sun in an Empty Room, 1963
Óleo sobre lienzo, 73 x 100 cm

Llegué a la puerta de mi bloque a las ocho de la mañana. Aunque era la mejor hora para estar por la calle y el único momento del día en el que el calor no resultaba insoportable, apenas había gente por las aceras. Yo mismo me hubiera quedado fumando en el banco que había allí al lado, si no me hubieran podido las ganas de dormir.

No me dio tiempo de meter la llave en la cerradura. La anciana con el broche de libélula y el andador abrió la puerta antes. Advirtió mi intención de entrar en el portal. Me bloqueó el paso con su metro cincuenta de huesos y piel.

—¿Dónde va, joven? —preguntó, mientras me observaba de arriba abajo.

—A mi piso.

—¿Qué piso?

—En el que vivo.

—Hay un marrano que se caga por donde pilla en este portal.

—Lo sé.

—Yo hago de vientre cada mañana —informó la anciana—, pero lo hago en mi cuarto de baño.

—Así debe ser.

—Cada martes y jueves vienen de una empresa a limpiar la escalera, pero hoy es lunes y había un zurullo enorme. ¿Qué hago? ¿Lo dejo ahí hasta que vengan mañana?

—No parece la mejor idea —dije.

—Pues a mis noventa años me he agachado yo misma para quitarlo.

—Gracias.

Se apartó al fin y me dejó pasar. Cuando encaraba las escaleras, la anciana volvió a hablarme.

—Oiga, tengo un parchís —dijo—. Es de seis colores. Podría venir alguna tarde a jugar. Vivo en el entresuelo D. Tres colores cada uno. ¿Le gusta el parchís?

—No mucho —contesté.

En realidad odiaba jugar al parchís.

Dejé a la señora hablando para sí misma; creo que decía algo sobre que me dejaría a mí escoger los colores y salir primero.

Al entrar en mi piso oí voces. Era Lito.

—¡Mato a quien haya sido! ¡Lo juro por mis muertos!

Estaba en la cocina. Se movía muy nervioso. No llevaba camiseta, fumaba y tenía los ojos inyectados en sangre. Lucas permanecía sentado en una silla. Lito, al verme aparecer, me miró como si me quisiera matar.

No dijo nada, fue Lucas quien habló.

—Esta noche han entrado a robar en el piso.

—Joder. —Fue lo único que dije.

Saqué un cigarrillo. Lito apagó el suyo en el grifo del fregadero y me dijo que no fumásemos allí dentro.

—Suponemos que han entrado por ahí. —Lucas señaló la puerta que daba al patio.

—Algún imbécil que no para de salir a fumar se la habrá dejado abierta —apuntó Lito.

Fui a mi dormitorio para revisar si me faltaba algo. El armario estaba abierto y había ropa por el suelo. No vi mi ordenador portátil. Busqué por debajo de la cama por si aparecía allí y también miré entre los paquetes de Lucas. Se habían llevado lo único que tenía valor.

Volví a la cocina.

—¿Habéis llamado a la policía? —pregunté.

—No quiere —dijo Lucas señalando a Lito.

—Me han robado el ordenador —dije yo.

—No podemos llamar a la policía. Imposible —sentenció Lito—. Tu ordenador qué vale, ¿trescientos pavos? Te los pago yo cuando cobre el mes que viene, pero no podemos denunciarlo. Y eso que a mí me han robado el ordenador, el móvil y tres mil euros en efectivo.

—¡¿Tres mil euros?! —exclamó Lucas—. Podemos llamar al casero, por si tiene seguro.

—Está en Kenia —expliqué—. Me ha dicho que estará un tiempo sin dar señales. Tenemos que ir a comisaría.

—Me suda la polla tu ordenador —soltó Lito, cada vez más inquieto—, total, no lo vas a recuperar aunque denuncies.

—¿Estás bien? —le preguntó Lucas.

Lito se quedó un tiempo en silencio. Cogió el paquete de Marlboro que estaba sobre la encimera. Estaba vacío. Lo arrugó y lo tiró al cubo de la basura. Seguía sin decir nada.

—¿Lito? —volvió a preguntar Lucas.

Lito tomó aire, nos miró muy serio y comenzó a hablar.

—Mirad, aunque esto os haya afectado a vosotros...

—A mí solo me han robado una tablet vieja —le cortó Lucas—. Mi tele creo que es demasiado grande para cargarla. Y no han tocado ni la Play, ni la Xbox. Y la habitación de Sara está cerrada con llave. Realmente os ha afectado a Pablo y a ti.

—No querían la tele ni nada de eso —dijo Lito—. Venían a por mí. No os puedo contar mucho para no involucraros, pero digamos que he trabajado para un gobierno extranjero. Espionaje. Contrainteligencia. No puedo decir más. Sé desde hace días que habían dado conmigo. Por eso se han llevado todos los dispositivos informáticos que hay en la casa, para sacar información, pero no van a encontrar nada. No soy tan estúpido. Lo siento por tu ordenador y por tu tablet. Os lo pagaré yo mismo, pero nada de ir a la policía.

—Espionaje —dije.

—Contrainteligencia —dijo Lucas.

—Sí, tíos. Todo lo de ser camarero es una tapadera —continuó Lito—. Tengo que integrarme lo mejor que pueda en la sociedad para pasar desapercibido. Así es como funciona. Y hay muchas más cosas que ya os contaré, pero ahora por vuestro bien es mejor que no sepáis.

Estaba demasiado agotado para seguir escuchando aquello. Dejé a Lucas y Lito en la cocina y me fui a mi cuarto. Los paquetes de Lucas invadían casi todo el espacio y mi ropa esparcida por el suelo llenaba el resto. Era difícil moverse. Llegué hasta la cama y me tumbé. Comenzaba a hacer calor. Una débil luz, la que conseguía llegar desde el patio, se filtraba a través de la persiana. Pese a todos los trastos, me dormí sintiendo que vivía en una habitación vacía.

2
Anochecer de verano

Summer Evening, 1947
Óleo sobre lienzo, 76,2 x 106,7 cm

El lunes me desperté a las tres de la tarde y me quedé más de una hora en la cama sin hacer nada. Me puse los auriculares y estuve escuchando la radio. En alguna emisora hablaban de política local.

Ese día no tenía que ir a trabajar. Cosas de los calendarios de muchas fábricas. Lo normal es que haya tres turnos: mañana, tarde y noche; de lunes a viernes. Aunque si la demanda aumenta, la empresa puede añadir otro turno, o incluso dos, para que no se detenga la producción ningún día de la semana.

Con arreglo a mi calendario, tras acabar de trabajar el domingo por la noche, me pertenecían dos días de descanso, hasta el miércoles a las dos. Y después vendrían de nuevo otros siete días de curro en el turno de tarde. Aunque no llegaría tan lejos. Se me acababa el contrato ese mismo jueves. Me alegró pensar que no me quedaría mucho más tiempo en aquel lugar. Se trataba de un sentimiento que conocía muy bien. En todos los trabajos por los que había pasado solo podía pensar en una cosa el día que comenzaba: el momento de firmar el finiquito y largarme de allí. Eran trabajos que odiaba, y saber que mi vida se reducía a aquello me deprimía.

Desde la cama eché un vistazo a la habitación. Estaba hecha un desastre, repleta de paquetes y de ropa esparcida por el suelo. Parecía que tuviera más prendas de las que en realidad tenía. Recordé que lo que ya no poseía era mi portátil y pensé en denunciar el robo. Tenía una idea de quiénes podían haber entrado por la puerta del patio, lo que no tenía claro era si me quería enfrentar a esos tíos. Indio y su amigo me daban respeto, sobre todo Indio. Desprendía esa mirada, a la vez serena y turbia, del que no teme a nada.

También quedaba la posibilidad de que Lito fuera un agente doble y los servicios de inteligencia de algún país hostil hubiesen entrado en nuestro piso de mierda.

Lucas fue decisivo para que no acudiera a comisaría. Llamó a mi puerta y me sacó de la cama para regalarme una agenda.

—Es una Moleskine —dijo orgulloso—. Me la han traído hoy.

—Gracias, pero no tengo muchas cosas que apuntar en una agenda.

—Pero tengo una idea. —Lucas seguía hablando con entusiasmo—. En ella puedes anotar las cosas que vendamos y el precio. Me voy a deshacer por internet de todos estos trastos que me están llegando. Cuando tengamos la pasta necesaria te compras un portátil.

—Gracias —dije.

Fui a la cocina a ver qué tenía de comida.

—Algunas cosas no valen nada, pero por otras podemos sacar un dinerillo —insistió Lucas.

Abrí la nevera y lo único que vi en mi estante fue un paquete de fiambre y dos manzanas. Cogí el fiambre y me lo comí directamente del envase. Lucas me siguió y me propuso otro plan.

Dijo:

—Por si te aburres sin ordenador, también tengo una PS3 de sobra. Te la puedo prestar.

—No es necesario, de verdad.

—¿No?

—Hace mucho que no juego a nada.

—¿No te gusta? ¿En serio?

Me encogí de hombros.

—No te preocupes, de verdad —dije—. Lo que sí me gustaría es que te llevaras los paquetes a tu cuarto. No tengo espacio ya en el mío.

—Claro, ahora mismo. ¿Me echas una mano?

No contesté. Un mensaje en mi móvil me distrajo. Era Elia. Me invitaba a una fiesta. Volví a leer el mensaje: «Hola, Pablo. ¿Te apuntas a una fiesta de tardeo en Malasaña? Venga, venga, no te hagas el interesante».

Elia me había alegrado el día. Quizá la semana y seguramente todo el tiempo que llevaba en Madrid. Me hice el interesante dos minutos y le escribí que me hacía mucha ilusión ir y le pedí que me mandara la dirección. Antes de enviar el mensaje borré lo de que me hacía mucha ilusión.

Le pedí a Lucas si dejábamos el traslado de paquetes para otro momento y a él le pareció una buena opción porque había quedado esa tarde con una ucraniana que conoció en el metro.

Me metí en mi lavabo para afeitarme. Una abundante barba cubría mi cara. Me pasé la máquina eléctrica al dos salvo en la parte superior del labio. Un poblado bigote resaltaba en mi rostro y me lo hacía más achatado.

La única ocasión en la que había lucido bigote fue con cinco años, el viernes que celebrábamos carnaval en el colegio. Mi bigote era un borrón alargado bajo la nariz hecho con un rotulador negro. Me lo dibujé yo mismo al mediodía. Por la mañana en el aula habíamos preparado parches con cartulina negra. Mi parche era perfecto. No me salí de las líneas al recortarlo y enganché las gomas a los agujeros sin que estos se rompieran. Mi plan para disfrazarme de pirata estaba casi listo. Solo quedaba la espada. Aunque por más que lo intenté, mi madre no me la quiso comprar para llevarla en el desfile de la tarde. Decírselo a mi padre no era una opción.

Así que fui disfrazado de pirata luciendo únicamente el parche de cartulina y mi bigote pintado con rotulador. La ropa que vestía era la misma que había llevado por la mañana: un jersey de rombos y pantalones marrones de pana. Antes del desfile nos hacían una foto a todos los niños. Íbamos pasando de uno en uno y nos colocaban en una pared junto a un árbol hecho con papel pinocho antes de inmortalizar el momento. Víctor, el maestro de Primero A, era el encargado de darnos paso. Se mostraba muy afectuoso con todos y celebraba efusivo los disfraces.

—Anda, Dani, ¿de qué vas disfrazado? —preguntaba Víctor entusiasmado—. ¿De osito? ¡Qué chulo! Ahora la foto.

Y la señorita Ana hacía la foto.

—¡Pero quién veo aquí! —gritaba el profe Víctor—. ¡¡Si es Minnie Mouse!!

Y Minnie se situaba junto al árbol y sonreía a cámara.

Cuando llegó mi turno, el profe Víctor me observó unos segundos.

Y dijo:

—¿Y tú de qué vas disfrazado? ¿De ti mismo?

No dije nada.

La foto todavía andará por alguna caja vieja. Aparezco serio, sin espada, con el parche mal puesto y un mancha negra emborronada sobre el labio.

Me pasé la maquinilla y me quité el bigote. Me dejé toda la barba igualada al dos. Recogí el lavabo y me metí en el cuarto de baño de Lito para darme una ducha rápida antes de que llegara. Lucas dijo que me cubría.

De camino a la fiesta compré tres litronas. Me bebí una esperando el metro, así que al llegar a Malasaña tuve que buscar una tienda para reponerla. Pillé un par más en una tienda situada justo al lado del lugar que me había indicado Elia. Llamé al portero automático. Abrieron sin preguntar.

La puerta de la casa estaba medio abierta; pasé con prudencia y un tipo bajito con patillas anchas y sombrero se me echó encima. No me dejó presentarme.

—¡Rápido! ¡Contraseña! —dijo.

—Manzana negra —contesté.

—Joder, has acertado. —Soltó una fuerte carcajada y me tendió la mano—. Soy Richi. Pasa.

—Pablo —dije—. Vengo por Elia.

—Ni puta idea, querido. Debe estar por ahí.

Richi me dejó solo y se fue a hablar con un grupo de gente. La casa era enorme. Un largo pasillo se perdía a mi izquierda y a la derecha se abría el salón que daba a una amplia terraza. Había personas por todas partes, salían y entraban y se perdían por el pasillo. Nadie reparaba en mí. Dejé las botellas en un gran barreño con hielo y pasé a la terraza. Allí abrí una lata de cerveza y me encendí un cigarrillo.

Al segundo cigarro vi a Elia. Me saludaba desde el comedor, daba pequeños saltos y agitaba las manos. Me indicó que me quedara donde estaba. Salió a la terraza liándose un porro de marihuana.

—¡Has venido! —exclamó con una sonrisa que marcaba sus hoyuelos.

—He venido.

Elia me contó que era la fiesta de un amigo que celebraba el fin de rodaje de su segunda película. Había invitado al equipo y a amigos.

—¿Una fiesta un lunes? —pregunté.

—Es verano, qué más da. El lunes es el mejor día. Además, todos tenemos horarios rarunos, ¿a que sí?

Afirmé con la cabeza.

—Por cierto —dijo Elia—, hace nada que se ha ido Julia, la de *Perlas ensangrentadas*, ¿te acuerdas?

—Claro.

Elia me presentó a mucha gente. Me dejaba en medio de un grupo y desaparecía durante un rato. Al poco, volvía y me presentaba a más personas. Los que no eran publicistas, periodistas o cineastas, se dedicaban a profesiones que no sabía ubicar muy bien. Hay muchos trabajos en Madrid que no son fáciles de entender, quizá porque no se pueden explicar con una palabra.

Al principio de la fiesta yo no hablaba demasiado, me dedicaba a beber y, si estaba en la terraza, a fumar. Todos eran amables y me hacían sentir bien. No eran invasivos con preguntas incómodas y charlaban de cualquier tema sin ínfulas. La bebida me relajaba y se me fue soltando la lengua. A medida que pasaban las horas, me integraba con cualquiera y le mantenía la conversación. No me daba miedo no pillar algunos referentes sobre cine, música o teatro; cuando no sabía de algún tema intentaba mostrar mi propia ignorancia con humildad, pero con aplomo.

En aquella fiesta no me sentí como cuando en el instituto nos llevaban al teatro y allí nos juntábamos con otros centros. Entonces me daba la sensación de que los alumnos de los otros institutos sabían de qué iba la obra, que dominaban al autor y su época. Los veía mirar con atención y apuntar cosas en sus libretas. Los de mi instituto parecíamos garrulos solo preocupados en montar follón y gresca sin interesarnos una mierda de que iba la cosa.

En una de estas conversaciones de pronto la gente se disgregó y me quedé solo en el pasillo. Elia apareció en mi rescate.

—Uuhh... ¿Vas de misterioso? —bromeó.

—No, solo que el grupo con el que hablaba se ha difuminado de golpe —me excusé.

—Estarán por las habitaciones.

Se unió a nosotros una pareja argentina y estuvimos hablando de la escena musical de Buenos Aires, de ballet y de publicidad. No sabía gran cosa de ninguna de las tres. Pero aporté lo que pude. Elia desapareció de nuevo.

De camino a la terraza me crucé con Richi. Volvió a preguntarme por la contraseña.

—Manzana negra —dije de nuevo.

—¡Premio! —gritó, y me metió una pastilla en la boca.

No me la tragué. La mantuve en la boca hasta la terraza y allí me la saqué para echarle un vistazo. Era rosa con forma triangular. No distinguía el logo que estaba impreso. Le di un mordisco, me guardé en la cartera el resto y fui en busca de bebida. Junto a la barbacoa, había un mesa con botellas y hielo. Me serví una copa de ron con Coca-Cola y me quedé mirando a la gente.

Elia me volvió a sorprender por un lado.

—Oohh... otra vez el chico misterioso. Siempre solo y melancólico.

Me reí. Ella seguía con la broma.

—¿Qué secretos esconderá? —dijo con sorna.

—Poca cosa —aseguré.

—¿Jugamos a que yo sea una *manic pixie dream girl*? —Elia movía las dos manos como si formulara un sortilegio.

—¿Cómo?

—Yo seré esa chica alocada y espontánea que salva al joven introvertido de su tristeza y de sí mismo...

—No soy tan joven —me excusé.

—¿Qué cosas le atormentarán? —seguía Elia—. ¿Seré capaz de conjurarlas?

Me quedé un rato en silencio.

Al final dije:

—¿Quieres media pastilla?

—Vale.

Saqué la media pastilla de mi cartera y se la dejé junto a los labios.

—Está un poco chupada —advertí.

—No importa.

Un grupo de gente se agolpó en la baranda de la terraza. Miraban a la calle y saludaban. Algunos comenzaron a gritar.

—¡IGGY! ¡IGGY! ¡IGGY!

Elia y yo luchamos un hueco entre el tumulto y conseguimos ver lo que ocurría en la calle. Iggy estaba en la acera de enfrente agitando los brazos como si fuera un atleta de salto de longitud dispuesto a hacer su mejor marca. Levantaba los brazos y daba palmas acompasadas sobre su cabeza. Todos seguimos el ritmo gritando su nombre.

—¡IGGY! ¡IGGY! ¡IGGY!

De pronto, comenzó a correr con grandes zancadas hacia la fachada del edificio en el que nos encontrábamos, dio un enorme salto y apoyando un pie en la pared se enganchó con una mano en los hierros de un balcón. Después se agarró con la otra mano y elevó su cuerpo como si no tuviera peso que levantar. Siguió trepando aprovechando cualquier hueco o saliente de la pared hasta llegar a nuestro piso. Apenas daba tiempo de ver cómo lo hacía. Una vez en lo alto, lo cogieron de los brazos y la cintura y lo metieron para dentro. Todos le abrazaban y le vitoreaban. Iggy se hizo un hueco para coger aire y poder respirar. Estaba doblado y apoyaba las manos en sus rodillas. Levantó la cabeza, aún exhausto, y miró donde estábamos Elia y yo.

Y dijo con una sonrisa:

—Hola, Elia. ¿Todo bien?

Elia le saludó con la mano. Después Iggy reparó en mí.

—¡Pablo! Me alegra verte de nuevo. Creo que necesito una cerveza.

Me sorprendió que se acordara de mí.

Iggy entró en el piso acompañado de gente que todavía seguía celebrando su gesta. Elia y yo nos quedamos en la terraza. A riesgo de que me preguntara después a mí, le pregunté por su vida.

—¿Querías ser directora de cine?

—Es la idea —dijo tras un suspiro—; estudié Comunicación Audiovisual en Londres y ahora quiero hacer un máster de dirección en Nueva York. Pero se complicaron las cosas.

—¿Se complicaron?

—A ver. —Elia trataba de recomponer en su cabeza las piezas de la explicación—. Ya te contaré con más detalle. Pero en resumen, mi padre está forrado, ¿vale? Pero no yo, como muchas veces me recuerda. Trabaja para un banco. Viaja mucho. Lo adoro. Es guapísimo, además. Nos llevamos muy bien, pero hace un tiempo discutimos y le dije que yo misma podría pagarme el viaje, la matrícula y la estancia. Así que ahora estoy en esas. No es barato, pero soy muy tozuda.

—¿Y de qué trabajas?

—Te vas a reír —dijo—, trabajo de guardia de seguridad en el Thyssen.

—Vaya.

—Mi padre es también socio en la empresa de seguridad. Así que me saqué todos los cursos y pasé los exámenes necesarios para trabajar de *segurata* y darle en todo el hocico. En esas estoy. Oye, ¿y a ti cómo te va lo de actor?

Comenzaba a anochecer y se levantó una ligera brisa. Estaba a gusto junto a Elia en aquella terraza de un desconocido en Malasaña. De pronto comenzó a sonar en algún lugar *Tonight, Tonight* de The Smashing Pumpkins y todo adquirió un punto mágico. Las luces, a lo lejos, solo eran borrones brillantes. Justo a esa hora, la noche anterior, estaba dentro de una Thermomix enorme quitando una masa viscosa. Pensé en eso, en el cambio de turno, en quién estaría metido ahora mismo allí y en todas las Thermomix gigantes del mundo. Di un trago a su salud, no les quería dejar en soledad.

—¿Te has fijado? —Señalé con el dedo al aire—. El otro día, en aquella casa, me preguntaste qué canción estaría sonando si una cámara se alejase de nosotros. Te dije Smashing Pumpkins, y me llamaste «viejuno». Escucha, escucha.

Estuvimos en silencio un rato. Apenas llegaba un pequeño hilo de música desde algún lugar que no podíamos determinar. Elia atendía concentrada. Me miró extrañada.

Y dijo:

—Pero si eso que suena es *Umbrella* de Rihanna.

—Ah. Es verdad.

No lo quise reconocer, pero en ese momento me daba igual que fuera Rihanna, Smashing o Los Chichos.

3

Conversación nocturna II

Conference at Night, 1949
Óleo sobre lienzo, 70,5 x 101,6 cm

Alguien dijo de continuar la fiesta en el Toni 2. Muchos secundaron la propuesta. Otros tenían un plan diferente. Iban a un club de MDSM. Busqué con la mirada a Elia. Estaba junto al ordenador donde pinchaban la música. Se puso una mano en la boca a modo de altavoz.

—¡Toni! —dijo, y con la otra mano me hizo el signo de victoria.

Fui hasta donde estaba ella. Me preguntó si conocía el sitio. No lo conocía. Me contó que era un piano bar mítico de Madrid. Los clientes se colocaban alrededor del piano y los más atrevidos salían a cantar junto a un pianista que les acompañaba al teclado. El bar estaba por Chueca. Elia me preguntó si me apetecía ir. Me apetecía.

Busqué por la casa algo de bebida. Vi una botella de JB abierta y la metí en una bolsa. Antes de salir un tío vino hasta mí y me cogió la mano. Me extendió la palma y me dejó un puñado de setas.

—Son la hostia. Te gustarán. Reparte por ahí —dijo.

Y desapareció con el grupo del club de MDSM que dejaban la casa.

Me comí una seta y le pregunté a Elia si quería. Me cogió una pequeña, y me guardé el resto en el bolsillo del pantalón. Le eché un trago a la botella de JB para rebajar el amargor que las setas me habían dejado en la boca, pero no fue buena idea. Tuve que contenerme una arcada. Elia se tragó la suya con una botella de Fanta. No tenía tapón. Pensé en quién sería la persona que hiciera el colorante para un nuevo tapón color naranja. Quizá yo.

—¿Vamos? —dijo Elia.

—¿Iggy viene? —pregunté.

—Se une más tarde.

Salimos de la casa hacia el Toni 2 una docena de personas: un grupo de tíos con acento canario con los que no había hablado en toda la noche, una pareja muy simpática que me había invitado a su tienda de ropa vintage en el Rastro, un par de chicas que tenían una compañía de *impro*; un grupo de holandesas, Elia y yo. Caminamos por calles que apenas recuerdo. No enfocaba más allá de un metro de mis narices. Todo lo demás permanecía en una dulce nube.

Por el camino, daba tragos a la botella de whisky. Para no vomitar eran sorbos pequeños que apenas humedecían el paladar. Le ofrecí a Elia, pero no quiso.

La gente se disgregó en grupos de dos o tres personas. Yo iba rezagado. Elia charlaba con unos y luego adelantaba el paso y se unía a otro grupo. Aparte de nosotros no había mucha gente por la calle. Atravesamos Fuencarral y nos metimos por Chueca. Al llegar al Toni 2 nos agolpamos en la puerta y fuimos entrando. Dejé la botella de JB en la acera. Elia pagó mi entrada.

El local no estaba muy lleno. Había algunas parejas en las mesas de la entrada y un par de sesentones con una enorme panza en la barra. Al fondo, varias personas rodeaban el piano. Alguien cantaba *Contigo* de Joaquín Sabina. Elia me dio su consumición, me dijo que le pidiera lo mismo que yo y se fue al piano a pillar turno. Me acerqué a la barra y pedí ron con cola para los dos. Me bebí el mío de tres tragos. Mientras me preparaban otro, uno de los panzones se dirigió a mí.

—Chaval, menuda cara de gilipollas tienes —dijo.

—Qué le voy a hacer —contesté.

—Pues tienes razón.

El panzón sacó un billete de cincuenta euros de su cartera y no me dejó que pagara la consumición.

—Los que tenemos cara de gilipollas debemos apoyarnos —dijo.

Le di las gracias por la invitación y fui donde se encontraba Elia. Estaba pendiente de que le llegara su momento de cantar. Ahora una señora con el pelo cardado clavaba a Rocío Jurado.

—¿Te atreves con algo? —me preguntó Elia con una sonrisa.

—No me atrevo.

—Pues yo sí. ¿Qué te gustaría?

—Algo de Nina Simone —dije un poco por decir.

Elia soltó una carcajada y me dio un beso en la mejilla. Cada vez iba agolpándose más gente junto al piano. Estuvimos un rato en silencio escuchando a los espontáneos que salían a cantar. Un hombre con el pelo canoso les seguía al piano.

Me desplacé como pude hasta la barra para pedir algo más. Elia se quedó a la espera. Los panzones continuaban allí. Les saludé desde el otro lado con un movimiento de cabeza, pero no repararon en mí. El camarero me sirvió otro ron y volví al piano. No pude llegar hasta Elia, pero vi cómo le pedía al pianista su sitio en la butaca. Comenzó a tocar ella misma. Enseguida advertí que estaba tocando una de Nina Simone, sonaban los primeros acordes de *Ain't Got No I've Got Life*. Elia comenzó a cantar.

I ain't got no home, ain't got no shoes
Ain't got no money, ain't got no class
Ain't got no skirts, ain't got no sweater
Ain't got no perfume, ain't got no love
Ain't got no faith...

La gente de la fiesta que vino con nosotros estaba a su alrededor y le acompañaba con la letra. Elia comenzó a subir la intensidad. Estaba muy pendiente del piano y apenas levantaba la vista. Cada vez cantaba con más energía.

I got my arms, got my hands
Got my fingers, got my legs
Got my feet, got my toes
Got my liver, got my blood

Justo al final apareció Iggy y se sentó a su lado. Elia se echó a un extremo. Apenas cabían los dos en la butaca. Iggy se hizo cargo del piano y los dos acabaron la canción al unísono.

I've got the life
I have my freedom
I've got the life

Alguien me tocó el hombro. Era uno de los panzones. Tenía media camisa sacada por fuera y la corbata deshecha. Me dio un trago de su bebida.

—¿Necesitas algo más, cara de gilipollas? —preguntó.

—Una vida.

El hombre se rio y se perdió entre la gente. Yo me senté en uno de los reservados que había a un lado del piano. Unas estudiantes de Medicina celebraban el final de los exámenes. No sé muy bien de qué hablamos, ni siquiera tengo claro que intercambiara frases con ellas, pero recuerdo que una dijo algo así como que «ese tío va muy mal». Supuse que ese tío era yo. El sonido del piano llegaba cada vez más lejano. De nuevo alguien tocó mi hombro.

—¿Así que quieres una vida, cara de gilipollas?

Reconocí la voz. Era Pío Baroja. Vestía igual que la vez anterior: un gabán negro, bufanda y boina. Estaba sentado a mi lado. Las estudiantes de Medicina habían desaparecido.

—Tú deberías ocuparte de la tuya —dije sin hacerle mucho caso.

—Me llamas de usted, desgraciado —protestó Baroja—. O le digo ahora mismo a David Bowie que se largue de aquí.

Miré con renovado interés al otro lado de Baroja. En el reservado no había nadie más aparte de nosotros dos. Baroja se reía como un niño chico que ha hecho una trastada que solo él conoce.

—Gilipollas y cándido. No tienes remedio —dijo sin parar de mofarse—. Normal que quieras una vida.

—Quiero una vida que tenga interés.

—Esa chica, la del piano, ¿te gusta? —preguntó Baroja.

—No sé.

De repente se levantó y me golpeó con el bastón en la espinilla.

—Anda, calamidad, acompáñame.

Al ponerme de pie me entraron unas ganas enormes de mear. Esa noche había bebido más de la cuenta. Iba bastante borracho.

—Antes tengo que ir al baño —dije apurado.

—Pero ¿no te puedes aguantar? —protestó Baroja.

—Imposible.

Salimos del reservado. El Toni 2 estaba menos lleno. Un hombre con cara asalmonada se dejaba los pulmones cantando una ranchera, aunque poca gente le hacía caso. El pianista le acompañaba de forma rutinaria.

Entré en los servicios y Pío Baroja pasó detrás de mí. Los urinarios estaban ocupados, pero uno de los váteres se quedó libre. Pasé y Baroja me siguió. Cerré con pestillo y le eché una mirada molesto.

—¿No puede esperar fuera? —pregunté incómodo.

—Acaba de una vez y vámonos —exigió Baroja.

—Voy a mear —dije—. No mire.

—Tendré ganas yo de ver cipotes ajenos.

Tuve que concentrarme para que saliera el chorro, pero cuando empecé no podía parar. Era la primera vez que meaba en toda la noche.

—Señor Baroja, ¿usted está en otro plano dimensional?

—Quieres terminar ya para poder largarnos de aquí —gruñó.

La meada no acababa nunca. Baroja estaba cada vez más contrariado, pero de pronto mil preguntas me venían a la mente.

—Quiero decir —continué—, que esté hablando con alguien que murió hace años me hace plantearme cosas. Y yo no he tenido nunca mucho miedo a la muerte, salvo cuando he sido feliz. Aunque eso ha ocurrido en pocas ocasiones. Normalmente todo me aburre...

—¡Que acabes! —Baroja era cada vez más cortante.

Alguien golpeó la puerta.

—¡EH! ¡SALID DE AHÍ! ¡NADA DE METERSE RAYAS!

—¡Voy! —grité.

—¡Dios! —renegó Baroja.

El chorro no paraba de salir. Me notaba completamente borracho y cada vez tenía que concentrarme más para acertar dentro de la taza. El tipo de fuera seguía golpeando la puerta y Baroja resoplaba nervioso mientras me daba golpecitos en los gemelos con su bastón.

—Señor Baroja —continué—, una pregunta...

—¡Cojones ya! —gritó enojado—. ¿Qué?

Me concentré y solté lo que me rondaba por la cabeza. Dije:

—¿Cuál es el sentido de la vida?

—Tu puta madre, Pablo, tu puta madre. Ese es el sentido de la vida.

Al fin acabé de mear. Salimos apresurados del váter sin reparar demasiado en el tipo que golpeaba la puerta. En la calle tomé una bocanada de aire fresco. Seguía bastante ebrio, pero la brisa nocturna me vino bien. Baroja, sin decirme nada, echó a andar calle arriba. Le seguí a unos pasos hasta que me puse a su altura.

—¿Dónde vamos? —pregunté todo lo prudente que pude.

—Quiero que veas una cosa —dijo.

Baroja no volvió a hablarme en todo el camino. Giramos un par de esquinas. Yo ya estaba completamente perdido. Le acompañaba en silencio. No quería importunarle otra vez. Al llegar a un cruce, miró a la derecha y retrocedió el camino andado. Se paró frente a un local. Lo miró contrariado. Caminó de nuevo hasta la esquina y comprobó el nombre de la calle en la placa. Volvió hasta el local.

—No puede ser —protestó.

—¿Pasa algo?

Baroja negaba con la cabeza y fruncía el ceño mientras gruñía para sí mismo. Al fin soltó lo que estaba barruntando.

—¿Qué es este sitio?

Miré el local. Un enorme cartel con tipografía de colores anunciaba el nombre del establecimiento: MAD CEREALS CAFÉ. Y debajo una frase con gancho: «Haz crujir tu vida». Tenían cuarenta tipos de cereales y más de diez clases de leche. También podías añadir *toppings* a tu bol pequeño, mediano o grande. Le fui describiendo las características de la cafetería, pero Baroja apenas me atendía. Caminó hasta una plaza cercana y se sentó en un banco. Fui hasta él.

—Menuda horterada —dije un poco por solidarizarme—; ese sitio es como una cantina de toda la vida, pero en vez de pedir callos y vino, pides un bol de leche con cereales. Nos hemos vuelto locos.

—¿Por qué? —preguntó molestó.

—Yo qué sé, parecemos imbéciles, con este tipo de cosas.

—Qué me importará a mí lo que sirvan allí dentro y si alguien está dispuesto a pagar por ello.

—Yo mismo —dije.

La verdad es que el sitio tenía buena pinta.

Baroja hablaba ahora con desencanto.

—Pues que te aproveche.

No entendía por qué Baroja estaba tan molesto. La rabia dio paso al desconsuelo, y este al abatimiento. Se apoyó con las dos manos en el bastón y dejó la mirada perdida.

—En ese mismo lugar, de toda la vida, ha estado ubicada mi librería predilecta. No sé qué ha podido pasar.

—Los tiempos cambian...

—No me preocupan que los tiempos cambien, Pablo, no es eso.

—¿Entonces?

—Me preocupa ser yo el que cambie —dijo Baroja—. Siempre he presumido de tener una mirada crítica hacia la vida y la sociedad. Sabía observar, atender a lo que ocurría a mi alrededor y era capaz de forjarme una opinión sólida. Buscaba la verdad como único eje.

—¿Ya no es así?

—Ya no es así —dijo con tristeza—. Cada vez me entero de menos. Se me amontonan millones de conocimientos y no soy capaz de distinguir lo profundo de lo superfluo; lo accesorio, de lo fundamental. Por ejemplo, se me escapan conceptos que oigo por ahí, como «globalización», pero sé cosas como que tú, con once años, te pillaste el pene con la bragueta.

Nunca olvidaré ese día. Mi hermana Paloma tuvo que llevarme a toda prisa al ambulatorio. Yo no lloraba, aguantaba el dolor. Allí un enfermero me rompió los pantalones con unas tijeras, me untó crema por la zona y con mucho tiento separó el tirador de la piel. Apenas quedó marca.

—Diría que fue con nueve años —puntualicé.

—Fue con once —dijo con seguridad—. Pero ¿de qué me sirve saberlo? ¿De qué me sirve saber cosas, si no sé cómo interpretarlas? Además, este ya no es mi Madrid. No lo entiendo. Toda mi vida me gustó caminar por la capital. Paseaba con escritores amigos, nos llamábamos «desgastaaceras». Pero cada marcha por las calles de esta bendita ciudad era un viaje de profunda observación y conocimiento. Ahora, sin embargo, vagabundeo sin enterarme por dónde paso. Todo me es ajeno. La vida pasa sin que pueda comprenderla. Y cada vez va a peor.

Pío Baroja se levantó del banco. Y me dedicó una última frase antes de desaparecer por las calles de Chueca.

—No soy un fantasma por estar muerto, soy un alma en pena porque ya no me entero de lo que pasa a mi alrededor. Desgasto la acera sin ningún propósito, ahora soy un vagabundo funcional. Pablo, ahora soy como tú.

Tu puta madre, Baroja, tu puta madre.

4

Viento del atardecer

Evening Wind, 1921
Aguafuerte, 17,6 x 21cm

Cuando me desperté serían las siete de la tarde. Tan solo tenía una suave reseca. Por suerte había dormido bastantes horas seguidas. Al tener la persiana completamente bajada y la puerta cerrada, estaba empapado en sudor. Los paquetes de Lucas habían desaparecido de la habitación.

Me puse unos pantalones cortos y una camiseta y salí para beber agua y prepararme algo de comer. No tenía mucha cosa para elegir. En mi balda de la nevera vi un paquete con un par de hamburguesas. No recordaba que fueran mías, pero estaban en mi sitio. Cogí una sartén y puse aceite a calentar. Mientras esperaba a que estuviese a punto, revisé la fecha de caducidad de las hamburguesas. Llevaban una semana caducadas. Valoré las posibilidades de morirme si me comía una y concluí que las abriría y según el olor que desprendiesen me las comería o no. Olían regular. Apagué el fuego de la vitrocerámica y me senté en una de las sillas de la cocina a pensar qué podía hacer. Me encendí un cigarrillo.

Oí una puerta abrirse. Escondí el cigarro. Era de la habitación de Lucas. Salió una chica cubierta con una sábana. Parecía despistada. Reparó en mi presencia.

—*Toilet?* —me preguntó muy apurada.

—Cualquiera de las dos puertas del pasillo —señalé.

Entró en uno de los lavabos y cerró la puerta. A los pocos

segundos salió Lucas de la habitación. Me vio en la cocina y vino a saludarme.

—Hola, señor. ¿Cómo va?

—Bien —dije—. Gracias por llevarte los paquetes de mi habitación.

—Ah, nada. Creo que podré vender más de los que me pensaba y no paran de llegar —contestó animado.

—Genial.

—Nuestra ducha ya funciona —dijo—. La han arreglado esta mañana.

Al fin respiré. Parecía que empezaban a marchar algunas cosas. Lucas siguió hablando.

—Por cierto, me voy a la piscina con Theresa. ¿Te apuntas?

—Creo que no.

Supuse que Theresa era la chica de su habitación.

Lucas cogió una jarra de agua de la nevera, se echó en un vaso y se sentó en la silla de la cocina que quedaba libre. Se bebió de un trago el vaso y soltó un rugido de satisfacción.

—Si te bebes agua fría y no sueltas al acabar un «aaahhh», te sabe la mitad de buena. —Se volvió a llenar el vaso—. Mañana unos cuantos pasaremos el día en el parque de atracciones, ¿te vienes?

—No creo.

Intentaba no parecer borde, pero realmente no me apetecía, y de todos modos tenía que trabajar.

—¿No te gustan los parques de atracciones? —preguntó extrañado.

—No demasiado.

Se quedó unos segundos pensativo. Vimos salir del lavabo a Theresa y entrar en la habitación de nuevo. Lucas soltó lo que le andaba rondando por la cabeza.

—Creo que no te gusta nada que sea divertido, Pablo.

—Un parque de atracciones no es divertido —me defendí.

—Sí lo es —insistió—. Pero da igual, tampoco te gusta la

Play, no te gusta la piscina, ni nada que pueda ser mínimamente entretenido.

—Sí que me gustan cosas divertidas —pensé en algo que pudiera convencerle—, me gusta salir por ahí a tomar algo.

—¿Qué más?

—Leer y el cine imagino que no valen.

—No.

—Y cada vez lo hago menos. Entonces quizá no me gusten las cosas divertidas.

—Lo ves. —Se rió, mientras se tocaba el estómago de forma teatral—. Oye, tengo hambre. ¿Hay algo por ahí?

—Hamburguesas caducadas.

—Voy a por un falafel, ¿quieres uno?

—Sí.

—Entonces tres —contó Lucas—. Para ti, un falafel aburrido.

—Por favor.

Lucas se levantó y salió a por la comida. Sentí un pequeño mareo tras acabarme el cigarro. Pensé que sería buena idea volverme a estirar en la cama hasta que llegase Lucas con la comida.

No me dio tiempo a echarme. Recibí un mensaje de Elia. Me reprochaba con humor que hubiese desaparecido la noche anterior y me preguntaba si me apetecía quedar con ella aquella tarde. A las ocho en la Imprenta Municipal. No sabía dónde quedaba, pero le dije que sí. Allí nos veríamos.

Usé nuestra ducha recién arreglada. Antes de salir de casa, llamé a la habitación de Lucas. Abrió Theresa en ropa interior.

—Hola. ¿Le puedes decir a Lucas que me guarde el falafel en mi zona de la nevera? Tengo que irme.

—¿Irme? Yo... no... entiendo —dijo con una sonrisa incómoda.

Vi que sobre el escritorio había papel y lápiz. Hice un gesto con la mano hacia el escritorio y pasé adentro. Apoyé el papel sobre la puerta y escribí a Lucas una nota para que me guardase el falafel. Una estantería de metal repleta de todo tipo de objetos ocupaba una de las paredes de la habitación. Algunos de los paquetes que se había llevado de mi cuarto y otros nuevos cubrían prácticamente todo el suelo. Le dejé la nota a Theresa y salí de casa.

Elia me esperaba en la acera de enfrente de la Imprenta Municipal. Disparaba fotos a la fachada con una cámara Olympus. El edificio estaba en una calle poco transitada cerca de la Puerta del Sol. Al verme guardó la cámara y se acercó a saludarme.

—Me encanta esta construcción —dijo señalando la Imprenta—. ¿A ti?

Le eché un vistazo. La Imprenta Municipal era un edificio de tipo industrial: ladrillo rojo y ventanales de oficinas ministeriales. No encajaba con el resto de los bloques colindantes.

—Está bien —respondí.

—Eso es que no demasiado. A mí me mola fotografiar lugares aburridos en medio de la ciudad: gasolineras, talleres de neumáticos en un callejón, edificios abandonados o insulsos. ¿Qué tipo de arquitectura te gusta a ti?

No contesté. Solo me encogí de hombros. Me dio rabia no tener un criterio definido para todo.

Elia me propuso dar una vuelta. No quería ir a ningún sitio concreto. Me contó que había discutido con su padre y estaba un poco triste. Vivía con él en La Moraleja, uno de los barrios más caros del país. Su padre había pasado un par de días por Madrid y después se iba por negocios a París unas semanas. Elia no quería que se fuese sin arreglar las cosas. Su madre vivía en Barcelona. Se habían separado hacía años. Caminábamos sin rumbo fijo por La Latina.

—Lo peor de La Latina es el latineo —comentó Elia más para sí misma que para mí.

Al llegar a la plaza de la Cebada me dijo de caminar hacia el paseo de Bailén. Me pareció bien. Las temperaturas habían bajado algunos grados y, a diferencia de otros días, era agradable pasear a esa hora de la tarde.

—¿Por qué habéis discutido?

—Da igual el motivo. Siempre tiene razón —protestó—. Es el hombre con más sentido común que he conocido. Eso a veces también cansa un poco.

Elia me pidió que nos parásemos un rato en el parque que hay junto a la basílica de San Francisco el Grande. Busqué un banco que estuviera libre y nos sentamos. El sol se ponía sobre los edificios del oeste de la ciudad.

Elia me pidió un cigarro. Yo me encendí otro. Señaló la cúpula de la basílica.

—¿Sabías que es la tercera cúpula más grande de la cristiandad?

—No.

Al final Elia sacó el tema que estaba temiendo toda la tarde.

—¿Qué cosas has hecho de actor?

Pensé que lo mejor era ser sincero.

—La verdad es que no mucho —dije—. Estudié unos cursos de interpretación y he aparecido en algún anuncio. También he hecho teatro, pero de aficionados. Nada importante.

—Vaya —dijo sorprendida—. No es mucho, pero si es lo que te gusta, adelante. Yo te puedo echar una mano.

—Ya ni siquiera sé si es lo que me gusta.

—¿Y qué te gusta?

Me encogí de hombros.

Se levantó una agradable brisa. Estaba a gusto allí sentado junto a Elia. Supuse que eso me gustaba. Sobre lo demás, no lo tenía claro. Quizá alguna vez me interesaron muchas cosas, pero ahora mi apatía por todo era cada vez más profunda. Me resultaba imposible encontrar la motivación por nada.

De pequeño me apasionaba sobre todo el cine. En casa no teníamos reproductor de vídeo, ni existían muchas ocasiones para ir a las salas, así que todas las películas que podía ver era a través de la tele. Las consumía sin prejuicios y de forma indiscriminada sin conocer directores, época o géneros. No tenía problema con casi ninguna, pero mis preferidas eran las de aventuras. Una vez anunciaron una de James Bond: *Desde Rusia con amor*. Esperé toda la semana ilusionado a que la estrenasen. Era la primera vez que vería una del agente 007. Estaba hasta nervioso. Llegó el día y me senté en el viejo sofá para verla. A la media hora de comenzar, mi padre entró por la puerta. Me miró con la cara hinchada y roja. Tenía unas gruesas patillas que se unían en el bigote y que compensaban la ausencia de pelo en la cabeza. Olía a alcohol. Aguanté la respiración. Mi padre se abrió una lata de sardinas, pero apenas tocó la cena. Le molestaron las estupideces que veía en la pantalla. Apagó la tele de un manotazo y me mandó a la cama a gritos. Le supliqué que me dejara acabar la película. Aunque solo conseguí que me llevara a rastras hasta la cama. Paloma salió de su habitación y le gritó que me soltara. Les oí pelearse desde mi cama. Sonaron golpes y gritos. No me atreví a salir y me pasé toda la noche llorando. A partir de aquel día, ideé un plan con mi hermana Paloma: cuando en la tele pasaran alguna película que me interesase, esperaría en el dormitorio a que llegara mi padre, terminara de cenar y se acostase. Cuando intuyera que se había dormido, saldría al comedor y, a oscuras y en silencio, encendería la tele a un volumen muy bajo. Así vi las mejores películas que recuerdo.

Elia me miró y dijo de repente:

—¿Cómo te ves de aquí a diez años?

—Para mí ya han pasado esos diez años —contesté.

Elia fumaba el cigarro de tabaco como los que solo consumen porros. Dedicaba mucha atención a cada calada, observaba el pitillo con deseo, como si fuera lo más preciado que tendría nunca entre sus dedos.

—Pero ¿no tienes un plan para tu vida? —insistió.

—No —dije.

Elia resopló y perdió la mirada en gesto de desaprobación.

—Pues a mí me encanta hacer planes. ¿Te he dicho que me voy en septiembre a Nueva York?

—Sí. A estudiar cine —rematé.

—Y a empaparme de todo lo que pueda sobre *stand up comedy*. Quiero ser la nueva Sarah Silverman. —Hizo un chasquido con la boca y el gesto de victoria con los dedos.

Me reí.

—¿Sabes qué odio? —y continuó sin dejarme responder—, que todo el mundo te hable de Nueva York cuando dices que tienes visitar la ciudad. Joder, no han estado más de una semana, pero se creen que te pueden indicar los lugares «que por nada del mundo te puedes perder». Y al final siempre son los mismos.

Me gustaban estos giros de Elia en la conversación. De repente, cambiaba de tema y un asunto le llevaba a otro y entonces olvidaba el primero. En ese momento agradecí que dejara mi vida para centrarse en cualquier otra cosa.

—Conocen hasta la mejor hamburguesa de la ciudad —continuó, simulando estar enfadada—. ¿Cómo puedes conocer la mejor hamburguesa de una ciudad en la que has estado diez días? Yo no conozco la mejor de Madrid y llevo toda mi vida.

—Supongo que Nueva York es de esos sitios que una vez lo pisas lo haces un poco tuyo —contesté.

No tenía ni idea, pero me pareció una buena respuesta.

Elia apagó el cigarro en el suelo, se levantó y fue hasta una papelera para tirarlo en el cenicero que había en la parte superior. Al volver junto a mí, dejó sus planes para volverse a centrar en los míos.

—¿Y cuánto tienes ahorrado? —preguntó—. Quiero decir, que cuánto te queda para ir tirando.

—Aún me queda algo.

No le dije que tenía un trabajo en una fábrica de colorante para plástico. De todas formas, tampoco estaría mucho más tiempo allí.

—Si sigues sin trabajo, en Madrid te pulirás la pasta en poco tiempo.

No sabía qué me preocupaba y entristecía más: que al final de verano Elia se marchase de Madrid o que me marchase yo por quedarme sin dinero.

Calculé de forma apresurada mis gastos e ingresos y deduje que con lo que tenía ahorrado, más un trabajo de vez en cuando, con suerte aguantaría tres o cuatro meses.

—Ojalá te salga algo de actor —dijo Elia—. Preséntate a todos los castings que veas. Es una pena que te gastes ese dinero que seguro te costó mucho conseguir.

—Bueno, mucha gente da la entrada para un coche. Yo estoy invirtiendo lo que tengo ahorrado en algo de tiempo, digamos que me he comprado un poco más de vida.

Me dio la impresión de que mi argumento no le acababa de convencer. Torció el gesto.

—Con su coche la gente también está viviendo —matizó—. ¿Lo has pensado?

—No lo creo. Solo llegan a sitios lejanos más rápido.

Negó con la cabeza y dijo:

—Todo el mundo vive al final, Pablo. Es inevitable. Y seguramente ellos lo hagan mejor que tú.

—Entonces supongo que me estoy gastando el dinero en una pausa en mi vida. ¿Eso te parece mejor?

Elia se encogió de hombros.

—¿Y cuando te lo gastes qué harás?

Me miró con un gesto que indicaba que había conseguido al fin un jaque mate en la conversación. No tenía ni idea de qué haría. Regresar al barrio donde había crecido era lo único que no quería. Contesté lo que me hubiese gustado hacer.

—Me iré a Nueva York contigo.

Elia soltó una fuerte carcajada.

Recordé que no había comido nada en todo el día.

—¿Tienes hambre? —pregunté.

—Me apetece una hamburguesa —sugirió Elia con una sonrisa que le iluminaba la cara—. Elige sitio. Invito yo.

—Si no está caducada, me vale cualquiera. No tengo favoritas. Y luego podríamos ir al cine.

5

De noche en la oficina

Office at Night, 1940
Óleo sobre lienzo, 56,2 x 63,5 cm

El turno de tarde es el peor. De dos a diez de la noche. Con ese horario si no eres capaz de levantarte temprano, el día se te echa encima. Apenas da tiempo de comer antes de irte a currar. Y si te da tiempo, comes sin hambre. Nadie quiere el turno de tarde. A los que les gusta son como los que libremente deciden ser porteros de un equipo de fútbol, personas raras y sospechosas. Aunque si pasas los cincuenta años, quizá el turno que peor lleves sea el de noche. A partir de esa edad se duerme mal y la noche se hace muy larga.

A mí no me gustaba ningún turno, pero ese día tocaba el de tarde. Me levanté con el tiempo pegado al culo. Herví arroz blanco con salchichas y me preparé un bocadillo para la hora del descanso, que en realidad eran veinte minutos.

Al salir a la calle, vi a Indio en la puerta del bar de enfrente de mi edificio. Tenía un cigarro en la mano y al verme le dio una calada y clavó su mirada en mí. Seguí andando hasta el metro sin girarme.

Me bajé en la parada de La Granja y caminé por el polígono. Todo estaba en calma. El sol calentaba con fuerza, pero no era un día azul y claro. El cielo era más bien blanquecino. De vez en cuando rompía el silencio un coche o un camión.

Al llegar a la fábrica, saludé al vigilante de la entrada y fui directo a los vestuarios. La gente del turno de la mañana salía de las duchas. Los más mayores se daban un agua en los sobacos frente a los lavabos. Alguno incluso se afeitaba. Me cambié sin hablar con nadie y me dirigí a la planta de producción. Volví a confundirme de puerta y aparecí en las oficinas. A esa hora los oficinistas estaban a pleno rendimiento. La gente hablaba por teléfono o aporreaba el ordenador. Nadie reparó en mí. Deshice el camino y tomé la puerta correcta. Me recibió Joaquín, el jefe de turno.

—Hombre, Pedro, ¿qué tal?

—Pablo.

—Eso, Pablo. Hoy has tenido suerte. —Sonrió—. Te toca la máquina cinco, esa de ahí. Solo tienes que hacer mezcla. Nada de limpieza. Ahora te cuento.

Joaquín se fue a dar indicaciones a los otros compañeros que llegaban. Dejé la mochila a un lado de la máquina y, mientras esperaba a que Joaquín viniese de nuevo para explicarme qué tenía que hacer, fui a buscar un café y una botella de agua fría.

Me quedé un rato junto a la máquina cinco. Acabé el café y di un par de tragos a la botella de agua. Los demás operarios llevaban un rato funcionando en sus respectivos puestos. Por allí andaba la chica de pelo verde. Me saludó con la mano desde su zona de trabajo y desapareció por unas escaleras que daban a la planta baja.

Joaquín no venía. Yo estaba sin hacer nada y comenzaba a sentirme incómodo. Vi pasar a algunos tíos con traje y corbata y me puse aún más nervioso. Cuando eres nuevo en una empresa nunca sabes quién puede ser un jefe que se ponga histérico por verte sin hacer nada. Tal vez fueran comerciales de otras empresas que venían a vender alcayatas o tornillos más baratos, pero por si acaso cuando avistaba a alguna corbata, aparentaba estar ocupado.

Al fin llegó Joaquín. Traía un café en la mano.

—¿Quieres un café? —preguntó.

—Ya me he tomado uno —contesté.

El compañero regordete se acercó a nosotros.

—No tomes café de las máquinas de aquí —dijo—. Es café de gaviota.

—¿De gaviota? —pregunté.

—Sí, porque te cagas volando.

Se rio muy fuerte y volvió a su puesto. Nadie más se rio. Joaquín me indicó que le acompañase. Entramos en una habitación con varias básculas de precisión y bolsas de plástico repletas de polvos de colores. Joaquín me entregó un papel con nombres y números. Debía echar la cantidad exacta de cada producto en bolsitas para después volcarlas en la Thermomix gigante. Fuera, junto a la máquina, había un palé repleto de sacos de un material que también debía añadir. Cada saco pesaba veinte kilos y era el grueso del revoltijo. Una vez que lo había volcado todo debía poner las aspas a dar vueltas. El proceso de mezcla y cocción para conseguir el tono deseado duraba media hora. Al acabar, tenía que abrir la compuerta e ir a la planta baja para sacar el contenedor donde se vertía el producto finalizado; y, por último, colocar otro contenedor vacío. Mientras se cocinaba el colorante, debía volver a la habitación a pesar de nuevo las cantidades exactas para la siguiente partida.

—¿Te ha quedado claro? —preguntó Joaquín.

—Creo que sí.

—¿Solo crees?

—Sí.

—Vale —dijo—. Si tienes alguna duda, por pequeña que sea, pregúntame a mí. Siempre a mí. No le preguntes al becerro ese.

Señaló al tío regordete. Luego levantó la mano para saludarle y disimular. El becerro nos devolvió el saludo a lo lejos.

—¿Quieres un café? —preguntó Joaquín.

—No.

—Pues al lío.

Joaquín desapareció y yo me quedé en la habitación de las básculas. Era un trabajo menos duro que el del primer día. Al menos resultaba distraído y tenía espacio para moverme.

Al principio, trataba de concentrarme para no saltarme ningún paso del proceso y no me daba tiempo para descansar, pero a medida que hacía mezclas, ganaba minutos al reloj y hasta podía charlar con algunos compañeros. Aunque la mayoría de los currantes pasaban de mí. Supongo que sabrían que un trabajador temporal estaría de paso, como tantos otros, y ya ni intentaban entablar contacto.

El tío regordete, el becerro, se llamaba Felipe. Solo hablaba para hacerse el gracioso. Me producía cansancio dirigirme a él, de todo sacaba un chiste obvio.

—¿Votar? Yo ya *boto* bastante con mi mujer —decía, y se quedaba tan ancho.

Cuando Felipe se cruzaba con alguien gritaba cosas como «¡Ay, pájaro!» o «¡Qué bien vives!». No le había dicho nada sobre su consejo de pillar el autobús para volver a casa, pero fue él quien sacó el tema.

—¿Te fue bien el bus? —preguntó.

—No —dije—. Había menos frecuencia por ser julio.

—Lo que yo te diga: el único Julio bueno es Julio Iglesias. —Soltó una carcajada.

Con la persona que más hablaba era la chica de pelo verde. Se llamaba Yiyi. En la habitación de las básculas me contó que tenía un grupo de música con una amiga. El grupo se llamaba XX. Vivía en Getafe y ensayaban en un local de allí. Me invitó a que fuera a verlas cuando actuasen en alguna sala.

—¿Qué tipo de música es? —pregunté.

—Música total —dijo orgullosa.

—¿Qué es eso?

—Pues tenemos títulos como *Eres un tonto con estudios*, *Purpurina o barbarie* y *Vegano de verano*... Lo que te digo: música total.

—Vale.

La tarde pasó sin darme cuenta. Pesaba material en las básculas de precisión, daba a los botones, mezclaba, bajaba a sacar el contenedor, colocaba otro nuevo, aguantaba las gilipolleces de Felipe y charlaba cuando podía con Yiyi.

—¿Kanye West hace música total? —preguntaba al cruzarnos.

—Ni de lejos —contestaba Yiyi con aplomo.

Al llegar las nueve de la tarde, Joaquín nos llamó a Yiyi y a mí a su oficina. Estaba sentado frente a su ordenador. Sacó unas etiquetas por una de las impresoras y me las entregó.

—Pablo, te has equivocado al poner el código de barras en el último contendor. Pega estas etiquetas encima. —Me dio una tira de pegatinas con los códigos correctos.

—Si es que soltáis a los nuevos sin formar —se quejó Yiyi.

—Toda la razón —apuntó Joaquín—, pero no os he llamado por esto.

—Más miedo me da entonces —volvió a protestar Yiyi.

—No sé qué ha pasado hoy —dijo Joaquín—, pero me ha fallado mucha gente de la noche. Necesito que hagáis cuatro horas extras. A las dos de la madrugada vendrán los de la mañana para completar el turno.

—Joder —saltó Yiyi encolerizada—, y nos lo dices ahora. Tengo que llamar a la canguro. Y al final me va a salir a pagar a mí.

—Lo digo cuando me he enterado —puntualizó Joaquín.

Yiyi bufó un par de veces y dirigió la mirada hacia la planta de producción.

—¿Y a los demás por qué no se lo dices? —sugirió.

—Ya lo he propuesto —dijo Joaquín—. Felipe también se queda. ¿Qué decís vosotros? Sabes que en esta casa pagamos bien las horas.

—¿Pagamos? —ironizó mi compañera—. Ni que las pagaras tú.

Luego Yiyi se levantó nerviosa las mangas de la camiseta hasta los hombros y dejó al descubierto los tatuajes que cubrían sus escuálidos brazos. Me preguntó si me quedaba yo a hacer horas extras, dije que sí, y entonces exigió dinero para Coca-Cola, pizzas para cenar y que el jefe del siguiente turno no nos tocase mucho las narices. Joaquín asintió a todo. Yiyi cogió las etiquetas correctas de mi mano y salió de la oficina.

—Vamos a colocarlas, Pablo.

Los demás operarios del turno de tarde estaban recogiendo su zona. Algunos ya se habían ido a la ducha. Felipe picaba de una bolsa de patatas chips. Se dirigió a nosotros con una sonrisa y dijo:

—Donde no hay mata, no hay patata.

No le hicimos caso. Yiyi tomó las escaleras y bajó hacia el almacén, me preguntó cuál era el último contenedor que había cargado y colocó las pegatinas con los códigos de barras correctos.

—A partir de ahora date brío con las próximas cargas —ordenó—. Luego te cuento.

Y desapareció por la fábrica.

Subí hasta la habitación de las básculas para pesar los siguientes pedidos. Dejé varias remesas preparadas. Los compañeros de la noche ya estaban pululando por allí. El hombre mayor que me daba el relevo entró en la sala.

—Niño, ¿qué haces aún por aquí? —preguntó extrañado.

—Me quedo hasta las dos de la madrugada.

—¿Sabes que por venir de una empresa de trabajo temporal te pagan una miseria por las horas extras?

—No.

—La juventud deberíais pegarle fuego a todas las ETT —dijo con rabia—. Si no tuviera tres operaciones encima, lo haría yo mismo.

Salió de la sala y se dirigió a su máquina. Yo seguí con mi faena.

El turno de noche siempre es el más tranquilo. Apenas éramos unos cuantos currantes por toda la fábrica. No había jefes paseando por allí.

Hacia media noche, Yiyi vino a mi máquina. Aguantaba un par de cajas de pizzas con las dos manos. Me echó una mirada y me indicó con la cabeza que la siguiera. Pasó por la máquina de refrescos y me dijo que le metiera la mano en el bolsillo y cogiera monedas para pillar un par de latas de Coca-Cola. Después bajó las escaleras y se metió por la puerta que llevaba a la zona de oficinas. Pasó mirando todos los despachos; cuando dio con el que buscaba me dejó las pizzas y lo abrió.

—Aquí estaremos tranquilos —dijo mientras entraba.

Sacó de su bolsillo una bolsa de marihuana, se lio un porro y me dijo:

—¿Cómo llevas tu producción?

—Bien.

—Genial. Podemos echar un ratillo aquí. ¿Tienes hambre?

—No mucha.

—Pues con esto haremos hambre. —Yiyi señaló el porro.

Le dio un par de caladas y me lo pasó. No quise. Yiyi improvisó un cenicero con un trozo de papel y fue volcando la ceniza allí. El despacho era del jefe de personal. Un anormal, según Yiyi. Desde la ventana del despacho del anormal se distinguía la autovía a lo lejos, las altas farolas que la alumbraban y las luces de los coches que a esas horas apenas pasaban.

—Detrás de esa carretera está La Moraleja —indicó Yiyi—, esa gente maneja billetes.

Elia vivía allí. Pensé en si ahora estaría al otro lado de la carretera escuchando música que yo no conocía o en una amable discusión con su progenitor. O tal vez estaría en el Thyssen jugando a ganarse la vida.

Nos sentamos en el suelo y Yiyi me volvió a ofrecer el porro. Esta vez sí lo acepté. Le di una calada profunda, aguanté un poco, solté el humo y volví a dar otra calada. Luego lo apagué con los dedos y lo dejé en el cenicero de papel.

Abrimos las pizzas y nos las comimos mientras charlábamos de la empresa, de los curros que nos gustaría tener en el futuro y de las probabilidades que tendríamos en la vida de poseer una casa en La Moraleja.

Yiyi era la única chica de la fábrica que trabajaba en producción. Entró en Variant pensando que al ser graduada en Psicología pronto la subirían a las oficinas; pero este era el sexto verano que llevaba cargando sacos para hacer colorante. Tenía un hijo de cinco años que se llamaba Leo y que criaba sola. Ella no llegaba a los treinta.

Sentado en el suelo de aquel despacho en penumbra en medio de lo que para mí era ningún lugar, miraba la noche a través de la ventana. Recordé otro momento parecido, con diecisiete años, poco antes de acabar el primer trimestre del curso. Unos cuantos compañeros nos escondimos en un aula vacía del instituto para fumar porros. Mientras los otros se pasaban el cigarro en corro, yo me quedé mirando por la ventana; veía la carretera y enormes bloques de pisos. También era de noche. Pensé en cómo sería mi futuro y, como le dije a Elia, mi futuro era ahora, y no era gran cosa.

Yiyi se levantó de un brinco y dijo:

—¿Vamos a currar?

—Vamos.

Llegamos a la planta de producción y el jefe de turno de la noche vino hacia nosotros airado. Se dirigió a Yiyi, pero ella habló primero:

—He dicho que no me toques el coño.

—Yiyi —dijo nervioso—, a tu hijo lo han llevado a urgencias. Un ataque de asma. Coge tus cosas y vete pitando.

—Mierda, el móvil.

Yiyi fue hacia su mochila, junto a la máquina en la que trabajaba, sacó el móvil, lo miró y después desapareció por las escaleras sin decirnos nada más.

El jefe de turno me miró, me puso su mano en el hombro y dijo:

—A ti te toca limpieza a fondo en la cuatro.

—¿Por qué?

—Porque lo digo yo.

Pasé el resto de la noche en una batidora de dos metros limpiando colorante para carros de plástico. La mezcla era color verde aceituna. Solo había dado dos caladas al porro, pero me había subido más de lo que hubiese querido. Mientras limpiaba, la mente se me disparaba en mil direcciones. Tras las gafas de seguridad, los ojos se me quedaban a media asta. En algún momento sentí que tenía taquicardias. No limpié mucho, ni bien. Pasaba la rasqueta sin atinar por las paredes y apenas sacaba mierda.

Metido en aquella madriguera metálica recordé la canción de Nina Simone que cantó Elia en el Toni 2:

I've got the life
I have my freedom
I've got the life

Nina Simone no tenía casa, ni zapatos, ni dinero, ni clase. Pero tenía la vida. Supongo que en aquel momento me aferré a eso y a «que la vida nadie me la podía arrebatar», qué remedio, porque no tenía nada más. Aunque me pareció irónico que Elia, una persona que había crecido en La Moraleja, lo cantara con tanto ímpetu. Y, sin embargo, Elia la interpretó como si fuera la única desdichada de este mundo. Y yo pensaba en sus hoyuelos y en las comisuras de sus labios. Y me encantaban. Y no sabía si agazapado en mi oficina-Thermomix de dos metros de acero y colorante para plástico era un infeliz o un afortunado. Malditos porros.

Alguien me gritó desde el panel de mandos.

—¡Niño! —Era el hombre mayor de bigote.

—¿Sí?

—No has puesto el candado en la palanca de seguridad —dijo—. Si alguien hubiera encendido la máquina ahora serías carne picada.

—Joder.

Vi sus pies asomarse por la escotilla y luego distinguí su cabeza. Me miraba entre molesto y preocupado.

—Anda —ordenó—, sal de ahí y vete a casa que van a dar las dos de la mañana.

Creo que dejé el depósito más sucio que cuando entré a limpiarlo. Me saqué el mono de papel y me dirigí a los vestuarios. Bajo la ducha se me pasó algo el pedo de marihuana. Me quedé un rato disfrutando del agua fría.

Al salir de la fábrica se había ido el pedo por completo y descubrí que no tenía manera de volver a casa. No había metro ni autobús. Tampoco había nadie más por allí.

Un coche pasó junto a mí y dio un par de golpes de claxon. Se detuvo unos metros más adelante y después dio marcha atrás hasta llegar a mi altura.

—¡¡¿Qué haces, pájaro?!! —gritó Felipe.

—Voy a casa.

—¿En el coche de Don Fernando?

—Sí.

—¿Dónde vives?

—Por Delicias.

—La madre que me parió —exclamó Felipe—. Anda, sube.

—¿Te viene de paso? —pregunté.

—No, pero si entre los currelas no nos ayudamos, ya me dirás...

6

Luz del sol en una cafetería

Sunlight in a Cafeteria, 1958
Óleo sobre lienzo, 102,2 x 152,7 cm

La persiana de mi habitación, la que daba al patio, siempre la mantenía cerrada. Cuando estaba dentro, también echaba el cerrojo a la puerta. Era para evitar un susto, porque después de robarme el ordenador portátil, poco más se podían llevar. Pero el miedo, como el amor, es muy probable que te impulse a hacer cosas ridículas.

No tenía aire acondicionado ni ventilador. El calor en mi cuarto solo era soportable mientras dormía, pero en cuanto me despertaba tenía que salir de allí para tomar el aire. Me levanté y fui a por un vaso de agua. En la cocina, Lito envolvía pechugas para congelar. El saludo entre ambos apenas fue audible. El sevillano tan solo vestía con unos pantalones cortos de chándal. Cada día estaba más moreno y musculado. También más imbécil.

Lucas rompió el silencio con un gran portazo al entrar en el piso. Apareció en la cocina con una de sus camisas hawaianas y una enorme sonrisa. Era de esas personas que sonríen con la boca y con los ojos. Estaba exultante.

—¡Poneos guapos que hoy invito a comer donde queráis! —dijo.

—No puedo. Entro a trabajar a las dos —contesté yo.

—Yo he quedado con una chavalita —contestó Lito.

Lucas no se dio por vencido. E insistió:

—No importa, os invito a desayunar. Tristes, que sois unos tristes.

Lucas había ganado un juicio por un despido improcedente hacía años. Y aquella mañana le habían ingresado la indemnización. Alrededor de doce mil euros. Suficiente para vivir un tiempo sin trabajar demasiado y para invitar a un desayuno completo.

Fuimos a un bar que quedaba a unos diez minutos del piso. Era uno de esos establecimientos que trataban de imitar a las cafeterías típicas de carretera americana. Nos sentamos a una mesa junto a la ventana. Pedimos zumo, huevos con beicon, tortitas, gofres, café y helado.

—Yo estoy pendiente de la sentencia de un despido improcedente —nos informó Lito—, me deben treinta mil euros.

Ni Lucas ni yo quisimos indagar más sobre el tema. Lito siempre te superaba la apuesta con cualquier cosa que dijeras. Buena o mala. Él ya lo había hecho antes y mejor. Por ejemplo, si comentabas que te habías comprado un coche, Lito replicaba sin pudor que él había tenido un Maserati, y remataba con coletillas tipo «eso tú no lo has conducido en tu vida». Si decías que tenías un pequeño problema cardiovascular, él respondía que de crío le operaron a corazón abierto y estuvo ingresado cuatro meses en el hospital, y concluía con «eso no lo supera cualquiera y menos tú». Ni siquiera daba un tiempo de cortesía para apreciar lo tuyo, necesitaba inmediatamente eclipsarlo y aplastarlo con lo suyo. Era una de esas personas que todo lo habían hecho «más rápido, más alto, más fuerte».

—Cuando era un chaval —siguió Lito—, el desayuno que nos servían cada día en el palacete familiar era espectacular. La mesa parecía la de un bufete de lujo.

—¿Tú eres rico? —preguntó Lucas.

—Lo fui. Teníamos servicio en todas las casas.

Lito no defraudaba.

—Hoy no te quedes con hambre —dijo Lucas—, tómatelo como si estuviéramos en tu palacete y tú fueras ese niño rico.

Nos acabamos las tortitas y pedimos una ronda de gofres de chocolate y más café. Preguntamos si tenían churros. No tenían.

Lucas trabajaba de noche los fines de semana. Estaba en el departamento de logística de una empresa de transporte. No hacía gran cosa, así que ese empleo le permitía ver películas y leer en la oficina. Con lo que ganaba tenía suficiente para vivir y disfrutar durante la semana. Lucas siempre tenía algo que hacer. No conocía el aburrimiento. Aseguraba que le gustaba hacer cosas imprevistas solo por ver qué pasaba.

Antes de acabar el desayuno le pregunté por los paquetes que recibía prácticamente a diario. Me contó que había copiado la idea de un tipo con el que se topó en una página web. A lo largo de dos meses, escribió cartas de su puño y letra a más de mil compañías indicando que era un gran admirador de la marca y que toda la vida había usado sus productos. Las empresas se emocionaban y agradecían el gesto humano con algunos de sus productos para devolver el detalle. Lucas añadió a la propuesta una foto editada con un tatuaje del logo de la firma en el lado izquierdo del pecho.

Durante un tiempo no recibió ninguna respuesta. Y un día se aburrió de escribir a mano y usar el Photoshop y se puso con otra cosa. Imaginó que sería un truco trillado y que el departamento de comunicación de cualquier empresa medio grande estaría alerta. Aunque en las últimas semanas comenzaron a llegar paquetes de todo tipo de compañías. Yo recibí los primeros obsequios, pero los transportistas no paraban de llamar al timbre. La mayoría eran productos de promoción sin mucho valor.

Felicité a Lucas por su idea. Chocamos las palmas de las manos.

Lito dio un sorbo a su café, nos miró muy serio y dijo:

—Yo trabajo para la CIA y la NASA.

Les dejé en la cafetería. Se hacía tarde para ir a trabajar. Al menos, tras el copioso desayuno, no tenía que cocinar nada para almorzar.

De camino a casa recibí un mensaje de Elia. Me invitaba a ir aquella tarde a un bar con sus amigos. Gente del cine y la música, dijo. Me dio reparo decirle que tenía que trabajar limpiando batidoras gigantes. Además, aquel era el último día en aquella fábrica. Le contesté que tenía la tarde ocupada.

El miedo. El miedo a qué.

El miedo cuando se mezcla con el amor siempre te impulsa a cometer actos el doble de ridículos.

7

Sol matutino

Morning Sun, 1952
Óleo sobre lienzo, 71,4 x 101,9 cm

Me desperté temprano. La tarde anterior había acabado mi contrato de cinco días en Variant y debía llevar el parte de horas a la oficina de trabajo temporal. El último día en la fábrica tampoco tuve suerte y me tocó limpieza a fondo. Al menos no se me olvidó colocar el candado en la palanca de seguridad y salí vivo.

Yiyi no fue a trabajar. Pregunté por allí cómo estaba su hijo, pero nadie tenía noticias. Al acabar el turno pasé al vestuario de mujeres y busqué su taquilla. No fue difícil encontrarla, solo había una. Le dejé dentro una nota. Le deseaba que su hijo estuviera bien, apunté mi número de teléfono y le pedí que me llamara cuando actuase con su grupo porque tenía ganas de saber qué era aquello de «música total».

Al salir del portal de mi bloqué, me topé con mi desmemoriada vecina. Me increpó en la puerta del edificio.

—Oiga, ¿usted vive aquí? —dijo.

—Sí.

—Ah, claro, el del entresuelo.

—Ese.

—Hace una mañana estupenda, ¿verdad?

—Sí.

—No ha pasado todavía por casa para jugar al parchís —reprochó con cariño.

—No me gustan demasiado los juegos de mesa.

—El parchís no es ningún juego de mesa —dijo—, el parchís es el parchís.

—Tampoco me gusta el parchís.

—Cuidado, joven, está hablando con una adicta.

Dejé a la anciana allí y continué para Adecco con el parte en la mano. La mañana era agradable. Resultaba reconfortante caminar por la calle. Al llegar a la oficina de trabajo temporal vi a la chica de la entrada fumando al sol.

—Vengo a entregar las horas de la semana —dije.

—Podrías venir algún día a quemar estas oficinas, titán.

Pasé, dejé los papeles y pregunté cuándo cobraría. Pagaban el día 10 de cada mes. El hombre a quien entregué las horas, uno que no había visto antes por allí, me felicitó por aguantar cinco días en Variant. Otros trabajadores se habían largado la primera jornada. Aproveché que con este tipo de la oficina no había hablado nunca para preguntarle si tenían algo de camarero por el centro.

—No tocamos esos servicios —me informó afable.

—¿Y de actor?

—¿Cómo?

—Nada.

Salí a la calle y me despedí de la chica de la entrada con un movimiento de mano. Aún seguía al sol. Hablaba por teléfono. Bajó el móvil, se quitó sus gafas estilo años cincuenta y se dirigió a mí.

—Ánimo, crack —gritó—, seguro que pronto te conviertes en todo un hombretón.

—Claro.

—De la juventud también se sale, machote.

Me reí y tiré calle arriba. No me apetecía regresar a casa. Ahora volvía a tener todo el tiempo para mí. El sol brillaba en un cielo azul intenso y no era una mañana tan calurosa como días atrás.

Pensé en dar una vuelta por la ciudad, llegar hasta Malasaña, pasear tranquilo por barrios conocidos y por los que aún no conocía; y desgastar así la acera de la capital. Pío Baroja estaría orgulloso de mí.

Cuando iba al centro, siempre pasaba por la glorieta de Embajadores. En sus aceras y bancos solían aguardar yonquis a la espera de subirse en alguna *cunda* que les llevara a los poblados a pillar algo, supongo que heroína o cocaína para fumar o yo qué sé. Jugaban en otra liga. En ocasiones un par de policías se situaban por allí y los yonquis tenían que alejarse y esconderse por las calles aledañas para esperar su «taxi».

La estética del yonqui no ha cambiado en décadas. El yonqui es fiel hasta la muerte a su estilo, como los *heavies*, pero conservando mucho más pelo. Pantalones dos tallas más grandes llenos de lamparones, chaqueta de chándal y la tiránica necesidad de buscar un chute. Crecí, como tantos, jugando en parques plagados de jeringuillas. Veía a los yonquis vagabundear por las plazas. Oía que morían en portales.

En la glorieta de Embajadores me solía topar con un par de ellos: un chico y una chica. Sentados en un portal chupaban afanados un Calipo de fresa o discutían por alguna movida con un cartón de vino en la mano. Cuando los observaba pensaba lo mismo: qué circunstancias de la vida les han llevado a esa situación. Nadie nace yonqui. Y a qué distancia estaba yo de tocar esas teclas, de que nada saliera bien y me viese jodido a la espera de un coche repleto de otros yonquis para trasladarme a un barrio de mierda para meterme más mierda.

Por aquella plaza también merodeaban los captadores de ONG. Debía sortearles para entrar al metro o cruzar la calle. Eran los otros yonquis de la glorieta, sedientos de su dosis diaria de socios. Aunque mucho más molestos.

Estos muchachos sabían cómo colocarse para que no se escapara ningún peatón. Tejían una red humana de la que era muy complicado escapar. Manejaban varias fórmulas para abordarte. Se les notaba cierta superioridad moral y conseguían hacerte aflorar un sentimiento de culpa solo con la primera frase que te dirigían. Las primeras veces que me los topaba bajaba la mirada.

A medida que pasaban los días, no me sentía cómodo con esta actitud de vergüenza. Intentaba no apartar la vista, mirarles a los ojos y decirles de manera firme que no me interesaba. No resultaba fácil, aunque con el tiempo fui ganando seguridad.

Aquella mañana se plantó delante de mí uno con peto verde y una carpeta. Le miré con aplomo y no dudé en hablarle yo primero.

—Mi dinero está manchado de sangre —dije muy seguro.

—Soy la oportunidad para que te redimas —contestó.

No había manera de pillarles. Me hizo fruncir los labios y desviar la mirada. Aquella gente estaba resabiada y tenía claros sus objetivos. Los captadores de ONG no iban a dejar escapar tan fácilmente su dosis. Aunque sinceramente, eran el escalafón más bajo y hacían lo que podían; igual que los yonquis y sus camellos, estos solo sólo vivían del menudeo.

Giré a la izquierda por la avenida de Valencia y luego me perdí por Lavapiés. Me senté en una plaza para descansar un rato. No le veía mucho sentido a caminar sin ir a ningún sitio concreto. Estaba cansado. No tardaría en volver a casa.

Antes le escribí un mensaje a Elia. Le pregunté si tenía

planes para ese día. A los pocos minutos me contestó que se había ido a la piscina de una amiga y que se quedaría allí todo el día. «Estoy enganchada al sol», dijo.

El caso es engancharse a lo que sea para seguir tirando: al sol, a la heroína, a la culpa, al sarcasmo, a la verdad, a la mentira, al parchís o, incluso, a una juventud mal resuelta.

8

Noctámbulos II

Nighthawks, 1942
Óleo sobre lienzo, 84,1 x 152,4 cm

Al día siguiente, Elia me escribió para decirme si me apetecía quedar por la noche con ella y algunos amigos en un bar de Malasaña.

Salí de casa a eso de las diez y me bajé en la parada de Bilbao. Busqué por la zona algún sitio para hacer tiempo y tomar un par de birras rápidas. Tiré por una calle sin saber hacia dónde caminaba. Cuando vi un garito que me convenció entré y me quedé en la barra. No había mucha gente. Era un lugar sin pretensiones. Uno de esos bares de toda la vida donde sirven bocadillos y tapas a buen precio. Me pedí una caña doble. Me aburría allí solo. Deseé que apareciese Pío Baroja con algún reproche, solo por charlar un rato, pero supuse que ese fantasma cascarrabias se marcaba sus propios ritmos.

Unos chavales de unos veinte años se sentaron junto a mí. Hablaban de cine y de música. Lucían melena y vestían camisetas de Nirvana y The Doors. Parecían sacados de otra década. Me cayeron bien. No porque pareciesen de otra época, esta me parecía tan mala o buena como cualquier otra; los chavales me caían bien porque hablaban escuchándose, valoraban lo que decía el compañero y luego el otro replicaba con arreglo a lo dicho. No se pisaban al hablar. Tenían pinta de estudiar alguna carrera técnica: telecos o ingeniería mecánica. Me pedí otra caña doble. Oí que vivían en Villaverde Alto. No tenía ni idea de dónde quedaba ese barrio. A uno de ellos se le había muerto su abuelo hacía poco. Tenía ganas de unirme a ellos y hablar de mis películas favoritas, de alguna canción, de que no entendía la mayoría de la poesía, del miedo a la gramática o de cualquier otra cosa. Pero no lo hice. Pagué la cuenta y me fui. Los chavales se quedaron allí.

El bar donde habíamos quedado se llamaba Carver. No me costó encontrarlo. Elia salió a buscarme. Se habían reunido en la planta de abajo. Por allí andaba Iggy. Era un pub todo de madera dividido en reservados. Elia me presentó.

—Este es Pablo —dijo—, es actor.

Un escalofrío de inseguridad me recorrió el cuerpo.

El grupo me saludó afable. Iggy se levantó para darme un abrazo. Me hicieron hueco y siguieron hablando del tema que les ocupaba. Al parecer a uno de ellos le había dado calabazas una chica francesa y los demás hacían mofa. Después comenzaron a hablar de literatura. Aproveché para focalizar en cada uno de ellos.

Además de Elia, Iggy y el chico despechado, la mesa la ocupaban un par de tíos de unos cuarenta años con barba cuidada y raya a un lado, uno pelirrojo y el otro rubio; también estaba una chica que vestía como una pin-up, otra con una camiseta de Camarón y, al fondo de la mesa, distinguí a Julia, la chica que cantó *Perlas ensangrentadas* en el karaoke el día que conocí a Elia. Me pareció aún más guapa que aquel día. Tenía pecas, unos enormes ojos castaños y melena pelirroja.

Julia no hablaba demasiado. Yo tampoco. Subí el ritmo de cervezas. No quería pasar a las copas para no descuadrar mi presupuesto. Por la mesa comenzó a circular MDMA. Metíamos el dedo y pasábamos la bolsita al compañero de al lado. Cuando llegó al tío a quien había rechazado la chica francesa, la bolsa estaba vacía.

—Otra que te da calabazas —dijo alguien.

Todos nos reímos. Yo algo más prudente.

—No pasa nada, soy del Atleti. —Se defendió de forma melancólica—. Estamos acostumbrados a convivir con ese gen perdedor.

La chica de la camiseta de Camarón se rio aún más fuerte entonces.

—Venga, va, Nino —dijo molesta.

—¿Qué pasa? —preguntó Nino.

—¿Perdedor?

—Un poco —insistió él.

—¿Porque a una chica no le molas? ¿Y porque eres del Atleti? Pobre.

—¿Qué te pasa conmigo hoy, Noe?

—Nada, Nino, pero es que me hace gracia. No llegas a treinta años...

—Treinta y uno —corrigió.

—Bueno, treinta y uno —siguió ella—, pero con esa edad ya has dirigido dos largometrajes y preparas un tercero, vives en un piso pagado en Malasaña, has estudiado lo que te ha dado la gana, eres hombre, heterosexual...

—Ya estamos...

—Sí, ya estamos... —insistió Noe—. Dices que eres un perdedor porque no te puedes follar a quien quieras y porque eres del equipo más pequeño de los equipos grandes. Joder, tío, no sé, ¿en serio eres un perdedor?

En silencio me posicioné con Noe, pero no dije nada. El pelirrojo terció en la polémica. Se llamaba Juanjo. Dio un trago a su copa, se aclaró la garganta y teatralizó su intervención.

—Solo digo una cosa: Nino, no respondas, espera a que nos suba a todos el cristal y todo fluirá.

Nos reímos. Luego Iggy tomó el relevo y dijo:

—Ese sentimiento de derrota es culpa de la publicidad. Todos, ricos y pobres, estamos atrapados en esa mierda. Aunque unos mejor posicionados, evidentemente. Y los que van detrás a joderse.

—Yo soy publicista —dijo la chica que vestía con ropa de los cincuenta.

—Pues eres parte del problema, Pati —señaló Iggy—. Todo es aspiracional. A mí, por ejemplo, durante mucho tiempo me jodió la vida un puto anuncio de limonada con gas. Un grupo de chavalas y chavales se escapaban de un internado muy pijo para pasar la noche en la ciudad, ¿lo recordáis? Bailaban en aparcamientos, se colaban en hoteles, robaban en el super-mercado y al final cogían un viejo tren para ir a ver amanecer en la playa. Una voz en off recitaba unos versos de mierda que decían que la vida es ahora, tópicos, pero que siempre funcionan. Y me pasé la adolescencia pensando que mi vida en Albacete era una puta mierda. ¡Todo para comprar una li-monada con gas y no otra cosa! Es demencial, si te paras a pensarlo. ¡¡¡Limonada con gas!!!

—Lo recuerdo —dijo Elia—. Me flipaba. Y era una enana.

—Yo también lo recuerdo —dijo el tío de barba rubia—, quería ser el flaco melancólico con pelo largo .

—Quizá haya que madurar y afrontar la realidad con sen-tido crítico —planteó Noe.

—No sé —insistió Iggy—; anuncios como ese, o cada cual el que quiera, hay millones, nos han jodido la cabeza.

—Tú ya venías jodido de serie —se burló el pelirrojo.

—¡¡Me cago en lo aspiracional!! —gritó Iggy.

—No es tan sencillo —se defendió Pati.

—Quizá sí lo sea —dije yo.

Se hizo el silencio y todos me miraron. No sabía muy bien cómo armar mi argumento. Di un trago a la cerveza y añadí:

—Este cristal no sube, ¿no?

Todos soltaron una carcajada. Elia me dio un beso en la me-jilla. Al fin nos pusimos de acuerdo en algo. Y vaya si aquel cristal subía. Salimos del bar con un buen pelotazo. De cami-no a algún sitio, se unió a nosotros más gente que no conocía y Julia se despidió.

Todo era borroso y encantador. Elia se me enganchó al brazo. Me hablaba de fotografía, de cómicas americanas, de escritores y de bandas de música. Yo la escuchaba con atención. A la mayoría no los conocía y trataba de retenerlos en la memoria, pero me resultaba imposible. Caminábamos siguiendo a la gente. De vez en cuando alguno se paraba en un cruce y señalaba a los últimos el camino a seguir. Elia continuaba hablándome.

—Coney Island. Si vienes a verme a Nueva York, podríamos ir allí algún día —sugirió.

—Veo difícil que pueda ir a verte.

—Pues entonces ven a verme alguna noche que me toque currar en el Thyssen.

—Eso es más sencillo.

—¿Te gusta la pintura de Edward Hopper?

—Claro.

Contesté rápido. Aunque realmente no conocía gran cosa.

—A mí me encanta Hopper —dijo ella—, viviría en cualquiera de sus cuadros. Ahora hay una exposición de él. Mi garita está junto al paseo. Así que si te pasas por allí te veré fácil.

—Cuenta con ello.

Elia me dijo que tenía que mear. Se escondió entre un contenedor y una furgoneta. Yo la esperé a unos metros. Me saqué un cigarrillo. No me dio tiempo a encenderlo porque un tío borrachísimo vino hasta mí.

—Eh... —dijo, mientras acercaba su jeta a la mía.

—Hola —dije manteniendo la distancia.

—¿Quieres que te parta la cara?

—No.

—Sí lo quieres —insistió.

—No lo quiero.

—¡Dame un cigarrillo!

—No te voy a dar nada —dije—. Lárgate.

El borracho acercó aún más su nariz a mi cara. Otro tipo se le unió.

—Ahora son dos cigarros —dijo el amigo.

—No os voy a dar nada —insistí.

Vi que el primero se metió la mano en su bolsillo. No le di tiempo a que sacara nada. Le empujé, tomé distancia y con una vuelta en el aire le golpeé con mi pie en la cara. A su amigo le di con la palma de la mano en el pecho. Cayeron noqueados. Tomé una bocanada de aire y fui en busca de Elia. Salimos de aquella calle a toda prisa.

Más o menos. En realidad, nadie sacó una navaja, ni usé mi pierna como un arma mortífera. Les di los cigarros, que al final se convirtieron en cuatro, y los borrachos desaparecieron. Elia llegó al poco y fuimos en busca del grupo.

Primero entramos en un garito en el que pinchaban en el piso inferior. Permanecimos allí un rato. Parecía que todos se conocían entre ellos. Elia desaparecía un tiempo y después volvía, me decía cualquier cosa o me abrazaba y se volvía a ir. Yo me quedé en la barra. Un tío de unos cincuenta años, calvo, con grandes patillas y mandíbula cuadrada se apoyó en la barra. Mientras esperaba a que el camarero le atendiera, se dirigió a mí.

—Chaval —dijo—, da igual lo que hayamos hecho en nuestras vidas, si ha estado bien o mal, si hemos aprovechado el tiempo o lo hemos dilapidado como si fuéramos eternos; al final, los dos nos encontramos en este curioso antro, aquí y ahora.

—Yo he malgastado mi vida —contesté.

—En el Rastro puedes comprarte otra de segunda mano a buen precio. Yo lo hice. No aceptan devoluciones.

Le sirvieron su copa, le dio un trago largo y se perdió entre la gente.

Elia vino unos minutos después y me dijo que nos largábamos de allí. Salimos y caminamos hasta un portal. Alguien llamó al portero automático y abrieron sin preguntar. En la primera planta una puerta permanecía entornada. Dentro estaba acondicionado como un bar, con una barra en lo que era el salón y mesas con sofás por distintas habitaciones.

Unos cuantos nos sentamos alrededor de una de las mesas y pedimos algo de beber. Iggy seguía insistiendo en el anuncio de la limonada. Lo odiaba de una manera obsesiva.

—¡Muerte a lo aspiracional! —gritaba de vez en cuando.

Iggy era delgado, pero fuerte. Tenía mirada felina, con sus ojos verdes y su ceño casi siempre fruncido, como si escrutara todo lo que contemplara. Ahora no le iba mal en el teatro con un monólogo que había escrito él mismo inspirado en textos de Chéjov. Me odié por no haber leído nada de Chéjov. Su familia tenía una empresa en Albacete que exportaba alimentos manchegos por todo el mundo. No se llevaba muy bien con sus padres, pero vivía en un piso que le habían comprado.

Iggy propuso ir a su casa, un ático situado en Goya. Llegamos primero los que fuimos en mi taxi. Habíamos parado antes en un 24 horas para comprar cervezas. Al poco llegaron los demás. Traían más cervezas, ron y Coca-Cola.

Nos acomodamos por el salón. Las latas de birra se fueron acumulando por todas partes. Las conversaciones se cruzaban.

Iggy se levantó de un brinco de su sitio y nos pidió silencio. Estaba nervioso. Permaneció un instante callado escrutándonos con atención.

—¿A cuántos de aquí os ha jodido la publicidad? —dijo.

—¡A TODOS! —gritamos al unísono medio en broma.

—Por supuesto —siguió Iggy—. Pues es el momento de devolverle los golpes que nos ha dado durante toda la vida. Y va a ser sonado, ya veréis como sí. Pero necesito vuestra ayuda.

Noe se puso seria y dijo:

—Joder, Iggy, ¿qué coño te pasa con los anuncios?

—Estoy harto, de verdad —replicó Iggy—. Hay que dar un golpe de efecto para que se enteren de una vez las marcas, los anunciantes, el sistema.

—¿Qué estás pensando? —preguntó Elia.

Iggy cogió aire y soltó de carrerilla algo que parecía llevaba mucho tiempo meditando.

—He estado investigando sobre el anuncio de limonada con gas del que os hablé antes. Uno de los creadores se llama Paco Lardín. Y sé todo sobre él: tiene un piso en la calle Ibiza, cada mañana pasea un rato a su perro por el Retiro, el parque queda cerca de su casa; después va al gimnasio tres cuartos de hora, antes de incorporarse como director creativo en su agencia de publicidad; almuerza cada día en el restaurante Peñaranda, sale del trabajo hacia las siete de la tarde y a las ocho va a la piscina para nadar una hora; a las nueve vuelve a casa, saca al perro y no suele salir más. Salvo viernes, sábado o algún evento entre semana. Paco viene de familia pudiente, está casado, tiene un hijo de veintiún años, se lía ocasionalmente con la recepcionista de su empresa, y le flipa el gin-tonic, Tarantino y el whisky Macallan. Y, más o menos, esta sería su vida.

Noe se levantó del sofá. Se puso un dedo en la boca y se dirigió a Iggy.

—No sigas, querido Ignacio. No quiero oír más. —Cogió sus cosas de la mesa—. Llevo un pedo como una catedral, pero me piro de aquí.

Noe nos dio un beso a todos y fue hasta la puerta. Antes de abrir, volvió a hablar.

—¿Qué tienes, Iggy? ¿Doce años? No sé qué te ha pasado con la publicidad, colega, pero te estás flipando. —Cerró la puerta y se fue.

Nos quedamos un rato sin decir nada. Algunos abrimos otra lata de cerveza.

—¿Y qué quieres hacer? —preguntó Elia.

Iggy se encendió un cigarro. Estaba sudando.

—Pues no sé, algo, ayudadme vosotros.

Busqué por la mesa un paquete de tabaco que no estuviera vacío, saqué un cigarro y lo encendí.

—Yo estoy contigo —dije muy serio.

—Bien, bien... Gracias, Pablo —dijo Iggy aliviado—. ¿Y has pensado algo?

Acabé la cerveza de un trago, apagué el cigarro dentro y aplasté un poco la lata para diferenciarla de las que estaban aún llenas.

—Un secuestro —sugerí.

Todos se echaron a reír. A Nino, el director, le dio un ataque de tos. Me mantuve serio y seguí.

—Propongo un secuestro —dije—, pero no de él, sino de su perro.

Iggy permaneció unos segundos sin decir nada. Elia habló.

—Yo me apunto. Secuestramos al perro y pedimos como rescate, en vez de dinero, que haga el anuncio que nosotros le dictemos. Un anuncio antiaspiracional. El animal no sufrirá nada.

—De puta madre. ¿Quién más? —preguntó Iggy.

Levantamos la mano Elia y yo.

—Yo puedo ayudar en logística, pero paso de intervenir en el secuestro directamente —advirtió Nino.

—Lo mismo digo yo —dijo el pelirrojo.

Brindamos para celebrarlo.

Elia era la que estaba más emocionada de todos. Se levantó y comenzó a hablar.

—Me parece genial —aseguró—, tenemos que planear cómo será el secuestro. Quién interviene. Cuándo lo haremos. Y pensar el anuncio que queremos que haga para nosotros... Yo puedo escribirlo. También tenemos que ponerle nombre a este grupo. Unas siglas que muestren nuestras intenciones. ¿Qué os parece el MLA, Movimiento de Liberación Aspiracional?

—¿Y por qué no MDMA, Movimiento Duro de Muerte a lo Aspiracional? —añadió el pelirrojo.

Votamos. Ganó MLA.

No hablamos mucho más. Se habían acabado todas las cervezas y el resto de las bebidas. Nos despedimos. Elia le pidió a Iggy si se podía quedar allí a dormir.

El pelirrojo y el director de cine pillaron un taxi. Yo fui en busca de la parada de metro más cercana. De camino me encontré con Baroja. Estaba sentado en un banco. Negaba con la cabeza.

—¿Así es como os divertís ahora? —refunfuñó.

No contesté. Lo dejé allí y continué mi camino. El metro estaba a punto de abrir.

9

Grupo de gente al sol

People in the Sun, 1960
Óleo sobre lienzo, 102,6 x 153,4 cm

Tenía nuevo empleo. El lunes al mediodía me llamaron de la empresa de trabajo temporal. A lo largo del día debía pasarme por allí para firmar un contrato a tiempo parcial para currar en Carrefour.

Fui a la oficina por la tarde. La chica de la entrada me recibió con una sonrisa.

—De los que han pasado por aquí eres el tío que tiene las ideas más claras.

Aquel día aprovecharon para hacerme el curso de prevención de riesgos laborales. Me condujeron a un despacho y me pusieron frente a un ordenador. Básicamente di al *enter* para pasar las páginas. A veces no podías adelantarte y tenías que esperar a que el tiempo de lectura transcurriera. Al final rellené un cuestionario, firmé el nuevo contrato y me fui.

—Raro será que no triunfes en la vida, figura —dijo la chica de la entrada cuando me vio salir.

El trabajo era de recepcionista de mercancías en el almacén de un supermercado en el barrio de Opañel, veinte horas a la semana, de lunes a sábado.

Antes de empezar allí, era necesario un tiempo de formación. Me hacían ir dos días a un hipermercado de Aluche para aprender todo sobre el oficio. Entraba a las seis de la mañana. Para llegar puntual tenía que despertarme a las cuatro de la madrugada, coger un tren hasta Atocha y luego otro hasta Aluche.

El primer día de formación, el martes, me dormí y tuve que pillar un taxi para llegar a tiempo. Calculé que aquella mañana me saldría el trabajo a deber. El hipermercado de Aluche era enorme. Estaba situado frente a la estación de metro y tren.

Pregunté por el encargado de recepción y me mandaron a una oficina en el almacén. El jefe de recepción resultó ser un chaval de unos veintitantos años, fondón y con un diente partido. Me dijo que me sentara y atendiera. Pasé las tres horas y media de mi primera jornada de instrucción sin hacer gran cosa.

Había bastante movimiento de camiones por el almacén. Quien realmente hacía todo el trabajo era un subordinado. Entraba y salía sin descanso para atender a los camiones que llegaban cargados de mercancías a primera hora. Los productos eran cosas como sillas de jardín, regaderas o ruedas de coches. Todos venían en palés retractilados en plástico negro con su correspondiente etiqueta.

El jefe de recepción controlaba el stock desde el ordenador y charlaba conmigo de fútbol, de política y de quién ganaría en una hipotética pelea: él, con sus noventa kilos de gimnasio ocasional, o un boxeador olímpico de peso mosca de alrededor de unos cincuenta kilos. El jefe de recepción aseguraba que él, porque aprovecharía su diferencia sustancial de peso; yo decía que el boxeador olímpico lo tumbaba a la primera hostia. El ayudante de recepción no se quiso mojar.

Me despedí de ellos con un choque de manos y el jefe me invitó a pasarme por el gimnasio en el que entrenaba para que aprendiese algo de pugilato. También me dio la dirección del supermercado al que debía ir al día siguiente para formarme en la recepción de productos frescos. Ese día no había visto mucho, en realidad no aprendí absolutamente nada. El otro supermercado también estaba situado por el barrio de Aluche, pero en otra zona.

Aquella misma tarde fui a un bazar de pakistaníes y me compré un despertador pequeño que puse lo más lejos posible de mi cama la madrugada del miércoles.

Sonó a su hora, las cuatro y media. Me levanté a tiempo para tomar el tren. Salí de la estación y caminé hacia el supermercado. Aún no había amanecido. Anduve por el barrio un rato sin dar con el supermercado. Aquellas calles me eran familiares. A esas horas de la madrugada se iluminaban las ventanas de las cocinas y los lavabos de los bloques de pisos apretujados, la gente salía de los portales camino de sus trabajos con cara de sueño y fiambreras con asas al hombro. El único ruido que se oía era el del motor de los coches al arrancar. En alguna esquina se distinguía algún bar abierto para servir los primeros cafés del día. Quería vivir en el centro de la ciudad, pero una fuerza centrífuga me alejaba de ese eje donde creía que pasaban las cosas, y me ponía en mi sitio.

Llegué veinte minutos antes de mi hora de entrada. Era un supermercado bastante más pequeño que el del día anterior. Estaban todas las persianas cerradas. No veía a nadie entrar ni salir de allí. Me quedé un rato en la puerta a la espera. Al fin llegó un grupo de mujeres y les dije que venía a aprender en el puesto de recepción. Me mandaron al otro lado del edificio. Rodeé el supermercado y aparecí en la zona de carga y descarga. Una farola iluminaba un aparcamiento de asfalto viejo y agrietado, el muelle de carga y un par de contenedores.

Me senté en el muelle, coloqué la mochila a un lado y me encendí un cigarrillo. Antes de que me lo acabara se abrió la puerta metálica del almacén y apareció un hombre bajito y enclenque, con pelo enmarañado y gafas de culo de botella. No me dio tiempo a levantarme.

—Tú eres Pablo, ¿no? —Me estrechó la mano muy fuerte—. Yo soy Gregorio.

Me levanté y le seguí por el almacén. Gregorio no hablaba

demasiado. De vez en cuando miraba muy concentrado papeles que tenía sobre una mesa y anotaba algo. Después cogía un traspalé mecánico y movía palés vacíos de un lugar a otro para hacer sitio.

—¿Sabes llevar este cacharro? —Señaló el traspalé.

—Más o menos —dije.

—Da igual, hoy no lo vas a llevar.

Gregorio era muy nervioso. Tenía un tic en la nariz que le hacía parecer que estuviera olfateándolo todo continuamente. Cada diez minutos se acercaba al portón del almacén, se encendía un cigarrillo y lo tiraba a las dos caladas.

La mercancía de productos frescos llegó cuando estaba amaneciendo. El camión maniobró en el aparcamiento, ajustó el tráiler en el muelle y descendió una plataforma. El chófer entró en el almacén y con su propio traspalé manual sacó los palés.

Gregorio usaba una PDA con lector de códigos de barras. Apuntaba a una etiqueta y después apretaba botones. No me dejaba hacer nada. A mí me dijo que barriera el almacén. Él se movía de un lado para otro muy deprisa. Al acabar de *pistolear* todos los palés, se despidió del camionero y comenzó a trasladar la mercancía del almacén a la zona de venta. Yo iba detrás de él.

Terminó de colocar cada palé y se dirigió a una cámara frigorífica. Me señaló un carro lleno hasta arriba de bandejas de carne y me indicó con un movimiento de cuello que le siguiera. Me llevó hasta un cubo de reciclaje de color negro. Gregorio sacó un cúter y fue rajando una a una las bandejas plastificadas del carro. En el cubo negro tiraba la carne y en una caja de plástico el envoltorio. Era género que estaba a punto de caducar, pero tenía buena pinta: bandejas de costillas, bandejas de chuletas de aguja de cerdo, bandejas de chuletas de cordero, bandejas de entrecots, bandejas de solomillo de ternera. Todo fue al contenedor negro.

Al acabar, Gregorio se fumó un cigarro apresurado junto al muelle de carga y me indicó que le trajera una caja de plástico verde llena de latas. El portón de metal del almacén seguía levantado. Había amanecido por completo y en uno de los rincones del aparcamiento se podía distinguir trozos de vidrio de litronas rotas junto a bolsas de plástico y cartones de vino. En el otro lado, el que daba a la carretera, había un grupo de gente al sol. Unas tres o cuatro personas. Gregorio les miró, movió la nariz involuntariamente, se colocó las gafas con el dedo índice y soltó un potente silbido. La gente se acercó al muelle. Gregorio se agachó y les fue dando algunos de los productos que había en la caja de plástico. El resto lo tiró al contenedor.

—¿Por qué no les has dado alguna bandeja de carne? —pregunté.

—No me fío de las cosas frescas —dijo—; si esa gente se enferma con una chuleta de aquí, nos buscamos la ruina. Pero total, de las latas que tiro ahí fuera, se meterán igualmente a rebuscarlas en el contenedor, así que les ahorro un poco de humillación.

Me volvió a decir que barriera el almacén y desapareció por el supermercado. Cuando quedaban quince minutos para que llegara mi hora de salir me estrechó la mano fuerte y me dijo que me largase de allí.

Caminé por el arcén hasta la estación de cercanías de Aluche. No estaba muy seguro, pero me pareció distinguir a Indio en el andén. Se subió en el mismo metro que yo, aunque no lo vi al bajar.

Llegué a casa, me preparé arroz hervido con salchichas y después de comer me estiré en la cama para leer un rato antes de dormir.

10

Esquina

Street Corner, 1923
Acuarela, 35,2 x 50,6 cm

Me llegó un mensaje de Yiyi al móvil. Decía que su hijo se encontraba bien, había estado ingresado en el hospital unos días, pero ya andaba trasteando por casa completamente recuperado. También me decía que le había dado pena no poder despedirse de mí y que por eso le hizo aún más ilusión ver mi mensaje en su taquilla. Aunque el propósito real de escribirme era invitarme a un bar de Chueca ese mismo viernes para descubrir lo que era la «música total».

No tenía plan para esa noche. Elia trabajaba en el Thyssen y Lucas había quedado con una chica de Cádiz con la que se liaba de vez en cuando. Por casa solo andaba Lito, así que preferí salir pronto antes de aguantar sus fantasmadas.

Esa misma mañana, Lito me había hablado de la vez que le salvó la vida a un mendigo en la calle Preciados; de que todo el dinero que había ahorrado a lo largo de su vida lo tenía invertido en acciones de una empresa emergente de la que jamás me desvelaría el nombre; y de que era íntimo amigo del hijo pequeño del expresidente José María Aznar. Luego me regaló dos consumiciones para su local.

Salí de casa a las ocho de la tarde y me dirigí al centro sin mucha prisa. Caminaba a un ritmo lento y contemplativo, quería disfrutar de la ciudad, pero nada llamaba mi atención ni me conmovía.

Me paré en un bar de la avenida Atocha para tomarme

una caña. No estaba muy lleno y me encontraba a gusto allí, aunque de pronto el local comenzó a abarrotarse de gente que esperaba para entrar en el Teatro Circo Price. Pagué la cerveza y seguí con el paseo. Atravesé Lavapiés sin detenerme y llegué a la zona de Huertas. Por una de sus calles, en una esquina, me llamó la atención un Jazz Club. Nunca había escuchado jazz en directo. En realidad, no sabía absolutamente nada de jazz, pero era un estilo de música por la que siempre sentí curiosidad.

Entré y me quedé junto a la barra. Era un local pequeño, de ambiente cálido e íntimo. Afuera aún brillaba el sol, pero dentro parecía que siempre fuera de madrugada. Lámparas acristaladas de luz tenue colgaban del techo y todas las mesas estaban iluminadas por una vela. Parecía otra hora, tal vez otra ciudad. Había grupos de dos o tres personas que tomaban copas y charlaban distraídamente alrededor de mesas de madera. Gente elegante. Allí me sentía un impostor. Cuando el camarero me atendió le pedí un Gin Mare con tónica.

De pronto, el escenario se iluminó de violeta y rojo y aparecieron tres hombres y una mujer. Saludaron al público con la mano de forma tímida y cada uno ocupó su espacio. La chica cargaba un contrabajo, uno de los hombres llevaba un saxofón y los otros dos se situaron en el piano y en la batería. El tío del saxo fue quien se dirigió a los asistentes. Lo hacía en inglés, y apenas podía entender nada. Soltó una charla de unos minutos; la gente atendía con atención, de vez en cuando reía, y a mí no me traían mi bebida.

Comenzaron a tocar. Esperaba que en algún momento alguno de los cuatro cantase, pero nadie lo hacía. Estaban muy concentrados cada uno en su instrumento. La música sin voz me aburría. Me hubiese gustado que fuera algo parecido a las bandas sonoras de las películas de Woody Allen, pero era una música más oscura.

Centré mi atención en la mujer. Tocaba las cuerdas del

contrabajo muy concentrada. No me pareció especialmente guapa, pero tenía rasgos que me atraían. Llevaba un vestido negro de tirantes que caía hasta los pies. El pelo rizado le crecía a lo ancho hasta reposar en sus hombros, tenía la piel morena y los ojos rasgados. Me hubiera gustado conocerla. Que me contase cosas de su vida. Cómo se interesó por el jazz, por qué había acabado en aquella banda y en aquel local de Madrid. También pensé en cómo sería ser su pareja. Vivir juntos, por ejemplo, en un apartamento de Lisboa, sin mucho dinero. Ella tocando jazz y yo trabajando en una fábrica de latiguillos hidráulicos. A veces, no nos enamoramos de la persona, sino del relato que intuimos tras un rostro y de la historia que nos promete.

Aparte de aquella mujer, todo lo demás me aburría allí. Me sentía absurdo sentado solo, apoyado en la barra, escuchando una música que no me gustaba y esperando una copa que no llegaba. Vivimos atrapados en la nostalgia de artistas que admiramos, pero su nostalgia no puede ser nunca la nuestra; la añoranza por sus gustos de ayer nos acaban resultando absurdos hoy.

Aproveché que el camarero atendía una mesa cerca del escenario y salí de allí sin tomarme nada. Técnicamente no era un *simpa*.

Me dirigí hacia Chueca y de camino entré en un bar para beber una birra. También me quedé en la barra, pero esta vez mi atención se dirigía a la tele mientras me tomaba varias cañas acompañadas por una generosa tapa. Por último pedí un gin-tonic de Larios para compensar el que me había quedado pendiente en el club de jazz.

Salí y fui en busca del local donde actuaba Yiyi. Era un bar oscuro, con focos por el techo y las paredes pintadas de negro y ensuciadas de textos que los clientes habían dejado a lo largo de los años. El escenario estaba cerca de la entrada, a la izquierda, la barra quedaba a la derecha. Al fondo unas escaleras daban a un habitáculo en un piso intermedio con una pequeña ventana de la que salía el haz de luz de un proyector.

Yiyi apareció sobre unos enormes tacones de aguja vestida con un mono naranja, una peluca morada y gafas de sol. Fue ella quien me reconoció.

—¡Pablo! —Me dio dos besos—. Gracias por venir. Salimos en breve. Luego hablamos. ¿Necesitas algo?

Negué con la cabeza.

Yiyi desapareció por una habitación que estaba junto a la barra. Me pedí una cerveza y me dirigí a la pista. No había mucha gente.

Las luces se apagaron y sonó una música de órgano infantil. Salieron Yiyi y otra chica vestidas completamente igual. Solo cambiaba el color de las pelucas. Yiyi se quedó en el micro y la compañera en los teclados, luego supe que se hacía llamar Tormento.

A partir de ahí no pararon de hacer lo que les dio la gana sobre el escenario. Cantaban mal, se disfrazaban de tigre o de pato, se quedaban en bikini, escupían al público o se ponían camisetas con la frase de Gramsci: «El sentido común es un terrible negrero de los espíritus».

Los asistentes sabían a lo que habían ido y acompañaban las letras y bailaban las coreografías de la mayoría de las canciones. Nadie tenía miedo de hacer el ridículo. Me hubiera gustado unirme a la fiesta, pero me sentía bastante más mayor que el resto y aún no estaba lo suficientemente borracho. Me mantuve a un lado, cerca de la barra.

Entre el repertorio de XX había canciones como *Tonto con estudios*, *La ciudad no es para mí, fa, sol* o *Música total*, esta última algo así como un himno para el público. Todos chillaban al unísono:

Bastardas, tontos, feos y malas,
hasta final de la noche triunfal,
¡bailemos sin parar... música total!

Acabó el concierto y Yiyi apareció al cabo de un rato con ropa de calle. Aún le quedaba purpurina y maquillaje por zonas de la cara. Me presentó a su compañera Tormento y a algunas de las personas que habían ido a verlas. No retuve el nombre de nadie. Tomamos chupitos de Jäger y Tormento me dio un cabezazo en el pecho. Me hizo más daño del que mostró mi cara.

Cuando cerraron el local, Yiyi se despidió. La noche acababa para ella. Tenía un niño que atender. La gente se disgregó en pequeños grupos. Tormento me estrechó la mano en señal de reconciliación y se subió a un taxi. Decidí irme a casa.

No sé qué camino seguí hasta llegar al paseo del Prado, pero, al girar una calle, de pronto, todo era más ancho, más espacioso y la soledad de la noche madrileña se hizo aún más evidente.

Recordé que el Thyssen quedaba cerca y no tenía ganas de irme a casa, así que pensé que igual era buena idea saludar a Elia en su garita de seguridad.

De camino al museo me topé con un grupo de chavales italianos que se reían de algo que pasaba a unos metros. Eran tres tíos que no llegarían a los veinte años, con pelo impecable y engominado y la solapa del polo levantada. Qué bien cuidado tienen siempre los italianos el pelo, da igual la edad.

Creí que tendría problemas con ellos, pero no fue así. Dejé atrás a los muchachos y advertí el objeto de su mofa: un hombre de unos sesenta y tantos años gesticulaba muy enfadado en una esquina.

Al principio pensé que el hombre se dirigía a alguien, pero a medida que me acercaba comprendí que no conversaba con nadie. Simplemente hablaba solo. Sus frases eran claras, pero inconexas, te perdías en un contexto que solo él entendía. Repetía mucho las mismas expresiones. Era muy enfático y se ayudaba de las manos para destacar lo que decía. Cuando tomaba aire entre sus charlas, dejaba la boca abierta como un pez fuera del agua. Tenía la mirada perdida. Pasé por su lado y pensé que apenas había reparado en mi presencia, pero de pronto me sorprendió dirigiéndose a mí.

—¿Tienes lumbre?

Lo dijo de una manera brusca y cortante. Casi exigiéndomelo. Me sonó gracioso lo de «lumbre». Busqué en mi bolsillo y saqué un mechero con una hoja de marihuana que andaba perdido por el piso. Lo encendí y tapando la llama con la palma de la mano se lo acerqué al Ducados que le colgaba del labio. Dio una larga bocanada y lanzó el humo por la nariz.

—Menuda noche de calor —dije por romper el silencio.

No me contestó.

Aquel hombre me recordaba a los últimos años del poeta Leopoldo María Panero, a la época en la que estuvo ingresado en la unidad psiquiátrica de Las Palmas de Gran Canaria. Igual que Panero, el hombre tenía la nariz grande y carnosa, la piel arrugada, la boca consumida y seca, los ojos perdidos y el pelo gris y a trasquilones. Pero eso no era raro; nunca he conocido a un loco con un corte de pelo cuidado.

Se guardó el paquete de tabaco en el bolsillo de su camisa y sin darme las gracias siguió con su perorata inconexa. Dijo algo así como que la vida te da muchos palos y después comenzó a cantar.

Seguí dirección al Thyssen.

En Madrid te podías topar con un tipo de locura en cada esquina: locura elegante y exquisita, locura alegre y sin complejos, o también esa locura que hace sufrir al loco y a las familias. Me pregunté si los locos italianos también cuidarían al detalle sus peinados. Y pensé que los locos serían menos locos si alguien se preocupara en mantenerles un bonito corte de pelo.

11

Ventanas en la noche

Night Windows, 1928
Óleo sobre lienzo, 73,7 x 86,4 cm

Al llegar al Thyssen no vi a Elia por allí. Merodeé un rato por la puerta de entrada y cuando estaba a punto de largarme, apareció un vigilante de seguridad. Era un tipo corpulento, de mandíbula ancha, cejas pobladas y con diminutos ojos negros. Se sacó el cigarro de la boca para hablarme.

—¿Busca algo? —preguntó en un tono amigable.

—A Elia.

No me contestó. Con un movimiento de cuello me indicó que siguiera unos metros más adelante. Caminé junto a la valla y casi al llegar al final vi una cabina de seguridad de poco más de un metro cuadrado. Dentro distinguí a Elia. Me planté delante y la saludé con la mano. No reparó en mí. Hice aspavientos con los brazos, pero tampoco sirvió de nada. Elia estaba concentrada en un libro. Busqué por el suelo alguna piedra pequeña y la lancé contra el cristal del habitáculo. Con el golpe, Elia dio un sobresalto y miró hacia donde me encontraba yo. Cerró el libro, abrió la puerta y salió de su cabina. Dentro sonaba *You Can't Always Get What You Want*.

—Casi me matas del susto, gilipollas —protestó.

—Luego dices que yo escucho música viejuna.

Elia se quedó desconcertada, miró hacia la cabina.

—¿*Eso*? Es una lista de reproducción. Hay de todo. Y, por supuesto, a mí también me gusta lo viejuno. —Desde el móvil apagó la música.

—Claro, claro... —ironicé.

—¿Estás borracho? —Elia movió la nariz, como si le llegase olor a alcohol.

—No apuestes tu mano derecha.

Soltó una carcajada.

—Pues me alegro de verte.

Elia pasó la mano a través de la reja, agarró la mía y dijo:

—La noche estaba siendo muy aburrida, pero siempre hay un idiota que te la alegra.

Elia volvió a reír, ahora para quitar importancia a lo que acababa de decir.

—¿Cómo llevas la noche? —pregunté.

—Pues *reguleras*, son casi las cuatro. —Miró su reloj y resopló—. Llevo seis horas aquí y aún me quedan otras seis.

—Vaya —lamenté.

—¡Tengo *sueñajo*!

—¿Cómo?

—Sueño en el trabajo: *sueñajo* —aclaró.

—Ah.

Con el uniforme azul y el pelo recogido en una coleta, Elia parecía otra persona. Era una sensación similar a cuando de pequeños veíamos a nuestros profesores fuera del entorno escolar. Los reconocías, sin duda eran ellos, pero había algo que no encajaba.

—¿No me vas a invitar a pasar? —pregunté.

Dirigí la mirada hacia la cabina y simulé que me soplaba y frotaba las manos como si hiciera mucho frío.

—No puedo abrir la verja —dijo Elia—. Así que tendremos que hablar separados por estos hierros. Como cuando mi bisabuelo pretendía a mi bisabuela. Se querían con locura, pero solo podían hablar un rato cada noche a través de un ventanuco. El padre de ella, el terrateniente del pueblo, no quería que se ennoviase con un pelagatos. Entonces desaparecieron una semana y se casaron en secreto. Y tuvieron que aceptar a mi bisabuelo en la familia. Seis décadas vivieron juntos, hasta que él murió hace diez años.

—O sea, que no me puedes dejar pasar —concluí.

Elia soltó un grito espontáneo acompañado de una carcajada.

—Qué cabrón... No, no puedo. —Movió a un lado la cabeza y encogió los hombros en signo de disculpa.

Fijé mi atención al interior de la garita y vi un pequeño altavoz, un libro y un par de monitores. En los monitores aparecían algunas zonas aledañas del museo y varias salas del interior. Elia entró en la garita y comenzó a manejar un mando. La imagen de uno de los monitores se movió.

—Desde aquí puedo ver todo lo que pasa fuera y dentro del museo —dijo—. ¿Ves bien desde ahí?

Me volví a fijar en los monitores, ahora con más atención. La cámara hizo zoom a una de las paredes del museo hasta centrarse en un cuadro. Pude distinguir una pintura de Hopper. Elia volvió a la verja.

—Me conozco estos cuadros mejor que Hopper. Ese que acabo de sintonizar es *Soir Bleu*. Creo que nadie ha dedicado tanto tiempo a mirarlos como yo. Aquí me sobran horas.

Yo solo podía distinguir a un payaso en medio de lo que parecía un grupo de gente en la terraza de un café.

Elia me habló con tristeza:

—Toda nuestra existencia de personajillos de ciudad se podría condensar en cualquiera de los cuadros de Hopper. El miedo, la esperanza, el vacío y esa continua necesidad de que pase algo que lo cambie todo. Para mí son como ventanas en la noche en las que asomarme a otras vidas que al final también son las nuestras.

—¿Vas fumada? —pregunté.

—No apuestes tu mano derecha —contestó.

Me encendí un cigarrillo y pensé en lo irónico de solo poder ver los lienzos a través de un monitor en blanco y negro.

También me pregunté qué cojones hacía Elia trabajando de vigilante de seguridad.

—¿Por qué no curras en algo de comunicación? —pregunté—. Es lo que has estudiado y das el perfil.

—Ya lo he hecho, pero aquí al menos me pagan todas las horas que hago —respondió como si tuviera aprendida la respuesta—. Es la forma más sencilla de conseguir pasta y de demostrarle a mi padre que yo también podía pagarme cosas y de fastidiarle un poco. Y ojo, doy el perfil: sé montar a caballo, tengo licencia de armas y soy cinturón negro de kárate. Cosas de niña bien. Lo de montar a caballo la verdad que aquí no vale para nada, pero si quieres te hago una kata de kárate.

—No hace falta —dije.

—Además —continuó Elia—, apenas salgo de la cabina en toda la noche y ni siquiera llevo pistola. Me da tiempo para leer. Es lo mejor.

—¿Y qué dice tu padre?

—Pues le jodió mucho cuando se enteró, y creo que aún le jode. Alguna vez me ha soltado alguna indirecta para que lo deje y me vaya a Nueva York a estudiar lo que me dé la gana, que él se hace cargo. Llevo casi un año en esto y acabo en septiembre. Ya casi tengo el dinero ahorrado para largarme. ¿Sabes que fui la primera chica menor de treinta años que destinaban como vigilante al Thyssen?

—No.

—Cómo lo ibas a saber.

Cómo lo iba a saber. Elia desvió la vista hacia el suelo un instante, luego me miró y dijo:

—¿Y cómo te va lo de actor? ¿Vas mirando cosas?

—No sé por dónde empezar —contesté.

Ahora era yo el que miraba al suelo.

—Si quieres te ayudo —siguió ella—. Podemos empezar por hacer una lista de castings interesantes. Preguntaré a toda la gente que conozco... ¿Tienes página web o algo?

—El lunes empiezo a currar en un supermercado —le corté.

Elia se rio y me miró extrañada.

—¿Y por qué no trabajas de camarero como todos los actores?

Me encogí de hombros.

Alguien le habló a través del *walkie*. Elia entró en la cabina y contestó. Cuando salió aproveché para despedirme.

—Creo que me voy para casa —dije—. No quiero que te llamen la atención.

—Tranquilo. Y gracias por venir.

Volvimos a entrelazar las manos a través de las rejas. Ella me dijo que me pagaba un taxi, pero rechacé el ofrecimiento. Cuando ya me iba, me llamó.

—Pablo, creo que me voy a echar una mini siesta ahí dentro —señaló la garita—; el *sueñajo* me vence.

Trasteó en su móvil y comenzó a sonar *Into My Arms*.

—¿Te gusta Nick Cave?

—No lo he escuchado mucho —dije—. Pero sí.

—¿Me llamarías con tu móvil dentro de diez minutos, por si me duermo?

—Claro.

—Muchas gracias. —Sonrió—. Me voy al Café de París con los personajes de Hopper, solo será un momentito. ¿Te traigo algo de allí?

—No es necesario.

—*Bonne nuit.*

—*Bonne nuit.*

Tiré hacia casa a pie por el paseo de Santa María de la Cabeza. De camino me fui fijando en los edificios y en todas las ventanas en las que había luz. Pensé si era gente como la de los cuadros de Hopper, y si sentían esa continua necesidad de que pasase cualquier cosa que lo cambiase todo. Tal vez solo se habían levantado a esas horas a hacerse una manzanilla y poco más. No fueron muchas ventanas las que tenían luz, pero al menos estas sí las veía en color.

Se me olvidó despertar a Elia.

12

Mañana en una ciudad

Morning in a City, 1944
Óleo sobre lienzo, 112 x 153 cm

El lunes empecé a currar en el supermercado de Opañel. Allí estaría durante dos meses, el tiempo que duraba el contrato. Pasado ese tiempo, tenía la posibilidad de quedarme en la empresa seis meses más.

Cuando me enteré de que el barrio de Opañel se encontraba en el distrito de Carabanchel me hizo gracia. No era el centro de la ciudad, pero al menos era una zona que asociaba a Madrid tanto como el bocata de calamares y la Cibeles.

La única pega que tenía el nuevo empleo era madrugar de lunes a sábado. Me incorporaba a las seis de la mañana. Todos los días. Para llegar a tiempo debía poner el despertador a las cinco de la madrugada. A esas horas las calles estaban vacías, solo pasaban taxis o coches patrulla. La vida no comenzaba a funcionar hasta más tarde, bien entrada la mañana.

Desayuné en la cocina un café con leche y salí hasta el supermercado. En la puerta me encontré a Lito. Venía borracho.

—¿Dónde vas a estas horas? —preguntó con cara extrañada.

—A currar. ¿Tú de dónde vienes?

No me contestó. Tiró para su habitación. Antes de entrar, se giró y me miró con una sonrisa.

—Si te lo digo, flipas.

No le di la oportunidad de que me lo contara.

A las cinco de la madrugada era más rápido ir al trabajo a

pie que en transporte público. Así que decidí caminar los más de dos kilómetros hasta el supermercado. Me llevaba unos cuarenta minutos. Bajé hasta el paseo de la Chopera y continué por el paseo de Yeserías hasta el Puente de Toledo. Al cruzarlo me di cuenta de lo cerca que pasaba el río Manzanares de mi casa. Hasta ese día siempre me había dirigido hacia el centro. Nunca pensé en ir en dirección contraria para ver qué me encontraba.

Me quedé en la mitad del puente y me asomé para ver el cauce del río. No era gran cosa. Nada que ver con el río Misisipi. Dudo de que alguna embarcación pudiese recorrer el río madrileño. Por el Misisipi, en cambio, podías navegar sobre una balsa y cruzarte con un vapor cargado de mercancías y pasajeros.

Aunque el Manzanares era bastante mejor que el río que pasaba cerca del barrio en el que crecí. Una tarde los chicos mayores de mi bloque organizaron una excursión para cruzarlo. Aunque yo era mucho más pequeño, me permitieron ir con ellos. Teníamos que pasar una pasarela colgante con suelo de tablones de madera. Al ver el río y el puente a lo lejos comencé a llorar. Yo me imaginaba un caudal de agua azul tan ancho que la vista apenas me permitiría distinguir el otro margen. En el Misisipi había incluso islas interiores. Tom Sawyer aprovechaba para escaparse de casa y perderse por ellas para jugar a los piratas. Sin embargo, aquel río con el que me topé de crío era una alargada mancha marrón, con litronas, lavadoras oxidadas y sofás viejos en la orilla. El humo de las fábricas se veía a lo lejos. Y más allá, la autopista. En realidad no lloré por la decepción, sino porque me daba miedo cruzar el puente de madera. Solo quería volver a casa y ver un episodio del *Equipo A*. Aunque quizá también hubo algo de decepción.

Dejé el Puente de Toledo y subí por la calle General Ricardos. El Carrefour estaba abierto cuando llegué. Se hallaba ubicado en el interior de un mercado de abastos. Luis Jesús, el encargado, un chaval uruguayo muy nervioso y diligente, ya se encontraba por allí.

Me presenté y me dio la mano muy efusivo; luego me entregó el uniforme, me enseñó mi taquilla y me puso al día.

El trabajo no era muy complicado. Básicamente tenía que recepcionar productos, meterlos en el stock con una PDA y firmar el albarán al proveedor.

Luis Jesús hablaba nervioso:

—Loco, mientras vienen los proveedores, ponte a reponer.

Según Luis Jesús me parecía a un personaje de una serie uruguaya a quien apodaban de esta manera. Decidió llamarme siempre así. No creí del todo lo de la serie.

Esperé a los repartidores llenando lineales con productos que otro empleado había dejado en planta la noche anterior. Lo hacía con tranquilidad. No me conocía la ubicación de la mercancía. En teoría debían dejarlos junto a las estanterías que correspondiesen, pero no siempre lo hacían.

El repartidor que solía llegar el primero era el de la bollería. Un tío grandullón con el flequillo cortado como si fuera un crío de ocho años y le hubiera metido tijera su hermano pequeño. No traía mucha mercancía: dónuts de varias clases, pan de molde y algunas cajas de Donettes.

Casi al mismo tiempo llegaba el repartidor de productos lácteos, se llamaba Benito. Cada día cargaba hasta las neveras una jaula llena de yogures, flanes y batidos. Nos llevamos bien desde el primer día.

—Qué pasa, Pablo. ¿Cómo va la vida?

—Bien. ¿Tú qué tal, Benito?

—Con sueño, mi madre pasó mala noche y no he pegado ojo.

La madre de Benito estaba enferma. Vivía con él, su mujer y su hija. Sufría alzhéimer y alguna cosa más, una enfermedad rara. Muchas noches Benito tenía que llevarla a urgencias.

Cuando terminaba con los yogures de Benito, bajaba hasta el almacén. Allí me esperaba al camión de los productos frescos. Este era el momento del grueso de mi tarea. Tenía que salir a la calle, a la zona de carga y descarga, y romper yo mismo la cinta que sellaba las puertas del camión. La cinta tenía que estar intacta cuando yo llegase, con ello se evitaba que se *extraviaran* productos entre el almacén central y el supermercado de destino.

Después ayudaba al camionero a meter los palés desde el camión hasta el almacén. Una vez dentro, dejábamos los palés a lo largo del pasillo, junto a la zona de productos caducados o con el embalaje roto.

Uno de los camioneros, Darko, un bosnio de metro noventa y cabeza rapada, nunca perdía de vista algunas de las piezas de esa zona.

—¿Qué hacen con todo eso? —preguntó muy interesado.

—No lo sé.

—Ese queso, por ejemplo. —Señaló una cuña de medio kilo de queso semicurado—. No veo que le pase nada. Solo tiene roto el plástico.

—Ya. Eso parece.

Los quesos tenían buena pinta.

—Si te enteras si lo van a tirar, puedes preguntar si me lo podría llevar. Da pena tirarlo.

—Claro.

—Gracias.

Yo leía con la pistola los códigos de barras de todas las cajas. Eran varios palés de verdura, carne y pescado. Cuando comprobaba que todo estaba en orden le firmaba el albarán y despedía a Darko hasta el día siguiente.

—Pablo, acuérdate de preguntar lo del queso.

—Sí.

—Gracias.

Cuando se iba el camionero, cerraba la puerta del almacén y metía los palés cargados en el montacargas y apretaba al botón para que subiera hasta la primera planta, donde se encontraba la tienda. Ahí recibía la carga Luis Jesús.

—Loco, date brío —gritaba desde arriba—. En nada abrimos la tienda y hay que colocar todo esto.

Mi horario era de seis a nueve y media, así que no me daba tiempo de hacer mucho más.

El primer día pasó volando. Me cambié de ropa en los vestuarios y pasé por la zona de merma al irme. Alguien había dejado un par de bolsas de calamares congelados. Miré a mi alrededor y no vi a nadie. Las toqué y aún estaban frías. En un movimiento rápido metí una de ellas en mi mochila.

Me despedí de Luis Jesús y de un par de reponedores y salí por la zona del edificio que daba al mercado de abastos. La mayoría de los puestos ya estaban abiertos y los clientes esperaban su turno para hacer la compra. Era bien entrada la mañana y ciudad ya estaba en movimiento.

Para volver, pillé el metro en la parada de Oporto, la Línea 6, la Circular. Estaba muerto de sueño, pero al llegar a casa, me preparé un bocadillo de calamares antes de echarme un rato en la cama. Carabanchel, bocata de calamares, un mercado de abastos de barrio y un paseo por el río Manzanares. Antes de dormirme me sentí un poco más madrileño.

13

Compartimento C, coche 193

Compartment C, car 193, 1938
Óleo sobre lienzo, 50,8 x 45,7 cm

Lucas apareció en mi habitación con un pack de seis birras en la mano. Tenía muchas más enfriándose en la nevera. Le había tocado una caja de cervezas en un sorteo. Nos sentamos sobre mi cama y fuimos abriendo latas. Yo de vez en cuando me encendía un cigarro.

Lucas tenía por costumbre rellenar todos los cupones de ofertas o promociones que se le ponían por delante y siempre se presentaba a todos los sorteos que podía. Según él, muy poca gente participaba y había muchas posibilidades de que tocara.

Estuvimos charlando un rato sobre cine, baloncesto de los ochenta y de los paquetes que aún le seguían llegando al piso. El más raro por el momento había sido un consolador con forma de botella de colonia transparente. Le pregunté si también había escrito a la empresa diciendo que era un gran apasionado de sus productos. Lucas no lo recordaba, pero me dijo que seguramente.

Oímos la puerta de la calle. Lito vino directo a nuestra habitación. Se asomó por la puerta y, sin ni siquiera saludar, nos recriminó que fumásemos dentro del piso. Luego me pidió un cigarro y salió al patio para encendérselo.

A los pocos minutos regresó al cuarto con una sonrisa y dijo:

—Me voy de fiesta al reservado en una discoteca con Cristiano Ronaldo.

—Vale —contestó Lucas.

—Vale —contesté yo.

—Os invitaría —siguió Lito—, pero solo tengo un pase más y voy con una chavalita. Creo que también estará Antonio Banderas, somos muy colegas.

—Yo había quedado para ir a un karaoke —se excusó Lucas.

—Yo me levanto temprano —me excusé yo.

Lito no dijo nada más; salió de la habitación y se metió en su cuarto de baño. Abrí otra lata de cerveza y escudriñé la cara de Lucas.

—¿Tú te crees algo de lo que dice?

—Este tío vive en una puta fantasía —respondió Lucas—. Y encima se cree que somos gilipollas.

—Eso pienso yo también.

—Un día tenemos que dejarlo en bragas. —Lucas se incorporó de la cama—. Será divertido.

Salió del cuarto y se dirigió a la nevera. Trajo otro par de latas, me dio una, se abrió la otra y me comentó que se tenía que ir ya. Había quedado con unas amigas de Valencia para cenar y luego acabar la noche en una discoteca en la plaza de Mostenses. Me invitó a ir con ellos, pero no me pareció buena idea si tenía que levantarme a las cinco de la mañana.

Tampoco me apetecía dormir. Me quedé un rato en la cama. Observé la colcha vieja, notaba el colchón bajo mis piernas y la pared sobre la que me apoyaba en mi espalda. Me pareció que estaba sobre cualquier cosa menos en una cama. De pequeño, jugaba a convertir la cama en distintos habitáculos. Eran momentos en que me abstraía de todo lo que veía a mi alrededor. A veces la cama era una balsa hecha con troncos de madera que navegaba río abajo, las sábanas servían como precario refugio por si llovía y también para resguardarse del frío de la noche. Otras, la cama era el compartimento de un tren que recorría de punta a punta todo un continente a lo largo de varios días. A través de la ventana del compartimento se podían ver los campos de trigo y enormes graneros a lo lejos.

Lucas y Lito salieron de casa. Me incorporé de la cama y me quedé sentado unos minutos. Miré mi diminuta habitación y decidí que no me apetecía pasar más rato allí. Fui a la cocina, pillé prestada una lata de cerveza de Lucas y salí a la calle. Caminé en dirección al Thyssen, sabía que aquella noche le tocaba trabajar a Elia.

Subí hacia la glorieta de Santa María de la Cabeza y giré a la derecha en dirección a Atocha. A medio camino una voz llamó mi atención.

—Buenas noches, joven.

Era Baroja. El viejo estaba sentado en un banco. Le saludé sin detenerme. Se levantó y me siguió. Caminamos unos metros sin decir nada. Yo iba medio metro por delante. Al final mi acompañante rompió el silencio.

—¿Paseando?

—Eso parece.

—No camines tan deprisa —Baroja se colocó a mi lado—, así apenas disfrutas del recorrido.

—No pretendía disfrutar de nada.

—Entonces ¿por qué has venido hasta Madrid?

No contesté y seguí andando.

A veces pensaba que solo había ido a esa ciudad para tener un bonito marco en el que fracasar.

Nos cruzamos con una mujer que paseaba a su perro. La mascota ladró con furia a Baroja, pero su dueña, sin detenerse ni reparar en nosotros, tiró de la correa para que el animal la siguiera.

Miré a Baroja y le dije sorprendido:

—¿Los perros pueden reconocerle?

—Solo los que son muy leídos.

Aquel hombre tenía su gracia cuando quería.

Baroja volvió a regañarme.

—Si caminas rápido —dijo—, no ves lo que te queda a los lados. Muchas veces ahí reside lo interesante.

Aminoré la marcha.

—En realidad, voy al Museo Thyssen. —Lo dije sin darle mucha importancia.

—¿Qué hay allí? —preguntó con sorna.

—Una chica y una exposición de Hopper.

Baroja esbozó una sonrisa burlona. Notaba mi incomodidad y le gustaba. Pasamos una gasolinera y miré hacia la tienda para comprar más cerveza, pero las luces estaban apagadas. Baroja seguía con sus disquisiciones.

—Imagino que a estas horas el museo permanecerá cerrado, así que el interés se centra en esa chica.

Volví a acelerar el paso para que no se sintiera tan cómodo. Pero él seguía con su discurso.

—De todas formas, de ese museo solo son interesantes los impresionistas, para mí el reloj de la pintura se detuvo con ellos. ¿El tal Hopper es impresionista?

—No lo sé —dije.

—Nunca sabes nada, Pablo.

Llegamos al final del paseo. A lo lejos se veía la estación de Atocha. Incrementé el ritmo para dejar atrás a Baroja. Aunque no resultaba sencillo. Se mantenía a mi lado. Y no callaba.

—¿Adónde iba esa cama convertida en compartimento de tren en la que viajabas cuando eras un niño?

No contesté.

Baroja se detuvo de golpe.

—¡Pablo, escúchame!

Me giré hacia él.

—¿Qué? —respondí irritado.

—Hasta que no sepas a dónde va ese tren, no sabrás hacia dónde te diriges tú.

Me encogí de hombros, di el último sorbo a lo poco que me quedaba de cerveza y tiré la lata a una papelera.

—Ni idea —dije—, quizá a Nueva York o a Los Ángeles o a Estambul, yo qué sé, era un juego de niños.

Baroja meneó la cabeza y dijo:

—¿Has pensado que tal vez a donde se dirige ese tren no es un lugar?

—¿Qué quiere decir?

Reanudamos la marcha y Baroja teatralizó su respuesta, como si estuviera dando una conferencia ante estudiantes entregados.

—Todos perseguimos, de una manera u otra, nuestro destino, pero quizá este no sea un sitio concreto, sino una manera de ser y de afrontar la vida. Es complicado llegar ahí. Las personas nos autoengañamos para poder sobrellevar la existencia. A veces resulta hasta estimulante. Aunque debemos ser conscientes de que las acciones con las que damos respuesta a nuestras farsas cotidianas son las que al final esbozan y definen nuestra realidad.

Se me ocurrieron un par de respuestas cínicas para salir del paso, pero no dije ninguna. Solo me quedé en silencio mientras caminaba.

—Y otra cosa importante —siguió Baroja.

—Me da usted miedo —dije.

El escritor ahora miraba al suelo y jugueteaba con el mango de su bastón. Levantó la vista y me preguntó muy serio:

—¿Qué cojones es eso de internet?

—¡Joder! —espeté.

Miré a mi alrededor con urgencia. Era necesario anular mi visita al Thyssen y encontrar una tienda abierta para comprar cerveza. La noche sería larga.

14

Soir Blue

Soir Blue, 1914
Óleo sobre lienzo, 91,4 x 182,9 cm

Llegué a la terraza del bar antes que nadie. Allí solo había una pareja tomando unas cañas en una mesa, las demás estaban vacías. Me di una vuelta por la zona para hacer tiempo hasta que llegasen Iggy y Elia. Salí de la plaza del Carmen hacia la calle Montera, subí a Gran Vía y volví a bajar por el mismo camino de vuelta a la plaza del Carmen.

No sabía muy bien qué hacer. Me senté en un banco junto a un hombre de unos cincuenta años disfrazado con un traje viejo y roñoso de Mickey Mouse. El tipo sostenía la cabeza del disfraz en su regazo mientras se comía un enorme bocadillo. Las migas de pan caían sobre la cabeza del ratón de Disney. El hombre no reparó en mí. De vez en cuando, yo echaba un vistazo a la terraza por si habían llegado Iggy y Elia. El hombre y yo permanecimos en silencio unos minutos. Al fin, me miró y me ofreció de su bocadillo; rechacé la oferta con un gesto de cabeza. Él insistió.

—Es de lomo con queso cheddar —dijo con una sonrisa—, delicioso.

—Disfrútalo —dije.

—Por estos pequeños placeres merece la pena vivir —el hombre señaló el bocadillo—, ¿verdad?

—Claro.

La cabeza de Mickey estaba cada vez más sucia de migas y grasa. Sin dejar de masticar, el tío se sacó de algún bolsillo secreto del disfraz un paquete de tabaco y una bolsita y echó una discreta mirada al dinero que contenía. Luego dejó la bolsa dentro de la cabeza de Mickey, y siguió con su comilona.

Advertí que Elia e Iggy ya estaban en el bar. Me levanté, me despedí de Mickey Mouse y fui al encuentro de mis amigos. Los dos se levantaron muy efusivos para abrazarme. Venían de ver una exposición de fotografía en el Círculo de Bellas Artes y de tomar después unos cócteles en la terraza del edificio. Sabía que acabarían en el bar de la azotea del Círculo de Bellas Artes y por eso no me apunté al plan. No quería gastarme pasta. Me hablaron del artista que habían visto y de su trabajo, pero no presté mucha atención. Pedí un agua y los dos me miraron con cara extrañada. Cedí a la presión y cambié por una caña doble. Iggy estaba muy emocionado.

—Muchas gracias por venir, en serio, Pablo —dijo efusivo—, te lo agradezco.

—No hay de qué —dije.

—Sí, es muy importante para mí.

—¿El qué? —pregunté.

No tenía ni idea de a qué se refería.

—Ya sabes, el publicista, el perro —bajó la voz—, el Movimiento de Liberación Aspiracional. ¿No te ha dicho nada Elia?

—No. —Miré a Elia.

—Pensé que te lo había dicho, que quedábamos hoy para comenzar a planearlo todo —se excusó.

—Planearlo todo —repetí.

—Sí, hay que prepararlo muy bien antes de... —Iggy hizo una pausa— ejecutarlo. No podemos cometer ningún fallo.

Creí que aquella locura se había agotado en el mañaneo, pero Iggy estaba dispuesto a llevarla hasta el final, incluso estando sobrio. A mí no solo me parecía una idiotez, sobre todo me daba pereza ponerme a trazar un plan. Elia debió notar mis dudas.

—Pablo, sigues dentro, ¿no?

—Por supuesto.

—Genial —dijo Iggy.

Pidieron algo para picar, yo dije que ya tenía cena en casa. Mientras esperábamos a que nos trajeran la comida, Elia sacó unos apuntes sobre las ideas que había esbozado para el anuncio que el publicista tenía que crear como rescate de su mascota. Elia había pensado una cuña en la que se explicase el concepto marxista de plusvalía, con música de Bob Dylan de fondo.

Iggy arrugó la nariz y dijo:

—No sé, me parece complejo, Elia.

—Joder, ese es el trabajo de los creativos publicitarios —se defendió—, comunicar de manera sencilla y emocional. Sabrá cómo hacerlo, y lo hará, si de verdad quiere a su perro.

Iggy negaba con la cabeza.

—Nunca pensé que diría esta frase —dijo— pero tenemos que darle una vuelta.

Elia soltó una carcajada y dijo orgullosa:

—Tranquilo, la primera idea siempre es la mala —me guiñó un ojo—, aunque a mí me molaba lo de explicar la plusvalía en un anuncio, con dos ovarios. El otro concepto es desvelar lo horrenda que es la publicidad desde la publicidad misma, algo que nos diga que el noventa por ciento de nuestra vida es una mierda, y que el resto aún es peor. Aunque, mucha calma, que ya están ahí los creativos para que pienses lo contrario y prometerte el cielo.

—Por ahí me gusta más —sonrió Iggy.

—No sé si ya está usada la idea —continuó Elia— y aún tengo que aterrizarla, pero básicamente los publicistas son los nuevos curas: si sigues mis mandamientos y consumes lo que te propongo, te aseguro el paraíso en vida, no esperes a morir. Aunque si no lo compras, seguirás en tu puto infierno de la insipidez cotidiana.

—Me mola —dijo Iggy—. Pablo, ¿cómo lo ves tú?

—Guay.

El camarero comenzó a dejar platos de raciones sobre la mesa. Iggy y Elia pidieron otra ronda de cervezas. Yo dije que no quería nada más porque no tardaría en irme. Iggy pinchó una patata y continuó dirigiendo la reunión.

—Está bien la idea del anuncio —dijo—, pero ahora lo que me preocupa más es la logística. Ejecutaremos el plan al amanecer, es el momento en que hay menos gente por el Retiro. ¿Cuántos vamos a ser? ¿Nosotros tres?

—Yo lo intentaré, pero no estoy seguro —dije.

—¿No? ¿Y eso? —se extrañó Iggy.

—Tengo que verlo.

Podía haber zanjado la conversación explicando que por las mañanas trabajaba en un Carrefour de lunes a sábado, pero no lo hice.

—Pablo trabaja en un Carrefour de lunes a sábado. No puede —informó Elia por mí.

—Vaya —se lamentó Iggy.

—Yo creo que sí podré —dijo Elia—, haré lo posible para estar ese día.

Iggy se quedó contrariado.

—Qué mierda, como mínimo necesitamos tres personas en el Retiro: una para distraer, otra para pillar al perro y una más para sacarlo del parque a toda hostia.

De pronto me vino a la cabeza la persona a quién le encantaría participar en una estupidez como aquella.

—Creo que podemos contar con una persona más —dije.

—¿Quién? —se interesó Iggy.

—Mi compañero de piso, Lucas.

—Eso sería genial, Pablo. ¿Es de confianza?

—Lo es.

Elia se giró y comenzó a hablar con un par de tipos de la mesa de al lado. Estaban tan cerca de nosotros que sus sillas apenas nos dejaban libertad de movimiento. Eran dos muchachos de unos veinte años, atléticos y con melenas rubias.

Iggy se centró en mí.

—¿No encuentras nada de actor?

—Qué va —dije sobreactuando mi desánimo.

—Está jodido. Puedo preguntar a una amiga que es directora de casting por si necesita a alguien de tu perfil.

—Sería genial, gracias —dije.

Le agradecía a Iggy su implicación y la puerta que me abría, pero a la vez necesitaba que acabase aquella charla.

—¿Tienes videobook? —continuó Iggy.

—No.

—Te vendría bien. Yo te puedo ayudar.

—Gracias, tío.

Elia se volvió hacia nosotros y nos sacó de aquella conversación.

—Estos chicos son neozelandeses —informó—. Acabaron la universidad en su país y llevan un par de años dando la vuelta al mundo buscando playas para hacer surf. Mañana se van a Euskadi.

Aquella vida no estaba nada mal, pensé.

—Maravilloso —dijo Iggy—. Pregúntales si se quieren sentar con nosotros, prácticamente estamos juntos.

—Ya se lo he dicho.

Elia se volvió a girar hacia los chicos y se dirigió a ellos en inglés. Los muchachos se levantaron de sus sillas y juntaron su mesa con la nuestra. Aproveché el momento para despedirme.

—Yo me tengo que ir ya —dije—; ya continuaremos en otro momento.

—Muchas gracias, tío.

Iggy me dio un abrazo.

—Te llamo —dijo Elia—. No pagues, que apenas has tomado nada.

Hice un gesto como que no importaba y entré al bar. Señalé nuestra mesa al camarero que estaba tras la barra y le dije que me cobrara. Echó un vistazo y luego me preguntó:

—¿Todo?

—Sí.

Me salió automático y ya no quise echarme atrás. No sé en qué estaba pensando. Cuando me trajo la cuenta vi que también había añadido las consumiciones de los neozelandeses. Pagué con la tarjeta y me despedí.

Al pasar junto al banco en el que estuve haciendo tiempo, vi un pequeño corro de gente. Estaban alrededor del hombre disfrazado de Mickey Mouse, quien yacía en el suelo inconsciente. Un par de chicas le atendían. No pude saber la gravedad de lo que le pasaba. La cabeza del disfraz de Mickey permanecía aún en el banco, bocabajo, con los ojos torcidos y sucios de grasa. Pude distinguir que la bolsita con el dinero también seguía allí. Nadie reparaba en ella. Frente a mí había un Media Markt y en las pantallas gigantes de la entrada podía leer el eslogan «Yo no soy tonto». Yo no soy tonto, pensé. Al volver a focalizar la cabeza de Mickey Mouse, vi como un tío metía la mano con disimulo y seguía su camino con tranquilidad.

Sonaron las sirenas de una ambulancia que entraba a la plaza. La gente se apartó para dejar paso a los médicos y yo me dirigía mi habitación.

15

Drugstore

Drug Store, 1927
Óleo sobre lienzo, 73,7 x 101,6 cm

El camión de los productos frescos llegó al supermercado antes que otros días. Vi aparecer a Darko por el pasillo de droguería. Yo estaba aún recepcionando los yogures con Benito. Me hablaba de su madre. Los doctores habían dicho que no veían factible operarla de nuevo.

—Estamos ya desesperados —dijo—. Y encima en la empresa quieren unificar líneas de reparto; eso significa reducción de plantilla y más carga de trabajo.

Darko se quedó junto a nosotros y esperó a que acabase mi trabajo con Benito. Pasó por allí Luis Jesús, el encargado, y mientras reponía las estanterías de los pañales se quedó mirando un rato al transportista. Al fin se dirigió a él.

—Oye, Darko, tú eres bosnio, ¿no?

—Sí —contestó Darko.

—¿Te puedo hacer una pregunta? —Luis Jesús no dio tiempo a que le diese permiso—. ¿Mataste a mucha gente en la guerra de los Balcanes?

—¿Cómo?

El encargado continuó hablándole sin dejar de cargar los lineales.

—Eso que tienes ahí, Darko, no son dedos, son un muestrario de vergas. Tienes pinta de haber sido un asesino sanguinario.

Darko nos miró a Benito y a mí y soltó una carcajada incrédula.

—¿Qué dice este tío? —dijo.

Luis Jesús continuó.

—Seguro que te cargaste a muchos con tus propias manos, ¿verdad?

—Qué hablas —gruñó Darko—, pero si yo tenía seis años cuando comenzó la guerra. ¿A quién voy a matar?

Luis Jesús acabó de cargar la estantería y me pasó uno de los paquetes de pañales.

—Este ya no cabe, Loco. Ahora cuando bajes al almacén lo dejas allí. —Después se dirigió a Darko—. O sea, que fuiste un niño de la guerra. Con seis años y empuñando un Kalashnikov. Qué bárbaro.

El encargado se marchó a otro pasillo para acabar de reponer. Yo recepcioné los yogures, me despedí de Benito hasta el día siguiente y bajé con Darko hasta el almacén. No encontré la ubicación de los pañales, así que dejé el paquete encima de un palé de botellas de Coca-Cola. Abrí la puerta del almacén y subimos la rampa hasta el camión de los frescos. Estaba amaneciendo, pero la calle aún permanecía oscura. Darko seguía dándole vueltas al tema de Luis Jesús y la guerra.

—Ese encargado tuyo no sé por qué te llama loco a ti —dijo—. El loco es él.

De pronto, Darko dejó de hablar y corrió a toda velocidad hacia su camión. La puerta de la cabina estaba medio abierta y un cuerpo se colaba por ella. Darko tomó impulso y soltó una patada con todas sus fuerzas a las costillas. De la cabina salió despedido un hombre pequeño y delgado. El hombrecillo trató de incorporarse, pero Darko le asestó otro par de patadas. Al final pudo ponerse en pie y salir corriendo. Se dirigió hacia donde yo permanecía. Darko me gritó:

—¡Páralo, Pablo!

Me interpuse en el camino del ladrón. Vestía unas bermudas estampadas que le llegaban por las espinillas y una camiseta fucsia sin mangas. Ya lo tenía visto de la glorieta de Embajadores. Al verme ocupar su posible salida se giró sobre sí mismo.

—Yo no he hecho nada —repetía.

No pudo evitar otra patada del bosnio. Cayó al suelo y Darko se echó sobre él y con su cuerpo lo inmovilizó. El bosnio respiraba acelerado y con rabia. Alzó su enorme puño y lo mantuvo unos segundos en el aire. Al final no lo descargó sobre la cara del hombre.

Solo dijo:

—Hijo puta, cabrón. Lárgate, y como te vea otra vez por mi camión te mato.

El yonqui se levantó, se recompuso como pudo y se marchó tambaleante. Eché un vistazo y vi que huía calle arriba con una mujer, tan enclenque como él. En ningún momento de la trifulca había reparado en ella. Seguramente permanecía escondida mientras su compañero trataba de robar. Ella le colocaba bien la camiseta mientras se marchaban a toda prisa agarrados de la mano.

Darko se acercó a mí.

—Hijo puta, el tío. Encima se ha dejado esto. —Sostenía un bolso.

Volcó el contenido en el suelo y salieron una cartera, una piedra de costo, botes de cremas, un montón de cajas de Valium, Lexatin, Trankimakin, Gabapentina, una docena de pintalabios y un hacha.

Me quedé con algunas de las cajas de medicamentos.

—Cabrón —murmuró Darko aún temblando—. Lo tenía que haber matado aquí mismo.

16

Paisaje americano

American Landscape, 1920
Aguafuerte, 20 x 25,1 cm

En la plaza de Neptuno volví a ver al hombre que hablaba solo por la calle y se parecía al poeta Leopoldo María Panero. Fue una noche que visité a Elia en el museo. Venía de tomar gin-tonics con Lucas y caminaba con una lata de cerveza en la mano.

Panero estaba más activo que nunca. Junto a un bar tarareaba una canción en bucle, mientras caminaba tres pasos, daba un giro de ciento ochenta grados y volvía a caminar tres pasos. Y así todo el rato. Las personas que tomaban algo en la terraza lo miraban con asombro y mofa. De vez en cuando, Panero levantaba el tono y entonces alguno le vacilaba: «A ver si cambias el repertorio, que pareces Kiss FM». Los amigos del gracioso se partían de risa, pero Panero no atendía, y continuaba centrado en su canción y su coreografía.

Dejé atrás a Panero y crucé la calle camino del Thyssen. Al pasar por la verja levanté la mano para saludar por si me estaban observando por los monitores de seguridad. Si cada día somos extras involuntarios de miles de cámaras, hay que ser amables.

Pude distinguir en el interior de la garita de seguridad a Elia. Tiré un par de piedrecitas para llamar su atención y luego maullé como un gato.

Elia salió con una sonrisa que le acentuaba los hoyuelos de las mejillas. Sacó la mano por la verja y entrelazó la mía.

—Hola, Pablo —dijo—. ¿Has tirado piedras a la cabina y has imitado a un gato?

—Sí —dije—. Así era como se comunicaban por la noche Tom Sawyer y Huckleberry Finn.

—¿Te gusta Tom Sawyer? —preguntó Elia extrañada.

—Bastante.

Elia abrió mucho los ojos y dijo:

—¿Sabes? He hecho el submarino en la cabina y voy bastante fumada. Pero creo que tú vas peor.

—Estoy un poco pedo —reconocí—, ¿no me vas a invitar a pasar?

—No me hagas siempre la misma pregunta —protestó—. Ojala pudiera, pero no puedo.

Se agarró con las dos manos a los barrotes de la verja y me miró fijamente.

Luego dijo:

—¿Sabes una cosa?

—¿Qué?

—Edward Hopper se hartó de pintar calles, callejones, aceras, porches, patios traseros, tejados, ventanas, pero nunca he visto un gato en ninguno de sus cuadros. ¿No te parece raro?

—Supongo.

—No sé, algún lindo gatito podría haber dibujado.

Elia miró furtivamente su móvil. Luego se dirigió a mí.

—¿Cómo crees que hubiese pintado Hopper las calles de Madrid?

—No tengo ni idea.

Hay preguntas que te sueltan de golpe que requieren respuestas elaboradas. Si contestas de forma improvisada, seguramente sueltes elucubraciones absurdas y quedes como un idiota. Elia siempre tenía una idea sobre las cuestiones que planteaba.

—Creo que Hopper hubiera plasmado Madrid con más

nostalgia de la que transmite esta ciudad —dijo—, porque a mí me parece que es alegre y viva. Aunque él hubiese escogido los rincones más tristes, seguro. O quizá en sus pinturas los hubiésemos visto así. Esos sitios por los que pasamos cada día y no somos conscientes de la soledad que desprenden, pero que una vez vistos a través de Hopper ya siempre los recordaríamos tristes. Siempre salvo cuando pasáramos por ellos, que seguiríamos viéndolos anodinos.

Me apunté a su teoría por falta de otra opinión.

—¿Es Madrid como pensabas? —preguntó.

—Ya había estado antes.

—Bueno, me lo puedo imaginar —protestó.

—Nunca me había planteado vivir aquí —dije—, lo que veo me parece bien. De momento me gusta.

—¿No habías proyectado nunca tu vida en esta ciudad? —insistió.

Tomé aire y dije:

—Lo que nunca imaginé fue que en Madrid planearía el secuestro de un perro.

Elia sonrió.

—Es una movida. Cuando Iggy no tiene pareja, necesita canalizar su energía hacia otros proyectos que le motiven y le desgasten por igual emocionalmente.

Elia movía el dedo por la pantalla de su móvil en busca de alguna canción. Comenzó a sonar *Downtown Train*. Levantó de nuevo la cabeza hacia mí y dijo:

—¿Quieres que te cuente una historia *curiosil*?

—¿Qué es *curiosil*?

—Pues algo curioso, pero tampoco una pasada.

—Cuenta.

—¿Vas fumado? —preguntó Elia—. Quiero que prestes atención.

—Yo voy pedo. Eres tú la que vas fumada.

—Mucho. —Sonrió e hizo el signo de victoria con los dedos.

Se rehízo la coleta del pelo y tomó aire de manera fingida, como si fuera a dar un gran discurso.

—Pues bien —comenzó—, hace unos años, un amigo pasó el verano en California. Hizo una ruta en coche por la Costa Oeste, desde San Diego hasta San Francisco. Yo me quedé en Madrid. Me moría de envidia. Pensaba en el sol californiano, los naranjos, las carreteras sinuosas junto al mar, las cafeterías y, ya sabes, todos esos estereotipos americanos. Deseaba con todas mis ganas estar allí y vivir todo aquello. Al volver a la universidad, mi amigo contaba las aventuras que había pasado y no hacía más que crecer mi deseo de pasar unos meses por allí.

El compañero de Elia, el hombre de cejas pobladas y de ojos diminutos, interrumpió la historia. Llevaba las manos cogidas por la espalda.

—Buenas noches, Elia —dijo—. ¿Todo bien?

—Hola, Sebas. Sí, todo bien —Elia me señaló—, pero pregunta mi amigo si le podemos hacer una visita nocturna a la expo de Hopper.

Sebas se rio.

—Si tu amigo pasa esa verja tendré que llamar a mi amiga. —Mostró su arma—. No sería la primera vez.

Elia terció y dijo:

—Se llama Pablo, es muy majo. No lo hará, ¿a que no?

—No lo haré —contesté.

—Mejor así. Buenas noches, chicos.

El *segurata* se dio media vuelta y desapareció por los jardines del museo.

—Hasta luego, Sebas. —Elia hizo un gesto con el dedo pulgar apuntando en dirección a su compañero—. Es el mejor, no le importa una mierda que fume en la cabina y eso que es mi superior. Pero a lo que iba. Tres años después del viaje de mi amigo a California, cuando cumplí veintiuno, mi padre me regaló un curso de edición en Los Ángeles. ¿Y sabes lo que pasó?

—Tienes que quererle mucho.

—¿A mi padre? Más que a nada en este mundo —dijo con orgullo.

Por el paseo del Prado, al otro lado de la carretera, distinguí a Panero. Caminaba parándose a cada paso, aunque ahora no cantaba, pero hablaba solo y gesticulaba mucho.

—¿Conoces al poeta Leopoldo María Panero? —pregunté a Elia.

—Claro.

—Mira aquel hombre que habla solo —señalé a Panero—, me lo he encontrado alguna vez por Madrid, ¿no se parece a los últimos años del poeta?

Elia sonrió.

—No lo distingo muy bien desde aquí —dijo—, pero Panero me parece un bonito mote para alguien que anda regular de la cabeza.

Elia volvió a poner *Downtown Train* en el móvil.

Y dijo:

—¿Acabo la historia?

—Claro.

—Pues bien. Al final viajé hasta California y pasé dos meses de puta madre, pero, ¿sabes? Nunca sentí que estuviera en Los Ángeles, California, ¡en los malditos Estados Unidos! Desde el principio entré en una rutina que me impedía ser consciente plenamente de mi paso por ese país. Cuando parábamos en un restaurante de carretera y tomábamos tarta y café, tenía que distanciarme y pensar que yo, Elia, estaba a miles de kilómetros de mi casa, en California, tomando una tarta y un café en un restaurante de carretera. Si no lo hacía así, no podía sentir que el deseo de hacía tres años se estaba cumpliendo. Estuve más en California cuando lo deseaba que cuando estuve realmente. Una vez allí solo era yo haciendo cosas, más o menos nuevas. Esas semanas aprendí algo de edición, mejoré mi inglés y me lie con un canadiense de Toronto que estudiaba cine. Pero nunca tuve la sensación estar en América.

Enarqué las cejas y comenté:

—Por muy lejos que vayamos nunca salimos de nosotros mismos.

—Más o menos —dijo Elia y añadió—: seguro que lo has leído en un libro de autoayuda. ¿Te ha parecido *curiosil* la historia?

—¿Aún tienes contacto con ese chico canadiense?

—De toda la historia, ¿con eso te quedas? —gruñó—. No tengo contacto, se llama Ulysses, y diría por su Instagram que vive en Tokio, trabaja en un restaurante francés y está con una tailandesa trans muy mona.

—La vida de ese chico sí parece *curiosil* —dije sorprendido.

—Y eso que nunca supo que podría haber sido padre de un niño en Madrid.

—Joder.

Dejé a Elia en el museo y me dirigí a casa. Por el camino me compré una lata de cerveza y me la bebí pensando que quizá yo también tenía que hacer ese ejercicio de Elia para ser consciente de que vivía en Madrid. Aunque eso tampoco me parecía gran cosa.

Al llegar al piso, vi que la puerta de mi habitación estaba abierta. Yo recordaba haberla cerrado. Pillé una lata de cerveza de la nevera y salí al patio. Esta puerta también permanecía abierta. Miré hacia arriba en busca de alguien entre los balcones. A esas horas de la madrugada todo permanecía en silencio. Me sentía bastante borracho.

Di un par de sorbos a la cerveza y lancé la lata contra los balcones. Comencé a berrear sin ser muy consciente de todo lo que soltaba por la boca.

—Maldita sea, Indio, no te tengo miedo —levanté el puño—, no te tengo miedo, ¿dónde estás? Sé que me persigues porque yo fui Tom Sawyer y tratas de vengarte. No lo pudiste hacer con él porque fue más listo que tú. Un crío te robó el tesoro y acabó contigo, por eso ahora vienes a por mí. Siempre me has perseguido, pero ya no te tengo miedo, ¿me oyes?

Alguien llamó mi atención:

—¡Cállate ya, gilipollas!

—Vete a la mierda —contesté.

A los pocos segundos me lanzaron un cubo de agua. Salí del patio empapado y me metí en mi cuarto. Bajé por completo la persiana y cerré con pestillo la puerta. Me quité la ropa, me estiré en la cama y me dormí mientras pensaba con tristeza que me hubiera gustado acompañar a Elia por aquel viaje que se pegó por América.

17

Una mujer al sol

A Woman in the Sun, 1961
Óleo sobre lienzo, 101,9 x 155,6 cm

Salí del supermercado con una rara sensación de melancolía. Sería por el cielo plomizo o quizá por el trabajo de mierda que tenía. Era esa tristeza que cuando eres más joven hasta te parece estimulante y crees que puede ser el detonante para tomar decisiones y con el tiempo descubres que es un camino que no te lleva a ninguna parte.

Eran las nueve y media y no me apetecía ir a casa. Normalmente llegaba a las diez a mi habitación, me duchaba, comía algo y me echaba una siesta de un par de horas. Los expertos recomiendan siestas de veinte minutos, pero seguramente esos expertos no se levantan a las cinco de la mañana.

Bajé por la calle del General Ricardos hasta la glorieta del Marqués de Vadillo, crucé el Puente de Toledo, cogí el metro en la parada de Pirámides y me bajé en Gran Vía. Paseé por la calle Fuencarral; a esa hora se podía caminar tranquilo, no había mucha gente y las tiendas aún no habían abierto. Entré en un bar y pedí un café con leche y una tostada. Después seguí por calle Fuencarral en busca de una librería para comprar algún libro de Pío Baroja. El cielo se había despejado y el sol comenzaba a calentar las aceras. A la altura de Tribunal, pasado el Museo de Historia de Madrid, una chica con un chaleco rojo de una ONG me asaltó.

Dijo:

—¿Michael Jordan o LeBron James?

—Michael Jordan —contesté.

—¡Premio! —dijo—. Has ganado un minuto conmigo. Te cuento una cosa breve.

—Genial.

—Soy Lola.

La técnica para captar mi atención no me pareció de las más sofisticadas entre los captadores de ONG. Me habían soltado frases para tratar de pararme mucho más ocurrentes, pero aquella mañana me hubiera parado a hablar con cualquiera que me dirigiera la palabra.

Lola tenía acento andaluz, el pelo moreno y largo, aunque rapado por uno de los lados. Me habló de la ONG para la que estaba trabajando. Atendían a niños y niñas en situaciones de emergencia y vulnerabilidad en países en vías de desarrollo. Yo le dejaba hablar y de tanto en tanto soltaba algún comentario gracioso; ella no se reía casi ninguna de las veces, y entonces me sentía mal y la seguía escuchando.

Después de unos minutos contándome a dónde iría mi dinero y todo lo que se podría conseguir gracias a él, me supo mal hacerle perder el tiempo, porque no tenía intención de hacerme socio.

—Me parece muy interesante y necesario...

Me interrumpió y dijo:

—Pero...

—Pero ahora no puedo gastarme ese dinero —me excusé—, aunque me lo apunto para cuando disponga de pasta, en serio.

A ella pareció no importarle mis pretextos y me pidió mis datos. Insistí en que me resultaba imposible en la situación en la que me encontraba. Entonces bajó la carpeta y me miró muy seria.

—Mira —dijo—, vamos a hacer un trato. Tú te haces socio y yo te invito a un café. No te preocupes que a ti todo esto no te va a salir por un euro.

Me contó que necesitaba llegar a veinte socios al mes para que no la echasen. El mes anterior se había quedado en dieciocho y este mes incluso le estaba costando llegar a ese número. Me pidió que me hiciera socio y a la semana me diese de baja; a mí no me quitarían nada de dinero, pero a ella sí le contabilizaría como un socio más.

Le hice caso, me dio de alta y quedamos en que le enviaría los datos bancarios lo antes posible. Después fuimos a un bar a cumplir con el trato.

Pillamos mesa libre en una terraza de la plaza Dos de Mayo. Lola buscó la zona de la mesa donde daba el sol, se sacó unas gafas y se sentó en su silla con las piernas cruzadas totalmente apoyadas en la base, casi en la postura de loto. Envidié su flexibilidad. Un par de mesas más allá había un grupo de chavales escuchando música a todo volumen.

Lola me contó que era de Granada, aunque había estudiado Antropología en Barcelona y ahora estaba a punto de sacarse un máster por la UNED en investigación antropológica. Estaba en Madrid de paso. Había vivido en China y Sudáfrica y planeaba irse a un campo de trabajo en Nicaragua en cuanto se sacase el título. Al hablar tenía un tono áspero y no sonreía con facilidad.

Hablamos de la revolución sandinista, de Estados Unidos, de su implicación en todas las dictaduras del Cono Sur americano y de la importancia de organizarse desde abajo. Lola había formado parte de varias organizaciones políticas y sociales y tenía un discurso muy forjado producto de muchas horas de discusiones en asambleas. No dejaba ninguna rendija en la conversación para hablar de temas más livianos. Me recordaba a la persona que me hubiera gustado ser a su edad.

También hablamos de literatura. Ella sabía bastante sobre autores rusos y americanos. No sé por qué, pero le dije que últimamente estaba interesado por Pío Baroja. Soltó una carcajada.

—Menudo farsante —dijo con disgusto—, sus libros no me interesan nada, me parecen una excusa para soltarte la turra. Y luego ese hombre cambió tanto de ideología que al final con alguna tenía que acertar. Y soltó auténticas barbaridades. De la generación de escritores de 1898 quien más me interesa, por supuesto, es Valle-Inclán.

No tenía argumentos para rebatirle y comencé a sentirme incómodo con el cariz que estaba tomando la conversación. Me encendí el último cigarro y le pregunté si salía de fiesta por Madrid. No lo hacía mucho. Le gustaba quedarse en casa, fumarse algún porro y ver series o leer. Aunque de vez en cuando iba a fiestas en casas okupas, más en Barcelona que en Madrid.

Me invitó a ir a una de estas fiestas a Águilas, en Murcia. Tenía planeado pasar allí un fin de semana en agosto. Habían organizado una *rave* en una casa enorme abandonada. Me pareció complicado poder ir, pero se lo agradecí.

Un hombre se acercó a nuestra mesa y, con la palma de la mano abierta, nos pidió una ayuda. Lola le dio unas monedas. El hombre señaló mi paquete de tabaco, sin saber que ya no quedaban. Se lo mostré para que viera que estaba vacío. Lola sacó de su bolso papel y tabaco de liar y en un instante lio un cigarrillo. Se lo ofreció y el hombre se fue a otra mesa. Lola se giró hacia los chavales de la música y les dio un grito.

—¡Eh! Basta, ¿no?

Los chicos bajaron el volumen de la música.

No estuvimos mucho rato más. Levantarme a las cinco de la mañana comenzaba a pasar factura y la cerveza ayudó al sopor. Lola pidió la cuenta, me dio las gracias por echarle un cable, nos dimos los teléfonos para que le pudiera enviar mis datos y se despidió.

No sabía si el encuentro con aquella chica me había reducido la tristeza o la había multiplicado. La vi alejarse por la plaza Dos de Mayo y después perderse por las calles de Malasaña.

No he conocido en mi vida a ninguna Lola que no tuviese carácter fuerte, arrojo y valentía. Si llamas a tu hija «Lola», puedes tener la seguridad de que nacerá ya medio enseñada para la vida.

18

Autómata

Automat, 1927
Óleo sobre lienzo, 71,4 x 91,4 cm

Lo peor del trabajo en el supermercado era hacer balas de cartón con la máquina prensadora. Para hacer las balas tenías que acumular cartón en el hueco de la prensa y cuando tenías el suficiente apretabas el botón verde y la máquina se encargaba de aplastarlo y comprimirlo en una pieza compacta. Después tenías que pasar tres cuerdas por distintos huecos y atarlas bien. Para acabar, colocabas un palé junto a la máquina, abrías la puerta y apretabas el botón para que una palanca empujase la bala sobre un palé. Muchas veces alguna de las cuerdas no rodeaba bien el bulto o quedaba suelta. Si pasaba esto, debías tener cuidado de que el cartón no se saliese y se desparramase por el almacén; o te tocaba recoger todo el cartón y hacer de nuevo todo el proceso.

A mí no se me daba muy bien manejar la máquina de prensar cartón y muchos días tenía que llamar a Luis Jesús, el encargado, para que me echase una mano. Aquella mañana fue así. Bajó de planta y con mucho nervio se puso a acabar de rellenar él solo la máquina. No me dejó que le ayudase.

—Loco, vete al despacho del señor Patricio. Quiere verte —me informó Luis Jesús.

Patricio era el gerente del supermercado, un hombre de unos sesenta y pico años. No hacía falta acercarse demasiado a él para notar la mezcla de colonia Brummel y sudor concentrado de varios días que desprendía su cuerpo. La puerta del despacho permanecía abierta y Patricio estaba frente al ordenador, mirando atento la pantalla, aunque me dio la sensación de que no hacía nada en concreto.

—Hola —dije—, me ha dicho Luis Jesús que preguntaba por mí.

—Sí. Pase y siéntese.

Me senté y esperé un rato a que acabase con lo que estuviera haciendo en el ordenador. Me miró sin decir nada y finalmente me habló.

—Pablo, ¿cuánto tiempo lleva trabajando aquí?

—No llega a un mes —contesté.

—Bien —continuó Patricio—. Su hermano trabajó conmigo durante quince años en la planta de Alcobendas y en ese tiempo demostró ser, además de un excelente trabajador, una persona honrada y que se vestía por los pies. Llegó a ser encargado de pescadería.

—¿Cómo? —No sabía a qué se refería.

—Su hermano, Alberto —aclaró enojado—. Ni un problema en más de quince años.

Estaba claro que el gerente se confundía, pero no sabía a dónde quería llegar con todo aquello. Intenté averiguarlo.

—Yo no tengo ningún hermano llamado Alberto —aclaré—, pero ¿hay algún problema?

El gerente tamborileó la mesa con los dedos. Me miraba fijamente. Se aclaró la garganta y habló muy serio.

—Este barrio está lleno de yonquis y se piensan que mi supermercado es su almacén privado. ¿Sabe las pérdidas que tenemos en robos? —me preguntó irritado.

—No.

—He tenido que poner alarmas hasta a las pastillas de Avecrem.

Miré disimuladamente el reloj que el gerente lucía en su muñeca y vi que eran casi las diez. Hacía rato que tenía que estar fuera, pero allí seguía, escuchando las cifras de hurtos del supermercado.

—Yo no estoy en planta —dije—. No sé qué puedo hacer. ¿Por qué no contratan más seguridad?

El gerente levantó el tono.

—Pablo, le seré claro. Han desaparecido muchísimos productos del almacén. Usted es el que está más tiempo en ese sitio recepcionando, ordenando o haciendo balas de cartón. No tengo la certeza de que haya sido usted, pero si siguen desapareciendo, me veré obligado a despedirle.

Salvo una bolsa de calamares el primer día, yo no había robado nada de allí. Traté de decírselo.

—No me he llevado...

No me dejó acabar.

—Sin replicas, por favor. —Levantó el dedo índice—. Tanto si se lo ha llevado como si no, usted es el responsable de esa zona.

—Pero si yo solo estoy tres horas cada mañana —me defendí—. ¿Cómo la voy a controlar el resto del tiempo?

Patricio no atendió a lo que le trataba de argumentar; se giró hacia su ordenador y se quedó mirando el teclado.

—Avisado está.

Me levanté y me dirigí hacia la puerta del despacho para marcharme a casa. Cuando estaba a punto de salir, el gerente me llamó de nuevo la atención.

—¡Pablo! —dijo.

—¿Sí?

Se dirigió a mí sin dejar de mirar el teclado:

—Siga el ejemplo de su hermano Alberto. En quince años ni un solo problema nos dio.

Cerré la puerta. Y me marché a casa.

19

Desnudo tumbado

Reclining Nude, 1924-1927
Acuarela y lápiz sobre papel, 35,2 x 50,5 cm

Lo primero que vi al entrar en mi habitación fue el cuadro de Hopper. Elia me había dejado sobre el escritorio un póster enmarcado de *Soir Bleu*. Después la vi a ella en mi cama. Llevaba un pantalón muy corto de pijama azul marino con los bordes blancos y una camiseta de los Ramones sin mangas.

Elia se despertó y me sonrió.

—Buenos días. ¿Desayunamos?

—Claro.

Se desperezaba con los brazos estirados.

—¿Me traes agua?

Fui a la cocina y llené un vaso.

La noche anterior, Elia me había pedido si podía dormir en mi casa cuando saliera del turno de noche a las seis de la mañana. Tenía que ir al centro temprano, y mi casa le pillaba mejor que ir hasta la suya en La Moraleja. Le dejé las llaves debajo del felpudo porque para cuando llegase ella, yo ya me habría ido al supermercado. Ella también me las dejo a mí en el mismo sitio para que pudiese entrar sin tener que despertarla.

Le di el vaso de agua y me tumbé junto a ella. Me miró con media sonrisa y los ojos muy abiertos.

Dijo:

—¿Te puedo contar un sueño que acabo de tener?

—Odio que me cuenten sueños.

—Apareces tú en él.

—Entonces me interesa algo más...

—Lo sabía.

—Venga, cuenta.

—Ahí va. —Elia dio un trago a su vaso de agua—. Pues yo estaba tumbada en la cama. Tenía puesto un pantalón corto de pijama como ahora y el torso desnudo. Entraba poca luz en la habitación. Solo esos agujeritos que se filtran por la persiana y chocan contra las paredes. De pronto, tú estabas a mi lado y te girabas hacia mí. No decías nada, pero comenzabas a mojar pan en mis tetas. Mis pezones eran dos yemas de huevo. Y a mí, aunque me hacía cosquillas, me gustaba muchísimo.

—¿Ya?

—Sí.

Soltó una carcajada.

Y dijo:

—¿Te ha gustado?

Y dije:

—¿Te lo has inventado?

—Un poco.

Se le marcaban las comisuras de los labios y los hoyuelos en las mejillas. Busqué su mano y la entrelacé con la mía. Nos mantuvimos en silencio unos segundos y después nos besamos. Elia tenía los labios más hinchados que de costumbre por las horas de sueño. Me besó el cuello y la clavícula. Se colocó encima de mí, me desabrochó los pantalones y metió la mano por dentro mientras me besaba el cuello.

Recordé algo.

—No tengo condones —dije—, ¿tú?

Elia frunció los labios y negó con la cabeza.

Después se dio la vuelta y se colocó ella abajo. Se acomodó en la cama, agarró con firmeza mi cabeza, la guio hacia abajo y dijo:

—Nos tocará aplicarnos.

20

Luz de la ciudad

City Sunlight, 1954
Óleo sobre lienzo, 72 x 102 cm

Era una de esas tardes eternas y calurosas del verano en Madrid. Elia se había pasado por mi habitación después de quedar para comer con unos amigos por el centro. Quería dormir la siesta porque por la mañana no había descansado nada. Yo me quedé dormido junto a ella.

Nos despertamos con el sonido de un televisor que llegaba a través del patio. Alguien estaba viendo a todo volumen un partido de fútbol. Permanecimos un rato en la cama sin decir nada, estirados, pero sin tocarnos para evitar transmitir más calor con el roce de nuestros cuerpos. A esa hora de la tarde, la ciudad escupía todo el fuego acumulado durante el día.

—¿Desayunamos? —sugirió.

—Son las siete y media de la tarde.

—Al menos no es de noche —se consoló—. Odio despertarme de la siesta y ver que se ha ido el día. Eso siempre me pone *deprimoide*.

—¿Qué es eso?

—Pues en la escala de la tristeza: si «depresión crónica» es un diez y «mohína» es un uno, *deprimoide* sería un tres o un cuatro. Nada grave, pero algo jodida.

—No es de noche aún —dije.

Elia buscó sus pantalones por la cama y se los puso.

—¿Hacemos algo?

—Claro.

—¿El qué?

—No sé —dije—, tú siempre tienes ideas.

—Ahora no tengo ninguna.

Elia se incorporó y se quedó sentada justo en el borde de la cama.

—Es mi día libre. Me gustaría aprovecharlo. ¿Vamos al cine?

—No me apetece demasiado.

Me incorporé y me quedé sentado a su lado. Elia lo intentó con otras opciones. Dijo:

—¿Te gustan los juegos de mesa?

—No mucho.

—¿Ninguno? No me lo creo —protestó.

—De verdad.

—Pues no sé... quizá lo nuestro está entrando en una etapa de rutina, aburrimiento y hastío.

Me reí.

Solo habían pasado un par de días desde que nos liamos por primera vez en mi cuarto. Al decir «lo nuestro» me gustó y me inquietó por igual.

Recordé que guardaba setas alucinógenas. Pensé que si nos las comíamos quizá nos sacaran de aquel letargo. Le sugerí la idea sin mucho entusiasmo.

—Tengo setas.

—¿Bajo a por birras?

—Trato.

—Trato.

Nos estrechamos las manos y miramos al frente con la mejor de nuestras sonrisas. Los fotógrafos se empujaban para ganar posición. Una ráfaga de flashes iluminó nuestros rostros. ¡Había acuerdo!

Quizá no fue buena idea subir *ensetados* al centro. Caminábamos por la calle del Calvario cada uno con una lata de cerveza. Comenzaba a atardecer, pero aún hacía calor. Elia dijo alguna cosa que no acabé de entender, luego fue hasta la terraza de un bar y se puso debajo de un nebulizador de agua. Estiró el cuello y levantó la cabeza para dejar que el vapor humedeciese su cara.

De pronto, empezó a subirme la temperatura del cuerpo. No era desagradable, al contrario. Era una sensación parecida a meterse en una bañera repleta de agua caliente. Las setas comenzaban a hacer efecto. Todo se nublaba a mi alrededor. La ciudad adquirió un tono diferente, más intenso que de costumbre. El contraste entre los colores se acentuó como una foto saturada. La calle parecía que tuviera un barniz brillante. Los adoquines de la carretera, las fachadas de los edificios y el cielo anaranjado creaban un escenario del que me sentía parte.

Elia se acercó a mí.

—No puedo con esta *yonquilata* —dijo muy seria—. No se acaba nunca.

Cogí la lata y le di un trago largo. Luego la dejé en el suelo.

—Yo tampoco quiero —dije con asco—. Está más caliente que la polla de un cura delante de un niño.

Elia estalló en una carcajada. Apenas se podía controlar. Se sentó en el bordillo para tratar de tomar aire, pero no podía parar de reír. Se secaba las lágrimas con las manos. Al rato se recompuso como pudo y me miró desafiante.

—Te echo una carrera —dijo.

—No voy a correr —contesté muy serio.

—Cobarde.

Elia, de golpe, fijó su atención a lo lejos como si tratara de descifrar algo. Me dio un manotazo y me señaló un punto al final de la calle.

—Mira allí —dijo—. ¿No te parece que hay una rata almizclera gigante?

—¿Dónde?

—Joder, allí, mira. —Volvió a señalar a un punto indeterminado—. Está clarísimo, la rata almizclera gigante sujeta el pez con las dos manos y le pega bocados como si hubiese acabado de salir de hibernar después de muchos meses amodorrada.

—No veo nada —dije.

—¿Las ratas almizcleras gigantes hibernan? —preguntó Elia sin dejar de mirar a lo lejos.

Lo único que yo distinguía en la dirección que señalaba ella era un contenedor repleto de cartón. Había cajas por el suelo y bolsas negras de basura por los lados.

—¿Puede que te estés confundiendo con aquel contenedor azul?

—No —dijo muy convencida—. Es una rata almizclera gigante. No vayamos por allí. Puede ser peligrosa.

—Elia, en serio, te están subiendo las setas —traté de tranquilizarla.

—Tengo calor. —Se abanicó con la mano—. Está todo borroso y a la vez lo veo todo claro. Tengo una *gustera* buena, pero me da miedo el bicho ese.

—Son las setas —insistí.

Elia bajó la cabeza, se tiró la melena para adelante y me pidió que le soplase por la nuca. En vez de soplar, solté una bocanada de aliento.

—Así no, cabrón —se quejó—. Sopla aire fresquito.

—Voy.

Respiré hondo y comencé a soltar aire moviendo la boca por su cuello y por su nuca.

—¿Así sí? —pregunté.

—Así sí.

Elia estaba más relajada. Siguió hablando; su voz me llegaba a través de su melena, que ahora le cubría toda la cara.

—Me gustaría hacer lo que hará esa rata de allí —dijo Elia—. Meterme en una madriguera y no salir hasta primavera. Hibernar tiene que ser una pasada. Además de poder dormir durante meses pierdes un montón de kilos.

—Hibernar es la operación bikini de la naturaleza—dije.

Elia sonrió y siguió hablando:

—¿Sabes? Me da miedo esa rata y me da miedo todo. Me da miedo no hacer las cosas bien, me da miedo pensar que las personas que quiero puedan morir en cualquier momento, me da miedo ir al banco para preguntar por un recibo en el que se han equivocado y hasta me da miedo abrir el buzón. Me da miedo equivocarme en cada elección y me da miedo no elegir.

—Yo una vez escribí un mail a una ex y puse que estaba viviendo una montaña rusa de emociones, y cuando lo pienso también me da mucho miedo.

—No me extraña.

Ella se rio. Aunque yo me arrepentí al instante de haber respondido a lo que me contaba con una estupidez. Era una Elia nueva para mí, nunca se había mostrado tan insegura.

Se puso derecha y se hizo un moño con el pelo. De pronto, noté cómo cambiaba el gesto, su cara se transformó en una mueca de horror.

—Pablo, la rata almizclera gigante viene hacia nosotros.

Se dio la vuelta y comenzó a correr. Caminé tras ella acelerando el paso, pero como veía que la perdía empecé a acelerar yo también. No puedo asegurar que lo hiciera en línea recta ni a gran velocidad. Elia dobló una esquina y siguió calle abajo en dirección a la glorieta de Embajadores. Yo la seguía a unos metros. Mientras pasábamos a toda prisa por las pequeñas calles de Lavapiés, oí la voz de una anciana. Sin dejar de andar, me pareció ver a una señora asomarse por un pequeño balcón abarrotado de plantas y flores. Se dirigió a nosotros.

—¡¡Corred, hijos míos, corred sin miedo!! —gritó—. Como dijo Bertolt Brecht: «¡La libertad de la fantasía no es ninguna huida a la irrealidad; es creación y osadía!».

A los pocos segundos la señora se corrigió a ella misma:

—¡¡Ojo!! ¡¡Quizá lo dijo Eugène Ionesco!!

Aunque ya no miraba a la anciana. La voz sonaba lejos. Yo corría tras Elia, cada vez más rápido porque la perdía de vista, pero sobre todo porque ahora sí notaba que me perseguía una rata almizclera gigante.

Corrí sin mirar atrás y sin dejar de sentirme también un poco ridículo.

21
Conversación nocturna III

Conference at Night, 1949
Óleo sobre lienzo, 70,5 x 101,6 cm

Vi a Baroja en una esquina de la calle Argumosa. Me dirigí hacia él.

Yo estaba agotado, llevaba más de una hora buscando a Elia por todo Lavapiés. La había perdido desde que salió corriendo asustada por la dichosa rata almizclera. Busqué por algunos bares y llamé varias veces a su teléfono, pero no lo cogía. Había decidido irme a casa y esperar a que fuera ella la que diera señales de vida. El efecto de las setas se había diluido.

Baroja permanecía recto como una estaca, apoyaba las dos manos en su bastón y sus pequeños ojos me escrutaban con dureza.

—¿Sabe dónde está Elia? —pregunté.

Baroja no dijo nada, se dio la vuelta y echó a caminar. Me situé a su lado y le volví a preguntar.

—¿Me ha oído? Que si ha visto a Elia...

No me contestó.

Anduvimos hasta la plaza del Museo Reina Sofía y allí nos sentamos. La respiración del escritor era más brusca que de costumbre y tenía la mirada perdida. Me golpeó con su bastón en la pierna para llamar mi atención. Habló con frialdad.

—Tal vez prefieras estar con Valle-Inclán; puedes ir por la calle de Huertas, acostumbra a rondar esa zona, quizá te lo encuentres.

—No quiero ver a Valle-Inclán —contesté.

—Parece que a las amistades que frecuentas les interesa más que yo.

—Pero no a mí.

Baroja no me miraba al hablar, tenía la vista fijada en un punto indeterminado.

—Si ves a tu amiga Lola—continuó—, dile que no tiene ni idea de literatura, y menos aún de literatura rusa... ¡Por Dios! Pero si dejó *Crimen y castigo* en la página cien unas navidades. Leer rápido y mal no te hace conocedor de nada.

Me encogí de hombros. Yo ni siquiera me había leído ese libro. Aunque siempre estaba en la lista de los que tenía pendientes.

Baroja se levantó de nuevo y echó a andar. Le seguí en silencio.

Cruzamos el paseo del Prado y continuamos en dirección a la Puerta de Alcalá. Ya había anochecido completamente. Fue Baroja el que me volvió a hablar.

—Ese tal Hopper es americano —dijo—. Al final nuestra visión de la vida va a ser producto de los sueños de los estadounidenses. Qué manía con todo lo que viene de allí. Me complace que al menos no sea un cretino cubista. ¿A ti qué te parece?

—No conozco mucho de Hopper—dije—, pero sé que lo que veo me gusta.

—¿Y qué ves?

—No sé... Soledad.

—¡¿Y ya está?! —protestó—. Pablo, tu problema, uno de tantos, es que no te fijas en absolutamente nada. No basta con ver las cosas, debes mirarlas como si quisieras comprenderlas. Y hasta que no llegues a comprenderlas no dejar de mirarlas.

De vez en cuando echaba un ojo a mi móvil por si Elia me había enviado un mensaje, pero seguía sin dar señales.

Baroja estaba irritado, más que de costumbre.

—¿Estás a gusto en esta ciudad? ¿Quieres vivir aquí? —preguntó.

—No lo sé.

—Pero vamos a ver, eres tú el que has venido a Madrid. ¡Por algo será! ¿Sabrás tú si te gusta o no? ¿Sabrás si te hace feliz ser un desconocido para los que te rodean? Porque aquí cuando decimos de alguien que es un «conocido», en realidad estamos confesando que no tenemos ni idea de su vida. Aquí puedes ser una persona nueva en cada fiesta y colmar esa estúpida necesidad de rodearte de gente, lugares y cosas que crees que hablan por ti y te definen, seguramente porque no tienes nada más que eso. Digo yo que sabrás si te gusta o no.

—Tal vez sí sea lo que quiera.

—¿Tal vez? —continuó Baroja—. Te han ametrallado tanto la cabeza que no sabes lo que quieres y, aun así, lo quieres todo. Y lo quieres porque sí, solo por desearlo. Te crees merecedor de ello. Y si no lo consigues es porque el mundo conjura contra ti. Escúchame, Pablo, la vida no te debe nada. El cine que te has tragado te ha trastornado la cabeza, eres como un quijote aturdido después de tanta lectura, siempre en busca de un argumento que haga pasable la existencia.

Tal vez a don Quijote le volvieron loco los libros que leyó; a otros, sin embargo, nos trastornaron más los libros que no leímos, los sitios donde no fuimos y las películas que jamás nos llevaron a ver.

Aunque en aquel momento era incapaz de articular nada, Baroja me abrumaba. Intenté defenderme como pude y solo dije:

—No necesito a ningún Pepito Grillo.

Baroja negaba con la cabeza.

—Creo que no mereces que te dedique más tiempo —dijo.

—Es usted el que vino a mí —protesté—, tiene tres millones de personas para elegir. Puestos a que se me aparezca un fantasma en Madrid, yo hubiese preferido a Iván Zulueta, a Antonio Vega, a Javier Krahe, a Hemingway... yo qué sé, no un viejo escritor decadente.

Baroja se detuvo de golpe y, por primera vez, me gritó:

—¡Eres un miserable!

Aquella voz me dejó paralizado.

—Creía que solo estabas un poco perdido en esta vida —continuó—. Pero no eres un hombre merecedor de respeto.

—Seguramente.

Baroja se iba encolerizando cada vez más.

—Pablo, tratar de robar a un moribundo era algo que no me esperaba de ti.

—¡No le robé! —grité.

Aquello me descolocó por completo. No sé cómo acabaría aquel pobre hombre disfrazado de Mickey Mouse, pero no fui yo quien le robó.

—Tenías la intención —siguió Baroja—. No lo hiciste, porque otros lo hicieron antes que tú y perdiste la oportunidad.

—No tenía la intención.

—¡Un moribundo que se ganaba el pan trabajando en la calle! ¿Sabes qué es eso?

—¡No iba a robarle!

—¿Es a esto a lo que viniste a Madrid?

—¡No!

—Ciertamente, me equivoqué contigo.

Es difícil defenderse de un pensamiento, porque en ocasiones por la mente se nos cruzan imágenes terroríficas de las que pocos saldríamos airosos. No es raro que por nuestra cabeza se asome una idea y la contraria. ¿Cuál de las dos nos define? ¿Cómo nos defendemos de eso?

No supe justificarme en aquella calle frente al parque del Retiro. Aquel viejo escritor tampoco me lo permitía.

—Pablo —siguió—, eres una persona indigna de simpatía y piedad. No quiero volver a verte.

Baroja se alejó sin permitirme que le siguiera. Solo se giró para decirme una última frase.

—Ah. Da gracias de que no se te haya aparecido Hemingway, no le hubieses aguantado medio asalto.

Baroja desapareció. Yo miré a mi alrededor y descubrí que no sabía dónde me encontraba y no tenía ganas de caminar. Paré el primer taxi que pasó.

De camino a casa, pensé que tal vez valorar la posibilidad de robar a una persona medio muerta sí me definiera, aunque no lo llevara a cabo.

Y Elia seguía sin dar señales y el dinero se me acababa y no sabía cuánto tiempo aguantaría más en Madrid.

22

Habitación de hotel

Hotel Room, 1931
Óleo sobre lienzo, 152,4 x 165,7 cm

Me llamó por mi apellido. Me giré y vi a Mejor Sexto Hombre, un antiguo amigo. Nos dimos un abrazo.

—¿Tú también has venido por la feria? —preguntó entusiasmado.

No sabía a qué se refería. La cabeza me iba a mil por hora para no dejar silencios entre mis respuestas improvisadas.

—Esto... no, por un concierto —dije.

—¿De quién?

—Hopper.

—Ni idea. ¿Has venido solo? —volvió a preguntar.

—Sí.

A Mejor Sexto Hombre lo conocía desde la escuela, era como llamábamos a Santi García. El mote se lo pusimos en el instituto y lo tomamos del baloncesto, así es como se denomina el premio que entrega cada año la NBA al mejor jugador de un equipo que no sale en el quinteto titular. Mejor Sexto Hombre era de esos amigos que no formaban parte del núcleo duro del grupo, pero que de vez en cuando se apuntaba a eventos o aparecía sin más, según le conviniese. No era mal chaval y nos caía bien a todos, simplemente no estaba siempre con nosotros.

—Yo he venido un par de días a la Feria de Piensos que se celebra en IFEMA —me informó—. Tengo la tarde libre, ¿te apetece tomar una cerveza?

—Claro —dije.

Nos sentamos en la terraza de un bar de la plaza de la Luna, cerca de Callao. Hacía años que Mejor Sexto Hombre y yo no charlábamos. Cuando dejamos el instituto, tomamos caminos diferentes y solo de vez en cuando nos cruzábamos por el barrio y simplemente nos saludábamos con un movimiento de cabeza.

Me contó que había estudiado Ingeniería Agrónoma, llevaba quince años como jefe de producción en una empresa de piensos y estaba casado y con dos hijos. Me enseñó la foto de los chavales.

Y con una sonrisa dijo:

—El mayor tiene ya la misma edad que nosotros cuando nos llevaron ante el director y tú te measte en los pantalones, ¿recuerdas?

—No, no recuerdo —contesté.

Me fascina la gente que tiene la capacidad de sacar a flote los momentos más humillantes de las personas. De entre toda una biografía, siempre sacan algo que te hace sentir mal.

—Sí, joder —insistió—, nos llevaron por falsificar la firma de nuestros padres en las notas.

Una tarde nuestro tutor nos sacó de clase de Matemáticas y nos llevó a los dos al despacho del director. Estábamos bastante impresionados, no habíamos estado nunca en aquel lugar cuya seriedad rompía con las paredes llenas de colores de los pasillos y aulas. El director nos echó una bronca descomunal. Habló de responsabilidad, de delitos, de expulsión y de llamar a nuestros padres. Sexto me miró y vio que me había meado, me señaló y se chivó.

—Está bien —dijo el director —, tú puedes volver a clase, Santi. Pero, Pablo, tú quédate un momento.

Salió del despacho y el director me miró con cara desconcertada.

—No lo entiendo —dijo—; Santi ha suspendido cuatro

asignaturas y puedo entender la barbaridad que ha perpetrado, pero tú, Pablo, has sacado unas notas excelentes. ¿Por qué lo has hecho?

No dije nada. Solo me quedé allí sentado en silencio y con los pantalones empapados. El director me permitió que me quedara en su despacho hasta que finalizaran las clases.

En la plaza de la Luna, Mejor Sexto Hombre miraba todo fascinado.

—Me encanta venir a Madrid —dijo—, pasas el día en IFEMA sin mucha presión y luego tienes la noche para ti. Es una forma de desconectar de la rutina del curro. Y me encanta salir por el centro, por Sol, por Chueca...

El móvil me vibró. Le eché un ojo y vi que era un mensaje de Elia. Desde la noche anterior no sabía de ella.

El mensaje era muy breve: «Estoy en París. Mi padre está en un hospital. Perdona que no te haya dicho nada hasta ahora, pero es todo una locura. Hablamos a la vuelta».

Mejor Sexto Hombre me sacó de golpe de las palabras de Elia.

—¿Te has ido de putas?

—¿Cómo?

—Que si cuando vienes a Madrid te vas de putas —repitió Sexto.

—Eh... no. Nunca.

—¿No?

—No.

—Yo tampoco.

Mejor Sexto Hombre me puso al día de muchos amigos comunes. Algunos seguían siendo amigos y otros hacía años que no sabía nada de ellos. Entre las noticias había bodas, divorcios, hijos y salidas del armario.

Se bebió la cerveza de un trago y pidió un gin-tonic. Se notaba que para él la noche comenzaba.

—Oye —dijo Sexto—, mi habitación de hotel está de puta

madre, otras veces me mandan a auténticos antros, pero esta vez me puse serio y la empresa se ha portado. ¿Te apetece subir?

—Tengo concierto —dije con rapidez.

—Es verdad. De Hopper.

—Sí, tengo que irme ya.

—Oye, la habitación del hotel está muy bien —insistió—. ¿Guardas mi teléfono?

—Creo que sí.

No lo guardaba.

—Pues cuando acabe el concierto me llamas y nos tomamos otra ronda y podemos subir a mi habitación del hotel para pulirnos el mueble bar.

—Claro.

—¿Dónde tienes tu hotel?

—Es una pensión por Tirso de Molina.

—¿Seguro que no te apetece subir luego? —repitió.

—Te llamo.

Saqué monedas para pagar mi cerveza, pero él fue más rápido con un billete de cincuenta euros que dejó sobre la bandeja de la cuenta.

Le di un abrazo y me despedí.

—Por cierto —dijo, mientras me agarraba del brazo—, el otro día vi a tu padre. No sabía nada de su enfermedad. Una putada, tío.

—Sí.

—Dale recuerdos.

—Claro.

23

Soledad II

Solitude, 1944
Óleo sobre lienzo, 81,3 x 127 cm

Estirado en la cama de mi cuarto observaba el techo. Así llevaba un par de horas. No me apetecía leer, ni escuchar la radio, ni mucho menos salir a la calle. La habitación estaba en penumbra y no se oía a nadie en el piso. Del patio tampoco llegaba ningún ruido. La calma era absoluta.

Me levanté y salí al pasillo. La casa también estaba a oscuras, incluso parecía que el motor de la nevera no hiciera ruido. Le di al interruptor de la luz de la cocina para comprobar que no se hubiese ido la corriente. No se había ido.

Elia no había vuelto a dar señales de vida. Llamé a la habitación de Lucas y no obtuve respuesta. Salí al patio y levanté la vista. El cielo era un pequeño rectángulo en el que no había sitio para ninguna estrella. Deambulé por la cocina, por el pasillo y por mi habitación.

En pijama salí al pasillo de la escalera y llamé a la puerta de mi vecina, la anciana. Abrió vestida con una bata.

—Hola.

—Soy su vecino.

—Claro —dijo, con una sonrisa—. Qué sorpresa.

—Nada —continué—, llamaba por si siguen apareciendo cacas por el portal.

—Últimamente no he visto ninguna, pero no me fío —contestó la anciana.

—Normal —dije—. ¿Usted está bien? Como hace días que no nos veíamos, por saber...

—Estoy muy bien —aseguró—. Mañana me voy todo el mes al pueblo.

—Qué bien.

Estuvimos unos segundos en silencio. Al fin, habló ella.

—¿Te apetecería jugar al parchís?

Me encogí de hombros.

—Pasa, hombre —dijo alegre—. Cuantos más seamos, más nos divertiremos.

Entré a su piso y la seguí por un largo pasillo hasta una pequeña sala de estar amueblada con un sofá, una tele vieja y una mesa camilla con un mantel corto de verano. Sobre la mesa había una botella de dos litros de cola Día, dos vasos y un tablero de parchís.

Lito me saludó con una mano, en la otra tenía un cubilete verde a punto de lanzar un dado.

TERCERA PARTE
AGOSTO

1

Dos en el pasillo

Two on the Aisle, 1927
Óleo sobre lienzo, 101,9 x 122,5 cm

Serían las cinco y media de la madrugada cuando, camino del supermercado, una furgoneta azul y blanca se paró junto a mí en el paseo de la Chopera. Me acerqué y vi en su interior a Benito, el repartidor de productos lácteos.

—Sube, Pablo —dijo.

Me subí y me senté en el asiento del copiloto.

Benito era un hombre alto y robusto con pinta de bonachón. Siempre estaba preocupado por su madre. Apenas dormía porque la anciana acumulaba cada vez más enfermedades y él se pasaba la mayoría de las madrugadas atendiéndola en casa o llevándola a urgencias.

Me sugirió que, si no me apetecía caminar, podía recogerme todos los días en la plaza de Legazpi para ir juntos al Carrefour, porque ese punto le pillaba de paso en su ruta de reparto. Me pareció una buena idea y se lo agradecí.

Llegamos temprano, pero aun así el encargado ya había abierto todas las puertas del supermercado e iba de un lado para otro dando órdenes a los reponedores que se incorporaban al trabajo.

Acabé de recepcionar los productos lácteos y los bollos, me despedí hasta el día siguiente de Benito y de los demás proveedores y me puse a reponer lineales mientras esperaba al camión de los alimentos frescos.

Luis Jesús, el encargado, se acercó a mí.

—¿Loco, te gusta el boxeo? —dijo.

—Más o menos.

—¿Practicas?

—No.

Extendió su mano izquierda y la levantó.

—A ver, Loco, golpea aquí.

Golpeé su mano.

—Menuda cagada, amigo. Ni me has hecho cosquillas. Dale fuerte.

Volví a darle con más fuerza.

—¿Me has dado?

—Sí.

—¿Seguro?

—Sí.

—No he sentido nada.

—Es todo lo que puedo.

—Si quieres, Loco, puedes pasarte por el gimnasio donde voy yo. Mi entrenador es un fiera, dos veces campeón en su país. ¿Lo ves bien?

—Claro.

—Si te gusta el ambiente, te puedes apuntar tú también y ganar pegada con tu derecha.

—Mola.

—Mi entrenador hará de ti una máquina de matar.

—Genial, ¿dónde van los toallitas de WC?

—Déjamelas a mí, Loco, y tú baja al almacén, el camión ya está aparcado.

Fui hasta el almacén, abrí las puertas y allí estaba esperándome Darko para que yo rompiera el precinto de seguridad del camión. Recepcioné todos los productos y sellé el albarán a Darko. Cuando se dirigía a su camión, le llamé.

—¡Darko!

—¿Algún problema, Pablo?

—No sé.

—¿Qué pasa? —preguntó inquieto.

—¿Tú has cogido algún producto de la zona de merma?

—No, Pablo.

—Ya imaginaba —dije—, pero el gerente se queja de que desaparecen cosas.

Darko levantó las dos manos.

—¡Que me registren! Te pregunté a ti si me podía llevar algo. Hasta que no me digas, no me llevaré nada.

—Es lo mejor.

—¿Puedo llevarme algo?

—No estoy seguro.

—Pregúntalo a tus jefes, por favor.

—Lo haré.

—Gracias.

Darko regresó hasta mí, me estrechó la mano y se fue.

Acabé de meter todos los palés en el montacargas y subí a la tienda. El encargado me mandó reponer detergentes.

—Así vas haciendo músculo, Loco. Estás blando.

El supermercado ya estaba abierto para los clientes, pero aún no se veía mucha gente por allí. El gerente pasó delante de mí, pero tenía la atención puesta en otra parte. Fui yo el que le saludó.

—Buenos días.

—Hola, Pablo.

—¿Puedo hacerle una pregunta? —dije.

—Luego.

Patricio movía la cabeza tratando de seguir con la mirada a alguien. Disimulaba de manera muy torpe.

Se escondió detrás de mí. Yo insistí en mi pregunta.

—Es sobre los productos para tirar de la zona de merma, un camionero me ha preguntado si puede llevarse algunas cosas...

—Imposible —dijo sin mirarme.

—Total, si son para tirar, qué más da —traté de argumentar.

—No se puede. Voy a poner cámaras en esa zona, seguiré de cerca a ese camionero.

—Él no se ha llevado nada.

—¿Y usted? —preguntó Patricio—. Su hermano en quince años nunca nos dio un problema en el supermercado de Alcobendas.

—No tengo hermanos.

Patricio me agarró del brazo y se acercó a mí como si quisiera decirme alguna confidencia.

—Pablo, han entrado dos hombres que ya han robado otras veces. ¿Puedes ir hasta el pasillo de conservas y seguirles de lejos?

—¿Eso no tendría que hacerlo alguien de seguridad? —dije.

—Tú no te enfrentes, solo echa un vistazo y me dices.

Fui hasta el pasillo de conservas y no vi a nadie. Miré la hora en mi móvil y hacía más de diez minutos que tendría que estar fuera de allí. Me dirigí al vestuario para cambiarme y largarme.

Al pasar por el pasillo de embutidos vi a un tipo echando un vistazo a los productos, había otro hombre unos metros más atrás. Los reconocí de inmediato. Eran Oswaldo e Indio. El primero cogió un par de paquetes de jamón serrano y se los metió por los pantalones, luego se colocó bien la camiseta. El segundo advirtió mi presencia y soltó un chiflido apagado. Me miraron los dos.

Podía haber tomado otro camino, pero decidí pasar por delante de ellos. Les saludé todo lo afable que pude y pasé de largo.

Me cambié el uniforme y me fui a casa en la Línea 6, la Circular.

2

Rieles al atardecer

Railroad Sunset, 1929
Óleo sobre lienzo, 74,3 x 121,9 cm

Cuando uno de crío se marea en automóvil, vomita y lo pasa fatal en la carretera, no aspira a llegar muy lejos en la vida.

Con apenas siete años ya sabía que en este mundo casi todo requería desplazarse en coche: mudarte a otra ciudad, llegar a tu propia boda o ir a trabajar cada día a una empresa de compraventa de maquinaria industrial. Si no te puedes subir a un coche porque echas hasta el hígado, piensas que de adulto tendrás los movimientos limitados y vislumbras un futuro con un perímetro muy corto.

Aunque todo eso fue antes de montarme en un tren. Los trenes se convirtieron en un oasis de sosiego entre todos los medios de transporte. Cuando iba montado en uno, nunca sentía ni un atisbo de náuseas o malestar y hasta disfrutaba del trayecto y del paisaje que contemplaba por la ventanilla, aunque lo más destacado que viera fuera una depuradora de aguas residuales.

Además, los trenes podían tener coches cama, restaurante con mesas y, si las cosas se ponían difíciles porque unos atracadores o terroristas se hubiesen hecho con los mandos, podías salir fuera, subirte al techo y desplazarte por los coches hasta llegar a la locomotora y recuperar el control, siempre con cuidado de que no te acercaras a un túnel.

Tanto como los trenes me gustaban las estaciones. Si las veías de lejos parecían mansiones abandonadas en medio de la nada. Normalmente había poca gente por los andenes y se respiraba tranquilidad. Me gustaba pasar el rato en ellas y permanecer allí sentado hasta que llegase mi tren.

Las estaciones son lugares donde se cruzan los que se van para siempre y los que siguen inmersos en su rutina. Te puedes encontrar a todo tipo de personas y por un momento abandonamos nuestros papeles en la vida y solo aguardamos.

El andén de la vía 6 de la estación de Atocha estaba repleto de gente que iba a pasar el fin de semana a la playa. Todos esperábamos el tren con dirección a Águilas. Había planeado tomarme el sábado libre para largarme el fin de semana de Madrid. Llamé al encargado del supermercado y le dije que tenía fiebre, diarrea y dolor de huesos y que si seguía así no podría ir a currar al día siguiente.

El tren llegó a las cinco y media de la tarde, con veinte minutos de retraso. Me subí y busqué mi asiento junto a la ventanilla. Salimos de la estación y la claridad de la calle me deslumbró unos segundos. En el exterior, los rieles se multiplicaban, se cruzaban entre sí o se bifurcaban y, más allá, las ventanas de los edificios de la ciudad reflejaban los rayos del sol de la tarde con pequeños destellos. Estaba a gusto en aquel viejo tren y tenía ganas de ver el mar.

Un día simplemente dejé de marearme en la carretera y la circunferencia de mis opciones de futuro tal vez se amplió, tal vez no, pero los trenes siempre continuaron siendo un refugio.

3

Contemplando el mar

Seawarchers, 1952
Óleo sobre lienzo, 76,2 x 101,6 cm

Llegamos a Águilas hacia las doce de la noche, con una hora de retraso. Al menos pude dormitar unas horas.

Salí de la estación y caminé unos metros, aunque en realidad no tenía ni idea hacia dónde dirigirme y no me alejé demasiado. Llamé por teléfono a Lola, pero no me lo cogió.

No había mucha gente por las calles aledañas a la estación. Pregunté a unos chavales si sabían dónde se celebraba una *rave* por aquella zona, pero no tenían ni idea. También les pregunté si la playa se encontraba muy lejos y me indicaron que se hallaba a poco metros de donde estábamos.

Hubiera sido buena idea avisar a Lola de que me iba a plantar en una fiesta a cuatrocientos kilómetros de Madrid en la que nadie me esperaba. Hasta ese momento pensaba que saldría de la estación de Águilas y era cuestión de seguir los carteles de neón hasta la RAVE DE LOLA. Volví a llamarla, pero de nuevo no me lo cogió.

Fui hasta el paseo marítimo y me senté en un banco. Nunca es buena idea llegar a un sitio que no conoces de noche. Desde el banco podía ver el mar después de tanto tiempo, pero me hubiera gustado que fuera de día y el sol brillara en un cielo azul y claro.

Mi móvil sonó. Era Lola.

—¿Qué tal, Lola? —dije aliviado.

—¿Pablo? ¿Qué Pablo eres? Tengo un huevo de llamadas perdidas de este número —dijo Lola.

—Pablo, ese que hiciste socio de tu ONG en Madrid.

—No caigo.

—Nos tomamos algo por la plaza Dos de Mayo y nos dimos los números.

—¡Ah! Sí. ¿Qué tal? Dime.

—Que estoy en Águilas —dije—, me invitaste a una fiesta por aquí, ¿recuerdas? Y al final he venido.

Hubo unos segundos de silencio. Tomó la iniciativa Lola.

—Uf, tío, qué movida. Tenías que haberme avisado antes.

—Tienes razón.

—La casa está a unos cuantos kilómetros del núcleo urbano.

—Ya.

—¿Conoces la zona?

—No.

—¿Y has venido desde Madrid solo para esta fiesta?

—Y para ver el mar por la mañana.

—Joder, tío. Pues no sé cómo indicarte, esto está lejos y yo no tengo coche. Espera unos minutos, ahora veo cómo lo hacemos y te vuelvo a llamar.

—Genial.

Colgamos.

A los pocos minutos me volvió a llamar.

—Pablo, escucha, le he dicho a gente que aún tiene que llegar a la fiesta que te recojan. Quédate en el paseo.

—Guay.

—Les he dado también tu teléfono.

—Gracias.

Lola colgó y yo me quedé en el banco.

Pasó una hora y por allí no vino nadie ni se pusieron en contacto conmigo. Me estaba entrando sueño. Bajé hasta la arena y me senté frente a la orilla. El mar por la noche siempre me ha creado inquietud. Solo se distinguía la espuma blanca al romper las olas y todo lo demás era oscuridad, el horizonte se confundía con el cielo. Me animó ver muchas más estrellas que en Madrid.

Recordé que toda la materia del universo que conocemos —los átomos de los que estamos hechos y las galaxias más lejanas—, solo representa el cinco por ciento de todo el cosmos. ¡Solo el cinco por ciento! Lo demás no se sabe de qué está hecho, es lo que se conoce como la materia oscura y la energía oscura. La primera es el andamio que sustenta las estrellas y las galaxias; la segunda es la que hace que el universo siga expandiéndose y acelerándose, pero aún ningún astrofísico, ni con los instrumentos más sofisticados, ha podido explicar lo que son porque no interactúan con la materia conocida.

Me parecía que con las personas pasaba algo parecido que con la materia y la energía oscura: lo que vemos en la gente es algo así como el cinco por ciento, el resto no tenemos ni idea de qué está formado, porque es imposible interactuar con ello. Todo lo que nos sustenta y lo que nos hace movernos queda oculto al resto del mundo, y probablemente a uno mismo; solo podemos relacionarnos con ese escaso cinco por ciento, y con eso vivir juntos en esta locura de mundo.

Me quedé pensando en todo ello, y en qué diría Baroja. Seguro que le parecería una estupidez, pero supongo que cuando Dios no es una opción, solo nos queda fabular con el universo.

Alguien me tocó el hombro y me sobresaltó. Era un chaval con un porro en la mano.

—*Tranqui*, tío. ¿Quieres? —Agarraba un cigarro de marihuana con el índice y el pulgar.

—No, gracias —dije.

En ese momento un porro era lo último que necesitaba. El chaval me señaló su grupo de colegas. Estaban sentados en la arena, unos metros más allá.

—¿Todo bien? —preguntó.

—Todo bien.

—Si te apetece únete a nosotros, tenemos bebida.

—Claro.

Me levanté y fuimos hasta el grupo. Eran cinco chavales de veintitantos años. Habían ido bien equipados a pasar la noche en la playa: tenían nevera portátil, hielo, birras, whisky, refrescos y marihuana.

Todos eran de distintas zonas de la región. Estudiaban en Murcia y veraneaban en Águilas cada año. Comenté que había ido hasta allí para ir a una fiesta o una *rave* o lo que fuera en una casa algo alejada y que me había quedado colgado. Todos señalaron al unísono a uno de ellos, Gustavo, un chico delgado con camiseta de tirantes.

—Yo voy para allá cuando acabemos aquí —dijo—. Si quieres vente en mi coche.

—Genial.

Seguimos charlando y bebiendo; ellos se pasaban los porros, que no paraban de circular. A las tres de la madrugada recogieron las botellas y nos levantamos. Miré el móvil por si alguien me había llamado o enviado algún mensaje, pero no tenía nada.

Gustavo y yo nos despedimos de los demás en el paseo y le seguí hasta su coche. Abrió la guantera y sacó una cajita de metal. Me hizo inventario de lo que había dentro: un par de pastillas, *speed* y *eme*.

—¿Quieres algo? —preguntó.

—*Speed* —dije—, me caigo de sueño.

Gustavo se hizo un par de rayas en un cedé, nos las metimos y arrancó.

Salió del casco urbano y siguió por una carretera secundaria. Apenas se veía nada por la ventana, solo el cielo estrellado y el tramo de asfalto que alumbraban los faros del coche.

Al cuarto de hora vimos luces a la izquierda de la carretera. Tomó un camino de tierra y llegó hasta un parking improvisado en un descampado de arena junto a una casa.

En el aparcamiento había una veintena de coches y un grupo de tíos y tías aguardando fuera de un Nissan enorme; iban pasando a su interior de uno en uno o por parejas. Gustavo y yo nos bajamos, él les saludó con la mano y nos dirigimos a la casa. Aunque más que una casa, parecía una especie de almacén con las fachadas sucias, con grafitis y la pintura descascarillada por muchas zonas. Se accedía al interior por una puerta peatonal que estaba insertada en una puerta cochera de metal mucho más amplia.

Pasamos a una nave grande y oscura, solo iluminada por ráfagas de luces que manchaban fugazmente de diferentes colores el suelo, las paredes y la gente. Había más personas de las que me esperaba; bailaban afanados la música electrónica que pinchaba una chica tras una mesa en una esquina. Justo al otro lado había una pequeña barra con un par de tíos sirviendo bebidas.

No vi a Lola por ningún lado, así que me acerqué a la barra y pedí un par de latas de cerveza.

Unos tíos se acercaron a nosotros.

—Probad esto —dijo uno de ellos.

Nos ofrecieron una garrafa llena de lo que parecía vino con algo. Le dimos un trago largo y se la devolvimos. No recordaba lo poco que me gustaba el calimocho, además aquello parecía que tenía más cosas además de Coca-Cola y vino.

—¿Qué tal? —me preguntó uno de ellos.

—¿Tiene algo más? —pregunté yo.

—Vodka y licor de cereza.

—¿Ya está? —insistí.

—Ya está.

Gustavo y yo nos dimos una vuelta para ver el ambiente. Pasamos por el barullo, entre cuerpos sudados y caras desencajadas, y al final volvimos para quedarnos en una zona más tranquila, a medio camino entre la barra y el tumulto de gente.

Mi acompañante hablaba poco, pero no se movía de mi lado. Estaba pendiente de mí y, de tanto en tanto, me preguntaba si necesitaba algo de la caja y yo le invitaba a copas. Me gustaba estar con él por aquella fiesta.

El cansancio había desaparecido para dejar paso a una leve euforia que cada vez era más difícil de contener. Me notaba más animado y en sintonía con el ambiente, la música y las personas, aunque los cuerpos ahora me parecieran manchas borrosas que agitaban abanicos como diminutas alas.

Un grupo de unas cinco chicas se acercaron a nosotros. No hablamos nada, solo nos movíamos al ritmo de la música. Una de ellas me recordó a Elia. Estuve a punto de decirle algo, cualquier tontería, pero un súbito fogonazo de lucidez en medio de la borrachera me detuvo. Me pareció que no tenía nada que decirle. Y me descubrí pensando que en realidad lo que quería era que Elia estuviera conmigo en aquella fiesta, saber qué le parecía toda esa gente y ese lugar. Hasta entonces había intentado mantener un pie fuera para evitar enamorarme y controlar la situación, pero cada vez me resultaba más difícil.

De camino a la barra vi a Lola, charlaba con un par de tíos. Me acerqué para saludarla. Le toqué el hombro.

—¡Hola!

Lola se giró y puso cara de sorpresa.

—Hombre, Óscar.

—Pablo.

—Eso, perdona... ¿Cómo has venido?

Señalé a Gustavo.

—Tío, han ido a por ti —siguió Lola, con un tono entre excusa y reprimenda—, pero no estabas en el paseo. Te hemos estado llamando...

Miré el móvil y vi varias llamadas perdidas de Lola y de un número desconocido.

—Es verdad —dije—. No he oído nada.

—Ya creía que te habías largado a dormir.

—Sigo despierto.

—Oye —dijo Lola—, gracias por mandarme los datos bancarios.

—No tiene importancia.

—¿Te diste ya de baja?

—No todavía —contesté.

—Pues date prisa, o te cargaran el dinero en tu cuenta.

—Sí. Lo haré.

Nos quedamos unos segundos en silencio que Lola aprovechó para despedirse.

—Bueno, tío...

—Lola —interrumpí.

—¿Qué?

—No tienes ni puta idea. Pío Baroja no es ningún farsante.

Los chicos que estaban con ella soltaron una carcajada. Gustavo me agarró del brazo para que nos largásemos de allí.

—¿Cómo? —dijo sorprendida.

—Baroja es un buen tipo —dije con firmeza—, un poco tocapelotas, pero de puta madre.

—Qué hablas, tío, estás como una puta cabra —comentó, molesta.

Yo seguí:

—Y dice que no sabes nada de literatura y menos de autores rusos...

Uno de los chicos que iba con ella me puso la mano en la nuca de forma suave, pero haciendo evidente que tenía su enorme mano en mi cogote.

—Venga, tío —dijo el chaval—, vas muy pedo.

—¡Flipo, colega! —renegó Lola, sin disimular su cabreo—. Pero ¿qué coño me estás contando?

—Baroja es mi amigo... —dije con orgullo— o, al menos, lo era.

—¿Has venido de Madrid hasta aquí para decirme eso? Me parto —apuntó.

Lola me dio un par de palmadas en la espalda, se giró y siguió hablando con sus colegas.

No le dije nada acerca de las navidades que abandonó *Crimen y castigo* en la página cien, más que nada porque con el colocón se me olvidó y además no hubiese sido capaz de pronunciar dignamente Fiódor Dostoyevski.

A partir de mi encuentro con Lola, todo se precipitó y apenas recuerdo demasiado. No la volví a ver en toda la noche. Deambulé de un lado para otro de la fiesta sin parar de beber. Perdí de vista a mi entrañable y efímero amigo, Gustavo, y salí solo de aquella nave cuando todavía era de noche.

Fuera seguía la misma cantidad de automóviles aparcados. Saqué de mi mochila mi cazadora vaquera y me la puse. Tomé el camino de tierra hasta la carretera y anduve un rato por ella sin tener muy claro a dónde me llevaba. Me sentía ebrio, pero con fuerza para seguir pateando hasta que llegase al pueblo.

Cuando aparecían las primeras luces de la mañana, me crucé con un grupo de subsaharianos que se dirigían a los invernaderos. Les pregunté qué camino tenía que tomar para llegar a Águilas. Me indicaron que atajara por un sendero que salía de la carretera.

Seguí por donde me dijeron y caminé un par de kilómetros más. El día se iba aclarando. A los lados del camino se elevaban pequeñas lomas desprovistas de cualquier tipo de vegetación salvo matorrales secados por el sol. El sendero moría en una carretera estrecha, pero asfaltada. Seguí adelante orientándome por sol, imaginaba que si salía por el este, allí estaría el mar, pero aun así no dejaba de caminar sin llegar a ninguna parte.

Sonó el claxon de un coche unos metros detrás de mí y me

adelantó pasando a poco más de un metro, noté la ráfaga de aire. De la ventanilla del copiloto se asomó una cabeza. Y me gritó:

—¡Gilipollas!

Era Lola.

El coche desapareció de mi vista.

A mi derecha vi una colina algo escarpada que se elevaba por encima del terreno. Salí del camino y me dispuse a coronarla. Pensé que desde arriba tendría una visión del entorno y podría ver dónde quedaba el pueblo. Ascendí con dificultad por el cansancio acumulado y el suelo arenoso. El calzado tampoco ayudaba, di un par de resbalones porque las chanclas patinaban con las piedras más pequeñas. A medio camino, me detuve para tomar aire, sacarme la cazadora y atármela a la cintura. El sol comenzaba a calentar y mi objetivo estaba más lejos de lo que creía.

Llegué a la cima y me senté sobre una roca. Me faltaba la respiración y tenía la boca seca. Abajo se veía serpentear la carretera hasta llegar a una llanura flanqueada, a un lado, por campos de naranjos e invernaderos al otro. Y al fondo, entre dos lomas, aparecía una mancha azul recortada por el horizonte; el mar solo era un pedazo diminuto del paisaje.

La primera vez que contemplé el mar de cerca tendría unos once años. Mi hermana Paloma me llevó en tren hasta la playa. Aquel día lo pasamos bien. Ella tomaba el sol en la arena y de vez en cuando se daba un chapuzón; yo apenas salí del agua. Después fuimos a un chiringuito a comer y me compró de postre un limón helado. Entonces no lo sabía, pero mi padre la había echado de casa. Al volver de la playa, Paloma me dejó en el portal, me dio un abrazo y se fue sin subir. Desde entonces, apenas la volví a ver.

Aquella mañana de agosto, en lo alto de la loma, solo y en medio de la nada, me daba la sensación de que podía estar en cualquier lugar del mundo. Me sentía agotado y solamente quería recobrar fuerzas y llegar hasta Águilas para bañarme en el mar, y después volver a Madrid y dormir.

El móvil vibró. Era Patricio, el gerente del supermercado. No lo cogí. Sonó varias veces más mientras contemplaba aquel minúsculo pedazo de mar y trataba de tomar todo el aire que me cupiese en los pulmones.

4

Ventana de hotel

Hotel Window, 1956
Óleo sobre lienzo, 101,6 x 139,7 cm

El despertador sonó a las cinco y cuarto de la mañana. Me levanté rápido, y sin remolonear en la cama. Tenía tres cuartos de hora hasta entrar a trabajar en el supermercado. Desde que Benito me llevaba en su furgoneta contaba con quince minutos más de sueño, pero no podía perder tiempo.

Fui a la cocina y me eché café del día anterior y leche fría en una taza. Volví a mi cuarto y me lo tomé a pequeños sorbos sentado en la silla del escritorio. Me encendí un cigarrillo para acompañar la bebida. A esas horas solo podía pensar en que la vida era una mierda, también pensaba en el momento de volver del trabajo y poder dormir.

De pronto el móvil comenzó a vibrar. Era Elia. Lo descolgué antes de que sonara con más volumen y despertase a la gente de la casa.

—¿Elia? —No contestó—. ¿Hola?

Solo oía un fino hilo de música de fondo.

—Pablo —dijo por fin.

Notaba su voz congestionada.

—Elia.

—Hola.

—Hola, ¿cómo está tu padre?

—Bien —dijo—. Ya le han dado el alta. Se va a Hong Kong un mes.

—Me alegro de que no haya sido nada —dije—. ¿Qué haces a estas horas?

—Estoy mirando por la ventana de mi hotel. París no es ninguna fiesta, ¿sabes?

—Elia, ¿estás bien?

No contestó. Yo miraba *Soir Blue*, el póster de Hopper que me regaló Elia. Aquellas personas abatidas y cansadas en la terraza de un café de París se parecían bastante a mi estado de ánimo en ese momento.

—Pablo —dijo Elia.

—¿Sí?

—¿Qué hacemos con las canciones que hemos compartido con las personas que amamos y ya no están a nuestro lado? —Se detuvo un instante y siguió—. ¿Permitimos que nos sigan acompañando como si nada; las dejamos a un lado con la idea de rescatarlas algún día o dejamos que se pierdan para siempre?

—No lo sé, Elia.

—Yo tampoco.

Volvimos a quedarnos unos segundos en silencio. Fui yo quien habló.

—Elia, tengo que irme a trabajar.

—Vale.

Colgamos.

Acabé de un trago lo que me quedaba del café, me lavé la cara y me vestí con el pantalón de empresa gris con bolsillos laterales, una camiseta y las botas de protección. Dejé la taza sucia en el fregadero y salí camino del supermercado.

5

Autómata II

Automat, 1927
Óleo sobre lienzo, 71,4 x 91,4 cm

El gerente, como todos los días, llegó al supermercado a las ocho de la mañana, pasó por el almacén y me dijo que le acompañase a su despacho.

El habitáculo olía a sudor, y el gerente también. El hombre había tenido todo un fin de semana para pegarse una ducha y no le había parecido una opción.

—Siéntese —me indicó.

Me senté.

El gerente se fue a su lado del escritorio. Se acomodó en la silla, apoyó los codos sobre la mesa y juntó las manos. Movía la cabeza con gesto de desaprobación.

—¿Cómo está de su diarrea? —preguntó.

—Bien.

—El bicho de la diarrea y el de la gripe y el de la migraña está comprobado en esta empresa que suelen salir a pasear los sábados... ya es casualidad.

Me encogí de hombros. Patricio continuó con su monserga.

—Miré, Pablo —dijo—, no tengo que dudar de usted. Todos hemos tenido alguna vez diarrea y no es agradable...

—No lo es.

—También hemos tenido la tentación de poner una excusa para no asistir al trabajo unos de esos días que estamos a gusto con los amigos y quizá también con alguna amiguita especial... ya me entiende.

—No.

—Pablo, usted tiene contrato temporal. Me gustaría hacerle por la empresa e indefinido, como hice con su hermano, pero no lo haré si sospecho que es propicio al absentismo laboral.

—Lo entiendo... —puse cara de estar apurado—, sería algo que comí en mal estado.

—Usted sabrá, Pablo.

—Sí.

—Pero le voy a decir una cosa —siguió Patricio—. Su hermano en quince años nunca cogió una baja ni faltó un sábado al trabajo. La seriedad, el esfuerzo y la responsabilidad eran lo que mejor definían a su hermano Alberto. Daba gusto verle cómo llevaba la pescadería.

No sé quién sería la persona de la que hablaba Patricio, aunque si el gerente seguía por ese camino con tanta obstinación, al final conseguiría hacerme dudar hasta a mí.

Quise probar si conocía tanto a mi supuesto hermano.

—Usted hace tiempo que no sabe nada de Alberto, ¿verdad? —pregunté.

—Desde que me ascendieron a jefe de planta y me trasladaron.

—Ya imaginaba —dije con la mirada perdida.

—¿Por qué?

—No, por nada.

Había conseguido instalar la curiosidad en la cabeza de aquel hombre.

Me levanté y dije que tenía que volver al almacén para acabar de hacer mi trabajo. Necesitaba además huir de aquella pocilga y tomar aire fresco.

Patricio no tardó en venirme a buscar.

—Pablo, ¿su hermano está bien?

—No me gusta hablar de eso.

—Claro, como prefiera... —Se dio media vuelta.

—Pero creo que todo fue un montaje.

Patricio se giró de nuevo con interés.

—Mi hermano —seguí—, como usted sabe, es una gran persona.

—Por supuesto.

—Tuvo que ser alguien quien le pusiera «aquello» en el piso. ¿Cómo iba a manejar dos kilos de calidad muy pura? Ni un cigarro se ha fumado en la vida...

—Hombre, fumar sí fumaba... —me corrigió Patricio.

—Era un decir —rectifiqué—, ya me entiende.

—Claro.

—Y luego lo de las fotos... en fin... una canallada.

—¿El qué?

—Por Dios, qué iba a hacer mi hermano con más de cincuenta mil fotos de... bah, da igual... Qué disparate todo. Siempre dedicado al barrio, al equipo de fútbol alevín... en fin...

—¿Qué me dice? ¿Y cómo está ahora? —preguntó Patricio preocupado.

—Usted verá. Aunque hayan querido hundirlo, para mí siempre será un ejemplo a seguir.

—La vida da mucha vueltas, Pablo —dijo Patricio con melancolía—, y uno nunca sabe qué giro te puede destrozar... Mi chaval se enganchó a las tragaperras y aún estamos en esas... Centrarse en el trabajo siempre es lo mejor, hágame caso.

Patricio se alejó afligido y absorto en sus propios pensamientos. Antes de desaparecer, se volvió hacia mí y con la mano señaló todos los palés del almacén.

—Ande, deje esto y lárguese ya a casa, estará aún recuperándose de la descomposición del fin de semana.

6

Sombras nocturnas II

Night Shadows, 1921
Aguafuerte, 17,5 x 20,8 cm

No sé si oí el ruido porque estaba despierto o me desperté al oír el ruido. Fue un golpe secó que vino desde la cocina. Mantuve la respiración para poder escuchar mejor lo que pasaba fuera de mi habitación. De mis auriculares enredados por el cuello salía una débil voz de locutor. Con un movimiento suave de mano busqué a tientas los auriculares y, sin mover mi postura en la cama, los metí debajo de la almohada para sofocar el sonido.

No volví a escuchar ningún ruido en la cocina, pero al otro lado del cuarto adivinaba el crujir de pasos de alguien que no quiere ser escuchado. Movimientos lentos que se tomaban su tiempo para avanzar. Mi corazón bombeaba sangre con fuerza.

Pensé que podrían ser Lucas o Lito, pero no había escuchado ni la puerta de la calle, ni la de ningún cuarto, además ellos no solían ser tan prudentes cuando trasteaban por el piso de madrugada.

Alguien abrió la puerta de mi habitación con sigiló. Aquella noche no había echado el cerrojo. Me quedé paralizado. No me vi con fuerza para encararme al intruso y si algo se me había dado bien desde siempre era simular que estaba durmiendo.

Es una técnica, la de hacerte el dormido, que he dominado desde los cuatro o cinco años y que con el tiempo fui perfeccionando. En muchas ocasiones, en mi casa pensaban que estaba durmiendo, pero no lo estaba, y era consciente de todo lo que pasaba a mi alrededor.

En una ocasión me quedé dormido en la cama de mi padre. Mi madre ya no vivía. Mi padre me desveló al entrar en la habitación, pero no dije nada. Venía acompañado de una mujer. El olor a alcohol, tabaco e invierno impregnó todo el cuarto. Los oía susurrar.

—¿Y el chaval este? —murmuró una voz ronca de señora.

—Mi hijo, el desgraciado se ha quedado roque en mi cama.

—Cago en Dios —protestó la mujer.

—Está dormido.

No estaba dormido. Lo importante para parecerlo es estar algo adormilado, pero, por supuesto, no del todo. Tampoco puedes parar todas las máquinas de tu cuerpo y dejarlas en punto muerto. El silencio absoluto es muy incómodo y no transmites ninguna señal a quien te observa. Esa persona debe tener la certeza de que duermes y para que baje la guardia tiene que recibir señales inequívocas, así pensará que es quien domina la situación. Una respiración fuerte y acompasada, sin llegar a ser un ronquido, marca bien los tiempos y es una señal clara de que el sueño es profundo. No hay que olvidar los gestos, alguien dormido no sufre el *rigor mortis*. Tienes que dejar un poco abierta la boca, lo suficiente para que no se toquen los labios, y tragar saliva de tanto en tanto con ruido de lengua y paladar; el cuello debe estar en una postura improbable, pero no incómoda. Si pareces un poco anormal, vas por el buen camino. De vez en cuando es necesario hacer pequeños movimientos de cuerpo que buscan acomodarse en la plácida noche. Esta leve coreografía también vale para encontrar un buen ángulo de visión en caso de que sea necesario. Porque por supuesto que se puede ver. Nadie cuando duerme aprieta los ojos como si no quisiera asistir a un asesinato. Hay que relajar los párpados y ellos mismos dejan una mínima abertura, suficiente para tener una visión, sin ser descubierto, de lo que sucede a tu alrededor.

Como sospechaba, quien estaba merodeando por mi habitación no eran ni Lucas ni Lito. A través de los agujeros de la persiana se filtraba luz del patio que rebotaba en un hombre con una pequeña linterna en la mano. Veía el haz de luz moverse por las paredes de mi cuarto. Permaneció unos segundos inmóvil y de pronto, echó a andar hacia la cabecera de la cama.

En un momento de crisis hay que mantenerse tranquilo, acelerar la respiración, soltar un fugaz ronquido y mover la boca como si estuvieras degustando de nuevo una suculenta cena. Si eres un crío tiene que ser todo más sutil, no puedes parecer un borrachín de taberna.

—¿Seguro que está dormido? —preguntó la mujer.

—Claro, no lo ves —contestó mi padre.

—¿Es retrasado?

—No.

Se metieron en la cama junto a mí. Mi padre se puso encima de ella y comenzó a moverse de forma acompasada. Yo cerré los ojos muy fuerte. Oía la respiración de mi padre. De la calle llegaban los cánticos de los clientes del bar de abajo mientras veían el fútbol. Celebraban como locos cada gol de su equipo con golpes en las mesas, insultos y gritos. También se oyeron peleas. Al cabo de un rato, mi padre dejó de moverse en la cama. Se levantaron y salieron de la habitación sin hablar. Después regresó él y se volvió a acostar.

Notaba la mirada del intruso de mi dormitorio a pocos centímetros de mi cabeza. Se había puesto en cuclillas y me observaba. Yo también pude verle: era Indio. Se enderezó y salió de mi cuarto.

Mi padre rondaba por casa a la mañana siguiente. Mientras yo me preparaba para ir a clase, mi hermana Paloma comentaba, entre risas, los gritos del bar de la noche anterior. Mi padre la escuchaba atento, pero lo único que hizo fue insultarle por su forma de vestir; luego se dirigió a mí.

—Pablo —dijo—. ¿Tú también escuchaste los gritos del bar?

Negué con la cabeza.

Acabé de arreglarme y me fui al colegio. No quería llegar tarde. Esa mañana tenía examen de Sociales a primera hora.

7

Autómata III

Automat, 1927
Óleo sobre lienzo, 71,4 x 91,4 cm

Sonó el despertador un par de veces y en las dos ocasiones lo apagué con un gesto automático de mano. Volvió a sonar una tercera. Lo miré y vi que me había dormido. Eran las cinco y media de la mañana y Benito me esperaba en la plaza de Legazpi en diez minutos.

Di un brinco de la cama y me vestí a toda prisa. Había sudado más de la cuenta por la noche, pero no me daba tiempo a darme una ducha. Me lavé la cara y los dientes y salí del piso a toda prisa.

En ese intervalo no pude ver si había desaparecido algo de mi habitación. Supongo que las paredes no se las podía llevar, no había mucho más. La presencia de Indio por ella era como un vago recuerdo que a medida que me despertaba iba tomando presencia.

Caminé apresurado calle abajo y solo aminoré la marcha al ver la furgoneta parada en un lado de la plaza. Saludé a Benito por la ventanilla y me subí.

—Perdona —dije.

—No pasa nada.

Benito arrancó y tiró por el paseo de la Chopera camino del Carrefour. No habló durante el trayecto. Pensé que quizá se sentía molesto por haberme retrasado. Aunque realmente estaba preocupado por su madre y por el trabajo.

En el supermercado, Benito me contó que su empresa finalmente había reducido plantilla y a los que mantenían les habían aumentado las rutas de reparto. Además, su madre iba a peor. Benito revisaba los yogures de la nevera, sacaba los que estaban a punto de caducar y reponía con nuevos.

—Es una mierda tener fecha de caducidad —se lamentó—. Al menos estos yogures la tienen marcada en la tapa.

—No sé si eso es bueno o malo —dije.

Benito se rio con tristeza y añadió:

—Tengo treinta y cuatro años ya, pero necesito vivir mucho más, hay mucha gente a la que cuidar.

—Tú no te morirás nunca —dije.

Benito se volvió a reír. Le firmé el albarán y se fue para seguir con su ruta.

Me impresionó saber que Benito era un año más joven que yo.

Me quedé en planta ayudando a reponer los lineales mientras esperaba a que llegara Darko con el camión de frescos. Repuse pañales, botes de comidas para bebés, comida para perros, comidas para gatos, cruasanes de mantequilla, cruasanes rellenos de chocolate y botes de especias de marca blanca. Una de las bolsas de cruasanes de chocolate estaba rota. La metí en una cesta para bajarla a la zona de merma.

No hablaba mucho con los reponedores. Solo de vez en cuando lo hacía con Kevin, un chaval de Vallecas con tupé y la cara delgada y llena de marcas de granos. Tenía pinta de haber salido de una foto en blanco y negro de la Movida. Siempre me hablaba de fútbol.

—Pablo, ¿qué hizo el Real Madrid anoche?

—Ni idea.

—No pude verlo —siguió—. Lo daban a las tres de la madrugada.

—Vaya...

—¿Cuál crees que ha sido el once que mejor fútbol ha hecho de toda la historia?

—No sé.

Dejé a Kevin en el pasillo de bebidas alcohólicas, cogí la cesta de merma y bajé al almacén. Abrí el portón que daba al exterior y me encendí un cigarrillo mientras llegaba el camión de frescos.

Vi aparecer a Darko por la acera. Si no lo conocías, era un tipo que imponía bastante. Yo solo lo conocía lo suficiente para que no me impusiese demasiado. Subí por la rampa, abrí la verja y nos estrechamos la mano.

—Darko, no me permiten que te dé nada de la zona de merma —dije.

—¿No? ¿Por qué?

—No lo sé. Lo pregunté al gerente y no se puede.

Darko no habló mucho esa mañana.

No había desayunado ni un café y a esa hora lo notaba en mis fuerzas. Miré la bolsa de cruasanes rota y pensé que no les pasaba absolutamente nada. Dentro cada pieza estaba cubierta con su propio envoltorio. Miré por el almacén por si había cámaras, no las vi, pero no me atreví a coger ninguno.

Patricio llegó puntual como siempre. Miró el suelo y luego me cogió del brazo para dirigirse a mí.

—Es usted un marrano —me reprochó.

—¿Cómo? —No sabía a qué se refería.

—Mire cómo tiene el almacén —Patricio señaló el suelo—: trozos de lechuga, cartones por todos lados, palés sin recoger...

—No me da tiempo a mucho —me defendí.

—Usted es responsable de esta zona. Cuídela como se cuida a sí mismo.

El gerente me dejó allí y se fue al despacho tras haber dejado su tufo por todo el almacén. Por mucho que lo ordenase y limpiase no habría forma de quitar el mal olor.

Aquel no era el peor empleo que había tenido en mi vida, pero lo detestaba como si lo fuera. La mayoría de la gente trabaja en sitios que odian, pero al menos cuando salen tienen algo que les motiva a seguir tirando: una familia, clases de yoga o planear minuciosamente el asesinato de su superior. Yo ni siquiera tenía nada de eso. Un empleo temporal a media jornada con un jefe que no se duchaba era lo mejor que atesoraba.

Me cambié el polo de la empresa en el vestuario y subí a planta para salir por la zona de las cajas que daba a los puestos del mercado. Tenía pensado tomar la Línea Circular en la parada de Oporto.

Alguien me llamó por mi nombre cuando me encaminaba a una de las salidas del mercado. En un bar pequeño, entre una carnicería y un puesto de encurtidos, vi a Elia sentada en un taburete. Sobre la barra tenía un café con leche y un par de churros.

—¡Hola! —dijo, cuando me giré hacia ella—. ¿Has desayunado? Te invito.

Me senté junto a ella y pedí un cruasán de chocolate y un café solo. Elia tenía el pelo recogido en una coleta y vestía con una falda corta de tela y una camiseta de tirantes.

—En París no hace tanto calor como aquí —dijo.

—¿Cómo está tu padre?

—Bien. Me asusté mucho cuando me llamaron.

—Ya imagino.

—Últimamente hemos discutido bastante y no podía ni imaginar que no lo volvería a ver nunca más.

—¿Qué le pasó?

—Se desmayó al salir de una reunión, no recordaba mucho. Le llevaron al hospital y lo tuvieron en observación un par de días. Estaba todo en orden.

—Me alegro —dije.

—Le recomendaron que estuviera en reposo un par de semanas —continuó Elia—, pero no ha hecho caso. En cuanto salió del hospital se puso su traje, gomina en el pelo y siguió con su agenda.

—Vaya. ¿Y le dejaste?

—¿Qué podía hacer? —dijo Elia—. ¿Enfadarme de nuevo con él y que se fuera de todas maneras y volverme a Madrid con disgusto? No quería.

—Claro.

Elia metió la mano en su bolso y sonrió.

—¡Ah! —exclamó—. Te he traído un regalito de París.

—No hacía falta, en serio —dije—. No creo que estuvieras para muchas cosas allí. Y además tengo de todo.

Elia se rio, mientras sacaba de su bolso un adoquín con un lazo rojo.

—¡Tachán! —exclamó ilusionada—. ¿Te gusta?

—Mucho.

—En realidad buscaba la arena de la playa, pero no apareció.

—No importa —dije—, esto me gusta más. Muchas gracias.

—Dar regalos son de las cosas que me hacen feliz... lilolilolín —canturreó animada.

—Me lo tienes que dedicar —propuse.

—Claro.

Elia pidió la cuenta y miró hacia el supermercado.

—¿Así que es aquí donde trabajas? —preguntó con interés.

—Sí.

—¿Y qué tal?

—Bien —dije sin darle mucha importancia.

—Ya verás como pronto encuentras algo de actor, tengo el pálpito.

No dejé que Elia pagara el desayuno. Salimos del mercado y caminamos hasta Marqués de Vadillo. Yo quería hablar de nuestra relación, de qué haríamos a partir de ahora, pero pensé que aquel no era el mejor momento y tampoco sabía qué decir. Elia se despidió de mí y se subió a un taxi porque había quedado por el centro para el *brunch* con amigos de la universidad.

Yo seguí hasta el Puente de Toledo. Me volví a fijar en el río y pensé que no hice ningún amigo en los pocos años que fui la universidad. Aunque sí conservaba la amistad desde párvulos con Manolo Pérez Haro, aunque yo siempre le llamé Lolo. En quinto los dos suspendimos un trabajo de Historia. Me pareció injusto. Yo me había esforzado en escribir diez páginas sobre el río Misisipi. Describí su nacimiento y su desembocadura, los territorios que recorría de norte a sur de Estados Unidos y los afluentes más importantes que iban a parar a él. Ilustré el trabajo con dibujos de los animales que habitaban sus aguas y los barcos que podían navegarla. Aunque al profe Bernardo no le pareció adecuado. Me dijo que no había nada de Historia en mi trabajo. Y me reprochó no haber hablado de Hernando de Soto, el descubridor del río Misisipi. El profe Bernardo decía «Misisipí» y a mí no me gustaba nada cómo sonaba y además yo no quería hablar de descubridores ni de conquistas, yo quería hablar de ríos.

Para aprobar, me juntó con Lolo, que también había suspendido con un trabajo copiado sobre la música de Michael Jackson. Teníamos que hacer un nuevo ejercicio sobre la vida de Hernando de Soto. Al día siguiente, nos reunimos en casa de Lolo y su madre nos sacó una enciclopedia en el salón. Lolo y yo descubrimos que De Soto, además de ser un conquistador, también había dado nombre a una marca americana de automóviles. A Lolo le flipaban los coches, sabía todo sobre ellos, pero los automóviles DeSoto no los conocía. En la enciclopedia aparecían algunas fotos de diferentes modelos de la marca. Lolo se dedicó a calcar los coches y a colorearlos y yo escribí el texto. DeSoto perteneció a Chrysler Corporation y se fabricó de 1928 a 1960. Su logotipo era una estatuilla que recreaba al conquistador, con el casco, la barba y el bigote incluidos. La madre de Lolo nos ayudó con algunas palabras y frases para que pareciera que no copiábamos todo de la enciclopedia. Cuando su madre se agachaba para leer, la blusa se le abría y yo podía ver parte de su sujetador. El padre llegó más tarde, llamó a su mujer y hablaron en voz baja. Luego la madre vino hasta nosotros y me preguntó dónde vivía. Yo mentí. Nos dijo que acabáramos los deberes tranquilos y trajo algo de merendar. Se estaba bien en casa de Lolo. En el trabajo sobre DeSoto el profe Bernardo nos puso un nueve y medio.

8

Bistró

Bistro, 1909
Óleo sobre lienzo, 72,39 x 59,31 cm

Necesitaba otro empleo o encontrar algo a tiempo completo. Las horas que echaba en el supermercado apenas me daban para el alquiler de la habitación. El dinero que tenía ahorrado bajaba más deprisa de lo que pensaba, y el que entraba no lo compensaba ni de lejos.

Trataba de comprar la comida más económica, administrar el tabaco y salir lo menos posible, y en caso de hacerlo, siempre bebía antes en el piso. Cualquier gasto no estrictamente necesario, por pequeño que fuese, me provocaba una leve ansiedad que me impedía relajarme.

Con arreglo a esto, mi primera respuesta cuando Lucas me propuso ir a tomarnos un vino, fue decir que no, pero mi compañero de piso no se daba fácilmente por vencido. Insistió tanto que al final le acompañé, aunque con la advertencia de que pagábamos una ronda cada uno, con un máximo de cuatro. Me odiaba a mí mismo al oírme soltar estas palabras de contención a todo lo que invitaba una tarde agradable, pero por ahora era lo que había.

Nos sentamos en una terraza de un local de la calle Embajadores que llevaba un tipo francés. Lucas estaba aún de mejor humor que de costumbre. Aproveché aquel momento para comentarle el asunto del secuestro del perro del publicista.

—Lucas —dije—, tengo que proponerte algo, pero antes de

decírtelo, prométeme que no dirás nada, independientemen-
te de si aceptas o no.

—Acepto —dijo, casi sin dejarme terminar.

—No. Prométemelo.

Lucas sonrió.

—Vale. Lo prometo —dijo—. ¿Ahora somos críos? Venga, cuéntame.

—Te necesitamos para secuestrar al perro de un publicista.

Lucas soltó una fuerte carcajada.

—¿Quiénes? —preguntó, aún con una mueca de burla en
su cara.

—Iggy del Álamo —dije—, es actor.

—Lo conozco. No en persona, pero sí sé quién es. ¿Y alguien más?

—Una amiga —revelé.

—¿Una amiga? Vaya, vaya... —Aquel dato le hizo recobrar el interés.

—Se llama Elia. ¿También la conoces?

—No sé, así por el nombre no me dice nada.

Lucas pidió otro par de vinos y una tabla de quesos y se
acercó más a mí.

—Quiero más información —dijo en un fingido tono con-
fidencial.

—Queremos secuestrar a la mascota de un empresario de
la publicidad, se llama Paco Lardín. Y el rescate será un anuncio, de la marca que le dé la gana y en el medio que pueda, en
el que haga evidente que la publicidad es una puta mierda que
destroza la vida de la gente.

Lucas no daba crédito a lo que le contaba. Su cara era de
incredulidad y sorpresa.

—Joder, Pablo, y yo que pensaba que eras aburrido —dijo
con sorna.

—Necesitamos a una persona más, ¿te apuntas?

—No sé. ¿Habéis mirado qué delitos estaríais cometiendo? Porque me huelo que son varios.

—No.

—Pues deberíamos —dijo.

—¿Eso es que estás dentro?

—Pues claro. Parece divertido.

Brindamos y nos dimos un abrazo. Con Lucas implicado me daba menos pereza toda esa movida del Movimiento de Liberación Aspiracional.

—Intentaré que nos reunamos pronto y te daremos más detalles —dije todo lo profesional que pude.

—Genial —dijo Lucas—, porque creo que en realidad lo hago solo por conocer a esa tal Elia.

Pidió otra ronda de vinos. Y me miró serio.

—Pablo, tendrá que ser pronto.

—Claro —dije.

—Yo también tengo algo que contarte...

No pudo acabar la frase, Lito le interrumpió. Apareció de repente, cogió una silla de una mesa de al lado y se sentó con nosotros. El sol apenas molestaba ya, pero él seguía con las gafas de sol puestas. Se pidió un chupito de whisky.

—Si os cuento lo que me ha pasado, alucináis —dijo eufórico.

—Claro, cuéntanos —le animó Lucas.

—Algún día.

Desde que nos encontramos Lito y yo en la casa de nuestra vecina, la relación entre ambos era más relajada. Aunque él seguía en su mundo de ensueño y ficciones, sin ser consciente de que no engañaba a nadie. Su actitud me daba más pena que rabia. A veces era complicado aguantarse la risa cuando te contaba algunas de sus ocurrencias y siempre resultaba muy incómodo. Era evidente que todo lo que soltaba por la boca no eran más que burdas mentiras, pero me costaba pararle y decirle que no me creía ni una palabra y que no siguiera tratándome de idiota. En fin, era difícil gestionar los momentos en que Lito daba rienda suelta a su imaginación.

Lucas retomó la conversación.

—Bueno, ya que estáis los dos, os lo cuento a la vez. —Bebió de su copa de vino antes de continuar—. En septiembre dejo el piso. Tengo ganas de dar un cambio a mi vida y salir un tiempo de Madrid. Me voy a pedir una excedencia de un año en mi trabajo. Tengo pensado irme un tiempo a Londres y luego a la India.

—Joder —dije.

—La idea es trabajar en Inglaterra unos meses —siguió Lucas—, ahorrar algo de pasta y mejorar mi nivel de inglés, puedo vivir en la habitación de un colega. Después me iré a la India, allí vivir es barato. Pasaré un tiempo y luego compraré material para vender por las playas, primero en Brasil y cuando llegue el verano me vuelvo aquí, para venderlo en Ibiza. Mi plan no tiene fisuras.

Lito arrugó la nariz.

—Yo no lo veo claro —dijo—. Tienes un concepto de negocio, pero solo eso.

—No me quiero hacer rico —se defendió Lucas—. Solo mantenerme durante un año y viajar sin que me cueste pasta.

Lito ya estaba encarrilado. Siguió con su turra:

—Te lo digo porque yo estudié Económicas y sé de lo que hablo. Veo que tienes una idea, pero para saber si es viable debes elaborar un plan de negocio, ¿me entiendes? Ver los riesgos, saber con qué capital cuentas, si necesitas socios...

—¿Tú querrías ser mi socio? —dijo Lucas irónico.

—Llegas tarde, amigo —respondió Lito con una sonrisa socarrona.

—Oh, ¿qué ha pasado? —pregunté.

Lito tomó un cigarrillo de mi paquete de tabaco, se lo encendió y dio un par de caladas con calma; trataba de alargar el momento de responder.

—Desde hoy soy empresario —dijo—. Le he comprado una parte de la coctelería a mi jefe y ahora somos socios.

Lucas y yo le felicitamos con un choque de manos y un abrazo. Lito se mostraba cada vez más relajado.

—Tenemos idea además de ampliar el negocio —continuó—, y expandirnos por la ciudad, ¿Sabes lo que te quiero decir? Mi jefe... bueno, ya mi socio, flipaba conmigo y las ideas que tenía sobre cómo llevar el local. Y el tío, que no es ningún mermado, quiere aprovechar ese capital.

—Me alegro, pero cuidado con los socios —dije.

—¿Cómo? —contestó Lito con el gesto torcido.

—Que cuidado con los socios, lo digo por aquel que te dejó tirado —aclaré—, ¿recuerdas? Me lo contaste el primer día que llegué al piso.

Lito cambió el rostro por completo. Había desaparecido su sonrisa y ya no se mostraba tan afable. Nos señaló con el dedo índice.

—Los que debéis tener cuidado sois vosotros, que os he salvado la vida un par de veces.

Lito tiró el cigarro al suelo, se levantó de la silla airado y se marchó calle abajo.

Miré a Lucas y dije:

—¿Tú te crees algo de lo que nos ha contado?

—Ni una puta palabra —dijo Lucas, mientras levantaba la mano para llamar la atención del camarero—. ¿Pedimos una tabla de quesos curados?

Asentí con la cabeza.

Observé a las personas alrededor de nuestra mesa y, aunque suponía que todos tendrían sus propios problemas, me dio la sensación de que ellos, al contrario que yo, sí disfrutaban plenamente de aquella agradable tarde de agosto.

9

Tejados en la ciudad

City Roofs, 1932
Óleo sobre lienzo, 73,7 x 91,4 cm

La Casa Granada era una especie de asociación o club en el que tenías que ser socio para poder acceder; por lo demás, no se diferenciaba en nada de cualquier bar. No resultaba difícil conseguir el carnet y la mayoría de las veces ni siquiera te lo pedían para entrar. Estaba situada en el último piso de un bloque muy cerca de la plaza de Tirso de Molina.

Había quedado allí con Elia para tomar algo, aunque la esperaba junto a la entrada de los Cines Ideal. En ese rincón de la calle se confundían las personas que aguardaban para entrar en el vestíbulo del cine con las que hacían cola para acceder en el comedor social Ave María.

Un yonqui que esperaba allí salió de la cola al verme fumar y se acercó para pedirme un cigarro; saqué el paquete y le di uno.

—Tienes cara de espadachín, tío —me dijo.

Aquello me trajo a la memoria la ocasión en que Lolo, Santi —aún no le llamábamos Mejor Sexto Hombre, eso fue en el instituto— y yo nos fabricamos nuestras propias espadas. Fuimos a un descampado a buscar los palos de los cohetes el día después de los fuegos artificiales. Fue fácil encontrar unos cuantos por el suelo. Eran finos, redondeados y con una longitud suficiente para que sirvieran de arma. Algunos palos estaban ennegrecidos por el fuego. Tenías que cortar los más estropeados y atarlos con cuerda de forma perpendicular a otro palo más largo para que hicieran de tope de la empuñadura. Con esa cruz invertida era suficiente para jugar a piratas aquella tarde. Lolo fue el primero en acabar su arma. Se puso en guardia y practicó movimientos con el aire. Al poco se le unió Santi. Compararon sus armas y valoraron cuál era la mejor. Yo les miraba mientras acababa apresurado la mía. La mejor de las tres era la de Lolo. Tenía consistencia, la longitud adecuada e incluso afiló la punta con una navaja que le había robado a su padre.

Yo tenía la intención de ir por la zona del río para jugar a piratas como Tom Sawyer, pero a Santi le parecía que estaba muy lejos. Además, no nos poníamos de acuerdo en qué personaje debía ser cada uno. Santi y yo queríamos hacer de Tom Sawyer. A Lolo le daba igual.

—Pega más que yo sea Tom Sawyer —dijo Santi—. Lolo será el hermano pequeño, porque somos como familia y tú tienes que ser el amigo gitano.

—Huckleberry Finn no es gitano —aclaré.

—Sí es gitano.

—No es gitano.

—Es como gitano —insistió Santi—. Además, tiene el pelo igual que tú. Y vive en una casa así como vieja.

—Vive en una cabaña. —maticé—. No es una casa.

—Pero es vieja —se empecinó Santi—, y su padre es borracho como el tuyo.

—Y el tuyo es maricón —contesté.

De pronto, un tío con pantalones rotos por la bragueta y con la camisa desabrochada nos sobresaltó. Tenía el rostro negro por el sol y la suciedad. Santi tiró su espada al suelo y salió corriendo. Lolo y yo no quedamos allí paralizados. El tipo nos miró y trató de decir algo. Apenas podía levantar los párpados. Se agachó, cogió la espada de Santi, se puso de lado, adelantó una pierna levemente flexionada y estiró el brazo. No podía mantener el equilibrio y se balanceaba hacia un lado y otro. Soltó algunos ronquidos guturales e ininteligibles. Al fin, sacó fuerzas y consiguió mantenerse firme, levantó la barbilla y soltó, orgulloso, un nombre que percibimos con claridad:

—¡Soy Errol Flynn!

Lolo me miró con cara extrañada. Yo me encogí de hombros. El hombre empuñaba la espada hacia delante con delicados movimientos de muñeca. Peleaba con un enemigo invisible y balbuceaba palabras sin mucho sentido, mientras torcía el gesto a su contrincante. El yonqui comenzó a recitar, ahora mucho más claro, títulos de películas: *El príncipe y el mendigo*, *El capitán Blood*, *El halcón de los mares*. De pronto se detuvo y se dirigió a Lolo.

—Pero mi favorita es *Objetivo Birmania*. Esa es de guerra —aclaró.

—¿Nos devuelve la espada? —Fue lo único que Lolo acertó a decir.

—Esto es un florete, chavalín.

De repente, el yonqui puso cara de dolor y se llevó una mano a la barriga. Cayó al suelo de rodillas y alzó la otra mano para maldecir.

—Bellaco —gruñó—, has aprovechado un infeliz descuido para arrebatarme la vida. Estos jóvenes son testigos de tu bajeza y jurarán venganza por mi honor.

El hombre, aún de rodillas, se giró a los lados de forma brusca, emitió un ronquido, se sacó el pene y comenzó a orinar. Lolo y yo aprovechamos para coger la espada, florete o lo que fuera y largarnos de allí. Al irnos, vi a mi hermana Paloma sentada en una piedra a unos metros de nosotros. Nos miramos, pero ninguno dijo nada. Se levantó y fue hasta el yonqui. Estaba muy delgada y tenía el pelo sucio. Hacía meses que no sabía nada de ella.

Camino a casa, pensé que tal vez Santi tenía razón y en realidad toda mi familia teníamos más que ver con los Finn que con los Sawyer.

Vi aparecer a Elia, bajaba desde la plaza Jacinto Benavente. Vestía con una camiseta de *Hora de aventuras*, unos shorts vaqueros y cargaba con su cámara Olympus y con una mochila.

Nos dimos dos besos y luego atendió la cartelera del cine.

—¿Dan algo interesante?

—No me he fijado.

—Vale. ¿Vamos a tomar algo?

Entramos al portal de Casa Granada y llamamos al ascensor. Mientras esperábamos a que llegase, Elia se señaló la camiseta.

—¿Has visto *Hora de aventuras*?

Negué con la cabeza.

Nos montamos en el ascensor en silencio y subimos hasta la última planta.

Salimos del ascensor y entramos a un piso habilitado como bar, buscamos sitio en la terraza. Las vistas daban a la plaza Tirso de Molina, a los tejados de los edificios de los alrededores y más allá a bloques de pisos del sur de la ciudad.

Pedimos dos cañas dobles y algo para comer. Elia hizo algunas fotos y luego me miró.

—Estás muy serio hoy, como triste —dijo—, ¿te pasa algo?

—No, qué va.

—A ver, demuéstrame que no.

—¿Cómo lo hago?

—No sé... —Elia se quedó pensativa y luego se rio—. Imita a Robert De Niro en *Taxi Driver*, pero todo lo mal que puedas.

Tomé aire, traté de copiar el gesto facial del actor americano y solté:

—«No, no. Este es un cine en el que vienen muchas parejas, aquí viene gente de todas las clases...»

—¿Eso qué es? —dijo Elia con cara extrañada.

—La escena de *Taxi Driver* en la que el protagonista lleva a la chica a un cine porno —aclaré.

—¡Nooo! Solo quería la típica frase —protestó—. ¡Va, ahora en serio, pero mal!

Subí el puño a la altura de la barbilla, cerré los ojos y actué todo lo expresivo que pude:

—*Yooouuu taaalkin' to meee?*, *Yooouuu taaalkin' to meee* —Lo pronuncié en un tono intenso y sobreactuado, como si fuera un mal actor que recita el «ser o no ser» de Hamlet.

Elia soltó una carcajada.

—Vale, confirmado —dijo aún riendo—, no estás serio.

El camarero trajo un par de sándwiches mixtos y otra ronda de cervezas.

Elia siguió hablando.

—Me encanta *Taxi Driver* —dijo—, la primera vez que fui a Nueva York buscaba las localizaciones en las que se había rodado. Y creo que este otoño lo volveré a hacer.

Escuchaba hablar a Elia y sentía envidia por la vida que había tenido y por el futuro que le esperaba. «La primera vez que fui a Nueva York», dijo. ¿Cuántas habría ido?

La mala imitación de *Taxi Driver* me recordó a los *mockbusters*, esas películas baratas que copian sin ningún tipo de rubor los grandes éxitos de Hollywood. Unas navidades pedí que me regalaran *Jurassic Park*, pero me compraron *Carnosaurios*, una película que nunca pasa del 3 en cualquier web decente de cine. Y me pareció que la vida tenía ese punto decepcionante de una mala imitación. Quizá existiese en algún universo paralelo alguien parecido, pero mejorado, capaz de conseguir lo que en nosotros solo se vislumbra como un deseo.

Miré a Elia y dije:

—¿Qué actores crees que serían nuestra versión mejorada?

—Déjame que piense...

—Yo creo que de ti sería Sarah Silverman —sugerí.

—Eres muy amable —dijo—. Tú serías Steve Buscemi.

—Vaya, gracias.

—Actorazo.

—Sin duda.

—Es broma. No te enfades.

Pedimos cafés, un par de gin-tonics y la cuenta. Elia iba de la Casa Granada directa a trabajar al Museo Thyssen. Entraba en el turno de noche. No teníamos mucho más tiempo.

La acompañé hasta Antón Martín; por el camino se lio un porro, me ofreció y le di un par de caladas. Antes de separarnos me miró negando con la cabeza.

—Al final se llevarán la exposición de Hopper y no la vas a ver —se lamentó.

—Es verdad —dije—, ¿hasta cuándo está?

—Principios de septiembre.

—Iré antes.

—Te puedo acompañar, si quieres.

—Claro.

—Genial. Hasta otra, Steve Buscemi.

—Hasta otra, Sarah Silverman.

Nos dimos dos besos y Elia siguió por la calle Atocha y yo bajé en dirección a la plaza de Lavapiés.

No llevaba ni cincuenta metros cuando, de golpe, me abordaron tres tipos raros en medio de la calle.

Uno de ellos tomó la palabra.

—¡Hola, Pablo! —dijo alegre—. Somos un León con masculinidad frágil, un Espantapájaros analfabeto emocional y un Hombre de Hojalata con abulia e inseguridades, vaya, lo que viene siendo un 2,4 en IMDb. Seguimos el camino de Baldosas Ocres en busca del Brujo de Oz. ¿Nos acompañas?

No contesté. Seguí andando y pensé que quizá aquel día sí estaba algo triste y serio, pero no me atrevía a reconocérselo a Elia. Me sentía tan cerca y a la vez tan alejado de ella.

10

Gasolina

Gas, 1940
Óleo sobre lienzo, 66,7 x 102,2 cm

Elia me llamó para vernos en una gasolinera del paseo de las Acacias. Quería hacer fotos por la zona siguiendo con su serie de imágenes en lugares aburridos.

Nos vimos allí a las cuatro de la tarde. Apenas había nadie por la calle a esas horas. Tampoco paraban muchos coches para echar combustible. De vez en cuando se detenía alguno, salía el conductor del interior, se dirigía a la tienda y al poco volvía a aparecer para hacerse cargo del surtidor. Después se marchaba sin más historia.

La estación de servicio se encontraba encajonada en el hueco que dejaban dos edificios que hacían esquina. Nos sentamos en un banco en la acera de enfrente para tener una buena perspectiva.

Elia prefería fotografiar la gasolinera sin gente. De vez en cuando me mostraba la pantalla de su cámara Olympus y me preguntaba qué me parecían las fotos. Yo apenas podía distinguir nada con la intensa luz de la tarde y solo pensaba en que cada vez que quedaba con ella era como empezar de cero. Aunque nos habíamos liado, sentía que siempre que nos veíamos era como la primera vez. No sabía qué quería en realidad de mí y pronto se marcharía de Madrid.

Elia fruncía los labios y se quejaba de que aquella gasolinera no le acababa de convencer para lo que buscaba en sus fotos. Le hablé de otra estación de servicio en la calle de Embajadores justo al lado de un lavado automático de automóviles.

A Elia le interesó el lavado de coches, pero ahora se centraba en las fachadas de los edificios que flanqueaban la gasolinera. En una de ellas había un anuncio de una cadena de restaurantes especializados en bodas. Se veían dos novios guapos y jóvenes al atardecer cogidos de la mano caminando por un bonito jardín repleto de mesas y guirnaldas. El eslogan del restaurante decía «Cásate y cómete el mundo». El cartel estaba amarillento por el sol y deteriorado por las esquinas. Debajo había otro cartel publicitario de Coca-Cola.

Elia señaló el anuncio de la boda y dijo:

—¿Crees que esos dos serán felices?

—Pues no sé —contesté—, durante un tiempo seguramente sí lo serán. Luego vendrá la rutina, algún engaño, gritos, un hijo deseado, otro para ver si se arregla la cosa... en fin, lo típico.

—Me refiero a los dos modelos del anuncio —me corrigió Elia—, no a quienes interpretan. ¿Tú crees que esa guapa y ese guapo serán felices con sus respectivas vidas?

—Si han dejado de hacer este tipo de anuncios, imagino que pueden tener alguna posibilidad.

Elia dirigió su cámara al anuncio y, sin molestarse mucho en el encuadre, hizo un par de fotos rápidas.

—Siempre he pensado que si me casara lo haría en Las Vegas —dijo.

—Eso ya no es original —repliqué.

—No me importa. Es lo que quiero. ¿Tú cómo te casarías?

—Yo me casé de chaqué.

Elia se giró y me dedicó una mirada incrédula. Tenía muy abiertos los ojos.

—¡La madre que te parió! —exclamó—. Cuéntame más. Quiero saber más.

Yo me reí nervioso.

—Pues nada —dije—. Me casé hará unos cinco años, con treinta, en un restaurante en medio de la montaña. Ella iba con un vestido blanco roto y yo lucía un chaqué azul marino. El matrimonio duró un año y medio. Me pidió el divorcio ella.

Elia seguía riéndose. Meneaba la cabeza y se mordía el labio inferior.

—Flipo... —dijo—. Me dejas *muertérrima*.

—¿Por qué? —pregunté.

—Joder. —Elia intentaba buscar las palabras adecuadas—. Nada, que me sorprende.

Me apuntó con la cámara y me hizo una foto.

—Bueno, ya tengo una edad —dije—. No es tan raro que haya estado casado.

Elia asintió.

—No, si tienes toda razón. —Soltó una sonrisa para sí misma.

—¿Qué pasa ahora? —pregunté.

Me miró y me habló con solemnidad.

—¿Sabes? —dijo—, a esto le llamaré el Efecto Chaqué.

—¿A qué exactamente?

Elia miró al cielo tratando de buscar la definición más adecuada y concreta para el término que acababa de acuñar. Al fin dijo:

—Cuando conoces a gente en esta ciudad del demonio y conectas, al cabo de los días, tienes la falsa apariencia de saberlo todo. Pero no es cierto, tenemos un bagaje y evidentemente existen muchísimas cosas importantes de la vida de los demás que no conocemos, pero necesitamos establecer vínculos aparentemente firmes. La biografía de la gente con la que te relacionas en una ciudad como esta comienza el día que la conoces y todo lo demás no existe. Y, de pronto, te sorprenden contándote cosas como una boda, o lo que sea, y te formas otra dimensión de la persona. Y creo, más o menos, que eso es el Efecto Chaqué. Porque me has dicho que te casaste de chaqué, ¿verdad?

—Sí.

Elia bajó la mirada y comenzó a repasar las fotos que había hecho a la gasolinera, a los edificios con anuncios publicitarios y a mí.

Un coche paró en la acera y se bajaron dos hombres vestidos de oscuro que se dirigieron muy decididos a la tienda. Elia levantó la vista y los observó moverse. Después me miró a mí.

—Esos tipos tienen mala pinta —dijo—. ¿Crees que son atracadores de gasolineras?

—No creo —contesté.

Clavó su mirada en mis ojos y añadió:

—¿Y tú?

11

La etapa larga

The Long Leg, 1930
Óleo sobre lienzo, 76,8 x 50,8 cm

Como de costumbre, terminé en el supermercado más tarde de mi hora. El gerente me había mandado ordenar unos palés de aceite de oliva que estaban mal apilados en el almacén. Una de las botellas estaba rota y, al moverla, el aceite se derramó y me tocó limpiarlo todo con un rollo de papel, después fregar el suelo y, por último, echar serrín por la zona.

Me cambié en el vestuario el uniforme sucio y salí en dirección a la empresa de trabajo temporal. Tenía que llevar el parte de horas semanales y además quería preguntar si tenían algún trabajo más, con el supermercado no me daba para vivir.

Al entrar en la oficina me recibió la mujer de las gafas estilo años cincuenta. Dibujó una sonrisa y se dirigió a mí con sobreactuada alegría.

—¡Anda! —exclamó—, pero si aquí está «el hombre».

—Hola —dije—. Traigo el parte semanal con las horas.

—Qué responsable... así se hace, eres una persona con valores, llegarás más lejos de lo que ya has llegado, los límites no se hicieron para ti...

—¿A quién se lo doy? —Mostré el parte.

—Déjalo aquí mismo. —Señaló una bandeja de su mesa—. Y luego, por el amor de Dios, sácame de este agujero de monotonía y llévame en tu Harley a esos lugares secretos de la costa francesa que solo tú conoces...

—Cuenta con ello... —dije.

—Gracias, canalla —ironizó.

—¿Con quién podría hablar?

La mujer señaló al fondo.

La oficina estaba vacía. No había nadie en la sala de espera, ni en ninguna de las mesas. La puerta del baño se abrió y salió un hombre que se secaba las manos en sus pantalones. Me dirigí hacia él.

—Buenos días.

Me dio la mano aún húmeda.

—¿En qué puedo ayudarte? —dijo, mientras caminaba hacia a su mesa.

—Trabajo en un supermercado a través de esta empresa...

—Perfecto... —Ocupó su silla—. Siéntate, por favor.

Me senté.

—Pero son solo veinte horas semanales —seguí—, y no es suficiente.

—Claro. —Torció el gesto—. Ahora mismo no tenemos mucha cosa, pero en septiembre abrirán varios restaurantes de una conocida cadena de comida rápida y necesitarán gente, quizá haya algo...

—Ya. ¿No hay más cosas, no sé, fábricas, almacenes...?

—Nada. —Frunció los labios.

Ya había trabajado en restaurante de comida rápida con veinte años y volverlo a hacer con treinta y cinco me deprimía. Quince años después volvía a estar en el mismo sitio.

Me levanté de la silla y me despedí. Esta vez no le di la mano.

Al salir, la mujer de la entrada alzó la vista del periódico y sonrió.

—En este mundo necesitamos superhombres como tú —dijo.

Me reí. Y dije:

—¿Cómo te llamas?

—Carmen, encanto.

—Que vaya bien el día, Carmen —dije—. Me gustan tus gafas.

Salí y me dirigí a una oficina del INEM que no quedaba lejos de allí. Entré y me di una vuelta sin saber muy bien lo que buscaba o lo que tenía que hacer. Dentro había bastantes personas. Algunos esperaban sentados el turno para entrar en una de las dos salas donde aguardaban los funcionarios; otros usaban los ordenadores que había en la entrada o miraban un tablón de anuncios.

Me acerqué al tablón para echar un vistazo. Anunciaban cursos de todo tipo para septiembre. También había demandas de empleo para torneros, administrativos con SAP, informáticos con inglés alto o jefes de compras con cinco años de experiencia demostrable. No cumplía con ninguno de los requisitos.

Salí de la oficina del INEM y busqué un centro de reprografía. Encontré un locutorio donde también hacían fotocopias e imprimían documentos. No había clientes. Solo el dependiente tras el mostrador jugando con su móvil. Saqué un *pen* y se lo di.

—El documento que pone Pablo_CV —dije.

—¿Cuántas copias?

—Cincuenta.

—¿Color o blanco y negro?

—Blanco y negro.

Me dio las hojas en una carpeta azul de cartón, pagué y salí para tomar el metro. Me bajé en la parada de La Granja, con intención de ir hasta el único polígono que conocía.

Las calles estaban desiertas. No se veía a nadie por las aceras, ni coches por la carretera. La primera empresa a la que acudí fue Variant, la de colorante para plásticos. Me quedé junto a la verja de entrada un rato. Estaba cerrada. No había rastro de vida por allí. Las puertas y persianas estaban totalmente bajadas. Al cabo de unos minutos, un guardia de seguridad se acercó con calma hasta donde me encontraba yo.

—¿Busca algo? —dijo muy serio.

—Traigo un currículum —contesté.

—La empresa ha parado quince días. Déjamelo a mí si quieres.

—Gracias.

Le di uno. El hombre le echó un vistazo rápido y luego lo dobló varias veces y se lo metió en un bolsillo. Me habló más relajado.

—¿Tienes muchos? —dijo.

—¿De qué?

—Currículums.

—Unos cuantos.

—Pues has venido en mala época, chaval. La mayoría de las empresas de por aquí han cerrado por vacaciones, ya lo ves tú mismo cómo está todo esto.

—Vaya —me lamenté.

—Vuelve a principios de septiembre.

Señalé su uniformé y dije:

—¿Es complicado llegar a ser guardia de seguridad?

El hombre se puso tenso, como si aquella pregunta fuera la primera señal que evidenciase que mis intenciones eran otras.

—No es fácil —dijo muy serio—. Además, a ti te faltan muchos Nesquik. Y ahora muévete, no estés parado delante de la empresa.

El hombre se alejó y yo me di una vuelta por el polígono.

Apenas había empresas abiertas, y las que encontré no me aceptaron ni siquiera el currículum porque no necesitaban ni iban a necesitar a nadie a corto y medio plazo.

Parecía que caminaba por tierra baldía.

Tenía la sensación de que en mi vida había llegado tarde a todo: «Hace años tu carrera tenía más salidas», «esta empresa hasta hace nada buscaba personal»; «antes este bar sí que molaba», «pillé un chollo con este piso, pero ahora están por las nubes», «esta ciudad ya no es lo que era»...

Volví al metro y viajé hasta plaza España. Desde allí seguí a pie. Por la Gran Vía me fijaba en los actores de las carteleras de los teatros y de los cines. Tal vez algún día yo también estaría ahí.

Pasé por delante de un McDonald's. Entré y me puse a la cola. Al llegar mi turno me dirigí muy amable al dependiente.

—Para trabajar aquí —dije—, ¿pedís currículum o dais solicitud?

—Hay que rellenar una solicitud.

—¿Me das una?

—Ahora llamo al encargado.

—Gracias.

—¿Para comer quieres algo?

—¿Hacéis descuento a futuros empleados?

—No. Teníamos un menú de oferta, pero la promoción terminó ayer.

12

Pareja bebiendo

Couple Drinking, 1906-1907
Acuarela, 34,3 x 50,5 cm

Pillamos un par de latas de cerveza en la plaza de San Ildefonso y nos sentamos en un banco de piedra. Mientras nos las bebíamos, me encendí un cigarrillo y Elia se lio un porro.

Al otro lado de la calle volví a ver al hombre que se parecía a Leopoldo María Panero. Ahora le hablaba muy enfadado a una farola. A ratos paraba y se quedaba en silencio, daba un par de caladas a su cigarro y volvía a encararse a la farola. Calzaba unas pantuflas de cuadros marrones de estar por casa.

—Por ahí anda nuestro amigo Panero —dije.

Elia lo miró y sonrió. Después se lio otro porro, se levantó y echó a caminar. Ese día no estaba muy habladora.

—No sé cómo puedes hacer vida normal si te fumas un par de esos —dije.

—Si no me los fumo, es cuando me cuesta hacer vida normal —contestó.

Elia dio una larga calada y añadió:

—Hay personas que beben para poder estar con otras personas porque necesitan formar parte de algo; cuando fumas marihuana no necesitas a nadie porque sientes que formas parte de todo.

Le dio tres caladas más y me lo ofreció, pero señalé mi cigarro para indicar que estaba bien con eso.

Cuando acabamos de fumar, entramos en un bar y nos

pedimos un par de gin-tonics. Antes de salir de casa, yo me había bebido una litrona en mi habitación. Suponía que por eso estaba más animado que Elia.

—Creo que voy ya un poco pedo —dije.

—Bien —dijo ella.

—Sí.

—No hay nada más zen que ir con un buen pedo, solo existe el presente.

Mientras bebíamos los dos en aquel bar pensé en preguntarle a Elia en qué punto estábamos. Aunque decidí que lo mejor era dejarlo correr, y que la cosa siguiera su curso.

Iggy entró al bar y nos abrazó intentando abarcar con sus brazos a los dos. Le felicitamos por su nuevo trabajo. Iggy había conseguido un papel en una película que se rodaba a partir de septiembre en Lanzarote y quería celebrarlo aquella noche. Nos ayudó a acabarnos las bebidas y fuimos hasta un local de la calle de la Palma.

Por el camino, les hablé de Lucas y su nueva incorporación al Movimiento de Liberación Aspiracional. Los dos se alegraron, pero Iggy lo celebró con un mortal adelante en medio de la calle. Así, en frío. Pura energía.

Me dijeron que querían conocer al nuevo miembro.

Llamé a Lucas y descolgó el móvil a la primera, como si me estuviera esperando. Estaba por Goya, pero tenía intención de pasarse por Malasaña. A él también le apetecía conocer a Iggy y a Elia.

Entramos a un local e Iggy comenzó a saludar a la gente que se iba encontrando a medida que avanzábamos; a algunas personas nos las presentaba, a otras no le daba tiempo. Todo el mundo le felicitaba.

No tardó en aparecer Lucas con un par de amigas. Le presenté a Iggy y a Elia. Iggy le echó su brazo por encima y se lo llevó a un apartado para hablar.

Alguien me pasó un porro y le di un par de caladas, lo suficiente para marearme. Me entró calor de golpe y todo se nubló. Busqué un asiento y me quedé allí un rato.

No sé cuánto tiempo pasó hasta que alguien me puso su mano en la cara y el cuello. Era una mano fresca y suave.

Me habló con ternura.

—¿Pablo? ¿Estás bien? —dijo.

—No. —Fue lo único que acerté a decir.

—Soy Yiyi, ¿te acuerdas de mí?

—Un poco.

Abrí los ojos y vi su pelo teñido de verde clarito y sus tatuajes.

—¿Quieres que te saque fuera? —dijo Yiyi.

—No.

Al cabo de unos segundos oí otra voz.

—Pablo, ¿cómo estás? —Era Elia.

—Mejor —aseguré.

No lo estaba. La cabeza se me iba para los lados y apenas podía mantener los ojos abiertos.

—Me encantan tus tatuajes —oí que le decía Elia a Yiyi.

—Gracias.

Noté que Elia y Yiyi se sentaban a mi lado y podía escuchar lo que decían, pero era incapaz de articular palabra.

—¿Quién te los hace? —preguntó Elia.

—Un amigo, si quieres te paso el teléfono.

— Genial. Oye, me suenas un montón —dijo Elia.

—No sé, igual has venido a algún concierto.

—¿Tienes un grupo?

—Sí, XX.

Elia soltó un alarido de sorpresa.

—¡Me encantáis! —chilló eufórica—. «¡Bailemos sin parar... música total!»

—Gracias —dijo Yiyi—. Qué guay que nos conozcas.

—Fui a un concierto hace unos seis meses y me lo pasé genial.

—Por aquí anda también Tormento.

Yo me iba recuperando poco a poco. Al menos era capaz de focalizar.

—Oye, ¿cómo os va con el grupo, os da para vivir? —preguntó Elia.

Yiyi soltó una carcajada. Y dijo:

—Que va. Para los currelas cualquier disciplina artística es siempre una vía de escape, pero nunca una salida.

Elia se dirigió a mí.

—Pablo, ¿cómo estás?

—Bien.

—Ahora venimos. Quiero que Yiyi me presente a Tormento.

Se fueron y yo me quedé allí cogiendo aire y tratando de no caerme hacia delante.

Elia regresó al cabo de unos minutos y se sentó junto a mí.

—¿Cómo te encuentras? —preguntó.

—Bueno...

—¿Sabes? Tormento deja la banda y yo sé algo de teclados. Igual formo tándem con Yiyi.

—Genial.

Elia me cogió del brazo y dijo:

—Vamos al lavabo, a ver si te espabilas.

Me levanté tambaleante y la acompañé hasta los baños. Elia se detuvo en la entrada, vio en cuál había menos gente y al final pasó a los baños de tíos. Yo iba detrás, de la mano. Entró en uno de los váteres y cerró con pestillo.

Sacó un *pollo*, se hizo un par de rayas en el móvil y me lo pasó.

—No lo tires —me advirtió.

—No.

Con un billete hizo un turulo y se metió una de las rayas.

Luego aguantó ella el móvil, me lo acercó todo lo que pudo y me pasó el billete. Me metí la otra.

—No abras la puerta aún —me alertó.

—Tranquila.

Se levantó el vestido, se bajó las bragas y, medio inclinada, comenzó a orinar.

—¿Te has espabilado? —preguntó mirando hacia arriba.

—Un poco.

Acabó de mear, se recolocó la ropa y sacó un rotulador de su bolso. Leyó en voz alta una pintada que había en un azulejo del lavabo.

—«En mi soledad he visto cosas muy claras que no son verdad» —y añadió—, es de Machado.

Elia tachó con el rotulador algunas palabras de la cita y escribió otras. Ahora la pintada decía así:

> *En mi ~~soledad~~ ebriedad*
> *he visto cosas muy claras*
> *que ~~no~~ sí son verdad.*
> *Creo.*

Salimos de los baños y regresamos a la pista, aunque pronto me volví a sentar. Me encontraba mejor, pero prefería tener espacio libre fuera de la multitud.

Comenzó a sonar *Lonely Boy* y esa canción hizo agitarse mucho más a la gente en la pista. Vi bailar a Elia meneando los hombros y con las palmas levantadas, pronto apareció Iggy que se movía como si bailara un twist. También estaban por allí Lucas, Yiyi y Tormento. Todos bailaban ajenos a lo que pudiera pasar en el mundo, porque en ese preciso instante solo existía aquella pista.

Era agosto y se notaba que había menos personas por Madrid, pero las que se quedaban se sabían exiliadas en su propia ciudad y en momentos así se desplegaba toda la complicidad de supervivientes en el asfalto.

Y, sin embargo, yo no podía compartir plenamente aquella alegría. Sentía a Elia más distante que nunca, o tal vez, estaba como siempre y era yo el que estaba cambiando y la necesitaba más cerca.

Tomé una última bocanada de aire y me largué del local a la francesa.

13

Siete de la mañana

Seven A.M., 1948
Óleo sobre lienzo, 76,68 x 101,92 cm

Caminaba por la plaza de Cascorro en dirección a mi piso. Aún no había amanecido, pero algunos vendedores ambulantes ya estaban preparando sus puestos para el mercado del Rastro.

Cuando encaraba la calle Ribera de Curtidores, un hombre sentado en un banco me detuvo con su bastón como barrera.

Era Pío Baroja.

—Vas muy borracho, Pablo —dijo.

—Creía que no quería saber nada de mí —contesté indiferente.

—Quizá aquel día te hablé en un tono poco apropiado. Pero a veces creo que lo mereces y es necesario.

—Muy bien —dije.

Esquivé su bastón y seguí calle abajo. Baroja gritó mi nombre. No le hice caso y continué mi camino.

A la altura del paseo de Acacias, Baroja volvió a aparecer. Se colocó en medio de la acera y me cortó el paso cuando me dirigía hacia la glorieta de Embajadores.

—Atiende un segundo, Pablo.

Me detuve.

—Todo lo que diga sobre mí —dije—, seguramente yo sea el primero que lo sepa.

—Puede que sí o puede que no —replicó el escritor—, pero hoy no quiero soltarte ninguna reprimenda.

—Bien.

—Sé, además —continuó—, que para ti no soy ningún referente válido. Ni moral, ni estético, ni nada.

—Bueno... no sé.

—Yo sí que lo sé —dijo Baroja con firmeza—, y no pasa nada, no te preocupes. ¡A mis años con vanidades! Cada generación deber encontrar, más acertados o menos, sus propios modelos. Por eso, yo me retiro y lo hago lo mejor que sé.

No entendía a dónde quería llegar.

—Muy bien. ¿Es todo? —pregunté forzando la indiferencia.

—No —dijo—. Te he traído a una persona que tal vez escuches más que a mí.

Baroja alzó su bastón.

—¡Eh! ¡Antonio! —gritó—, ya puedes venir.

Un hombrecillo aguardaba a unos metros de nosotros. Vino a paso lento, con la cabeza baja y las manos en los bolsillos. La melena le tapaba la cara. Levantó la mano para saludarme.

—Hola. —El hombrecillo lo dijo con timidez y sin mirarnos a los ojos.

Baroja habló orgulloso:

—Es el cantante Antonio Vega. Es de una época y un pensamiento que seguro conecta más contigo. Podéis ser amigos. Tú mismo me dijiste que hubieras preferido encontrarte con él antes que conmigo, ¿te gusta su música?

—Claro —dije.

Antonio esquivaba las miradas y movía su cuerpo delgado con pequeños espasmos de hombros y de cuello, como si tuviera tics.

—Estoy seguro de que te llevarás bien con él, al menos, mejor que con este viejo cascarrabias. —Baroja hablaba con afecto y un poco de falsa modestia—. Yo ya me puedo retirar para siempre de tu vida y seguir paseando por esta ciudad...

—Baroja —le corté—, en serio, muchas gracias...

—No me las des —dijo satisfecho.

—Es un gesto bonito —seguí—, pero este hombre no es Antonio Vega, al menos Antonio Vega el cantante.

Pío Baroja se enderezó de golpe y cambió el gesto de su cara.

—¿Cómo? —dijo, incrédulo.

—Que este no es Antonio Vega —insistí—, mírelo: pero si no se parece en nada.

Baroja apuntó al hombre con su bastón.

—¡Tú! —gritó—. ¿Eres Antonio Vega?

—No —dijo aquel tipo.

—¿Y quién eres? —volvió a preguntar Baroja.

—Nadie.

—¡La madre que te parió! —dijo Baroja lleno de cólera—. Pero ¿por qué cojones me has dicho que eras Antonio Vega?

—Me lo ha preguntado usted —se defendió— y parecía que tenía muchas ganas de que yo lo fuera y a mí me da igual ser Antonio Vega o no serlo y llevaba mucho tiempo solo por esta ciudad... Pues si quiere que sea Antonio Vega, lo soy.

—¡Sinvergüenza! —estalló el escritor encolerizado—. ¡No te mato porque ya estás muerto!

El falso Antonio Vega ya no dijo nada más, solo agachó la cabeza y aguantó los insultos de Pío Baroja. Yo los dejé allí y tiré para mi habitación mientras amanecía aquel domingo en Madrid.

14

Casa al anochecer

House at Dusk, 1935
Óleo sobre lienzo, 127 x 92,71 cm

Lucas y yo sabíamos que aquella noche Lito tenía que pasar por casa después de acabar su turno en la coctelería. Según nos contó, había quedado con una chica, una famosa actriz, y quería arreglarse para ir con ella a una gala donde se codearía con la élite del país.

Los días previos, Lito nos enseñó el traje que luciría en la fiesta, pero se había hecho de rogar para confesarnos el nombre de su nuevo ligue. No le hicimos mucho más caso, así que al final fue él quien nos confesó el nombre de la chica. ¡Lito estaba saliendo con Ana de Armas!

Como de costumbre, no le creímos, pero en aquella ocasión no quisimos dejar pasar la oportunidad. Le esperábamos en mi habitación bebiendo cerveza y jugando al Trivial. A Lucas, la compañía que fabricaba el juego de mesa le había mandado un ejemplar como agradecimiento a su fidelidad durante años. Yo estaba estirado en la cama y Lucas sentado en un puf que trajo de su habitación, cada uno con un puñado de tarjetas en la mano. Pasábamos del tablero y de los dados, el juego solo consistía en preguntar hasta que uno fallase y entonces preguntaba el otro.

Aunque el sol había desaparecido, el calor permanecía aún en toda la casa, especialmente en mi habitación. Lucas me propuso coger una bolsa con latas de cerveza y bajar a la calle para esperar a Lito en un banco. Me pareció buena idea. También nos bajamos un puñado de tarjetas de Trivial para continuar el juego.

En la acera se estaba mejor que en el piso, pero la temperatura de la ciudad aún era elevada. Nos sentamos en un banco enfrente de nuestro portal. Lucas se desabotonó la camisa hawaiana que llevaba y leyó una de sus tarjetas.

—¿Quién escribió la novela *Las aventuras de Tom Sawyer*?

Me reí.

—Fácil —dije—, Pío Baroja.

—¡No! —gritó Lucas—, Mark Twain. Te toca preguntar.

Miré las preguntas de la primera tarjeta y pasé a la siguiente para dar con alguna complicada.

No me dio tiempo, Lucas saltó del banco.

—Hombre, Lito, ¿qué tal? —dijo.

Nuestro compañero de piso ya tenía la llave en la cerradura del portal. Se giró hacia nosotros y nos saludó con un movimiento de cabeza.

Lucas insistió:

—¿Puedes venir un momento?

Lito se acercó al banco con desgana.

—¿Qué pasa? —preguntó con cara de disgusto.

—Esto... nada... —dijo Lucas—, solo queríamos felicitarte Pablo y yo por tu gran noche de hoy.

—Gracias.

—¿Le hablarás a Ana de Armas de nosotros? —continuó Lucas.

—Las ganas que tenéis.

—Una cosa, ¿qué gala es exactamente? —pregunté yo.

Lito dudó unos segundos.

—Los Premios GQ —dijo, al fin.

—¿En agosto? —preguntó Lucas.

—Es un acto pequeño —se excusó Lito—, un adelanto del año que viene para gente exclusiva.

Lito estaba cada vez más tenso y nosotros lo percibíamos. No queríamos dejarlo escapar. Lucas volvió a preguntar.

—¿Dónde es exactamente la fiesta?

—A ti qué coño te importa, gilipollas —gruñó Lito.

—Lo digo porque igual Ana de Armas no llega a tiempo, a no ser que sea en Los Ángeles, que es donde está ella hoy según la foto que ha subido a sus redes. ¿Quieres verlo?

Lito soltó una carcajada.

—Qué poca vida tienes —dijo—, ¿tú crees que lleva ella las redes? ¿Y que pone dónde está exactamente para que lo sepa algún tieso como tú?

Lito se dio la vuelta y se dirigió al portal.

—¿Cuántas carreras tienes, Lito? —grité yo—. Ingeniería, Económicas, Arquitectura... ¿cómo sacas el tiempo? ¿Nos dices en qué facultades exactamente? Tenemos aquí apuntadas todas las de España y mucho tiempo.

—Estoy buscando por internet y no veo hoy ninguna fiesta GQ por Madrid, ¿no será en Los Ángeles? —apuntó Lucas.

—Ya que estás, Lucas, mira dónde estaba la hermana de Penélope Cruz a finales de junio —sugerí yo.

—Pues... eh... un momento... Sí, estaba en Londres... —informó Lucas.

—No puede ser —ironicé—, si pasó por Madrid y luego fue un fin de semana a Zahara de los Atunes...

Lito, de espaldas, nos dedicó una peineta y entró en el portal.

—Un momento, vuelve —gritó Lucas—, estoy llamando a tu jefe... perdón, a tu socio. Igual le quieres saludar.

Lito se giró y nos miró.

Lucas mantenía su teléfono en la mano con el altavoz conectado. Una voz de hombre respondió al otro lado.

—¿Sí?

—Hola, Jorge, soy Lucas.... tenemos un amigo común que me ha pasado tu teléfono...

—Hola, dime.

—Lo primero felicitarte por tu nuevo socio...

—¿Cómo?

—Amplias el negocio, ¿no?

—¿Yo?

—Con tu nuevo socio...

—Qué socio...

—Lito, uno de tus camareros, ¿no es tu nuevo socio? Me lo ha dicho él.

—¿Lito? —Soltó un bufido—. Qué mierda va a ser mi socio....

La conversación acabó ahí. Todo sucedió en un instante. No vimos cómo Lito se abalanzó hasta nosotros. Lucas cayó al suelo y el móvil saltó por los aires. Lito se colocó sobre él y comenzó a golpearle la cara con los puños. Yo me tiré encima para tratar de apartarlo, pero se desembarazó de un manotazo y se centró en mí. Soltó su brazo derecho a la altura de mi estómago. Me doblé del dolor sin poder respirar. Lito se giró de nuevo hacia Lucas, que permanecía inmóvil en el suelo, y le asestó un par de patadas en las costillas; luego hincó la rodilla en el suelo, y con el puño aporreó sin parar su cara.

De pronto sonó un golpe, más que de un puñetazo parecía de una bofetada.

Lito paró de repente.

Levanté la vista y vi a su lado a Indio. Y a unos metros de él a su amigo Oswaldo.

Lito se puso de pie; miraba a Indio con los ojos encendidos de ira y la respiración acelerada, le sacaba más de una cabeza, pero Indio se mantuvo firme.

No hay nada que imponga más que la mirada del que no tiene miedo a perder y se sabe capaz de llegar lo lejos que sea necesario. Lito lo leyó en los ojos de Indio. Yo también.

—Largo de aquí. —Fue lo único que dijo Indio.

Lito se dio media vuelta y caminó hacia donde me encontraba yo, me apartó con la mano sin mirarme y siguió calle abajo en dirección al paseo de la Chopera.

Indio, con la misma tranquilidad con la que había aparecido, se marchó por el portal de nuestra casa.

Me agaché para atender a Lucas. Apenas se movía y tenía la cara ensangrentada.

Por el suelo había desparramadas un montón de tarjetas de Trivial con preguntas que se quedaron sin contestar y en el borde de la acera el móvil de Lucas del que aún salía un hilo lejano de voz.

—Hola, ¿pasa algo ahí? Ahora no me planteo ampliar el negocio, pero quién sabe en un futuro... ¿Hola?

15

Casa al anochecer II

House at Dusk, 1935
Óleo sobre lienzo, 127 x 92,71 cm

La gente comenzó a agolparse alrededor de nosotros. Me agaché para ver cómo estaba Lucas. Le hablaba, pero no me respondía. La sangre le cubría todo el rostro. Un hombre tomó la iniciativa, me apartó, dijo que era paramédico. Alguien llamó a la ambulancia. Oímos sirenas.

Subimos por la calle Embajadores; luego no supe hacia dónde nos dirigíamos, apenas se veía la calle por la ventanilla. Una doctora le tomaba la tensión a Lucas, le miraba los ojos con una linterna, le hablaba. Después me hablaba a mí. El corazón se me salía disparado.

Siempre me ha parecido curioso cómo se pasa de estar relajado a de golpe verte envuelto en una pesadilla. Hasta hacía un segundo todo iba bien y nadie podía anticiparlo y de pronto... ¡Chas! Otro escenario. Piensas a mil por hora en los detalles, en si podías haberlo evitado, haber cambiado algo, pero sabes que ya no hay manera de desandar el camino.

La ambulancia paró. Sacaron a Lucas y lo metieron directo a Urgencias sin pasar por triaje. Me entregaron una cinta para ponerme en la muñeca y un papel con un código que tenía que seguir en las pantallas. Ya me dirían algo.

Estábamos en la Fundación Jiménez Díaz.

Pasaron las horas y llegaron pacientes nuevos y se fueron otros. Un señor con una gasa en un ojo refunfuñaba por el pasillo sin querer hacer caso a su mujer, que le decía que se sentara.

Salí a fumar. Bajé unos metros la carretera que llegaba a Urgencias y me quedé en la parte trasera del hospital, entre dos edificios. De las ventanas salía una intensa luz blanca que contrastaba con los ladrillos oscurecidos por la noche. Un laberinto de tubos metálicos trepaba por la fachada hasta el tejado y ahí se perdían. Aunque estaba en el exterior, no sabía si permitirían fumar en esa zona. Apagué apresurado el cigarro y lo tiré en un contenedor asegurándome de que lo había apagado bien.

Volví a entrar a la sala de espera. Pasaron las horas y creo que hasta pegué una cabezada.

Por fin noticias.

—¿Acompañante de Lucas García? —dijo una doctora joven.

Me levanté y me dirigí hacia ella. La doctora meneaba la cabeza mientras miraba papeles en una carpeta.

—No es más que una gripe —informó.

—¿Cómo?

—Si no le da fiebre —continuó la doctora—, no hay por qué preocuparse.

—Pero...

Al instante apareció un hombre muy nervioso.

—Lucas García se llama mi hijo.

Nos miramos los tres, desconcertados. Señalé al hombre.

—Creo que le buscas a él —dije a la doctora.

Y sin decir nada más regresé a la sala de espera. Acababa de darme cuenta de que no sabía el apellido de Lucas.

Pasaron más minutos. Ya no me atrevía a salir a fumar por si en ese preciso instante preguntaban por mí.

A las cuatro y media de la madrugada un doctor vino en mi busca y me puso al corriente. Me aseguré de que hablásemos de la misma persona.

El médico no traía malas noticias, no del todo. Diez puntos de sutura en la ceja izquierda, una fisura en la nariz y traumatismos por todo el cuerpo. Lucas estaba bien, pero debía permanecer veinticuatro horas en observación. No me permitieron entrar a verlo porque estaba sedado.

Allí yo ya no hacía nada. Salí del hospital y caminé hacia casa. En una hora tenía que entrar a trabajar, así que a medio camino llamé a Benito por si se podía desviar un poco de su ruta y pasar a recogerme con su furgoneta. Quedamos en plaza España.

Para aguantar en el supermercado me tomé un Red Bull y traté de no tener minutos muertos, ni relajarme. El gerente me llamó la atención por ir a trabajar sin uniforme y por tener el almacén hecho un desastre.

Salí quince minutos más tarde de mi hora y fui directo hasta el hospital.

Lucas tenía la cara hinchada y amoratada, pero estaba de buen humor. Pasé con él todo el día hasta que a última hora de la tarde le dieron el alta.

Al llegar al portal de nuestro bloque, nos miramos un segundo. Lucas hizo un gesto que indicaba «adelante». Subimos las escaleras y entramos.

El piso permanecía a oscuras y en silencio. Al encender la luz del recibidor, vimos un revoltijo de objetos promocionales por el suelo. Todo estaba hecho pedazos: sartenes Tefal partidas, sobres abiertos de ColaCao; botes volcados de perfumes Massimo Dutti, Hugo Boss, Adolfo Domínguez; camisetas despedazadas con logos de Shell, Volkswagen, Apple, El Pozo, Nintendo; polos descosidos de Guess, Fred Perry, Google; botellas rotas de JB, Johnnie Walker, Cinzano, Barceló; latas abiertas y aplastadas de cerveza Mahou; cajas rotas de Lego, de galletas Costa Rica, de flanes sin lactosa Dhul; un muñeco hinchable destripado de Playmobil; un kit escolar reventado de Repsol con estuche, libreta y lápices; gafas de sol trituradas Ray-Ban, Carrera, Persol; cojines y mantas destripadas de IKEA; peluches machacados de Purina; lotes abiertos y esturreados de mermeladas Hero; toallas cortadas en cien pedazos de Nivea, la Universidad del País Vasco, Lidl; pósteres rasgados de Pixar, Sony, Casio, Desguaces La Torre, Maybelline, Porcelanosa... y en un rincón del pasillo, mi ordenador portátil con la pantalla destrozada a golpes.

Lucas apartaba trozos con el pie para abrirse paso.

Le agarré del brazo para seguirle y dije:

—Espero que entre todas las cartas que enviaste a las marcas, alguna fuera para Roomba y llegue justo esta noche.

16
Girlie show

Girlie Show, 1941
Óleo sobre lienzo, 81,3 x 96,5 cm

Esperaba a Elia en la salida de metro de la calle de Jacometrezo. Hacía días que no nos veíamos y yo tenía ganas de contarle todo el asunto de Lito, sus mentiras acumuladas, el arranque de violencia y la desaparición repentina del piso. También estaba decidido a hablar con ella de nuestra relación y dejarlo todo claro antes de que se fuese a Estados Unidos.

Elia apareció con un par de trenzas a cada lado. Al verme levantó una pierna hasta prácticamente tocarse la nariz con la rodilla y dijo:

—Seis años de danza clásica.

No le impresionó mucho la historia de Lito. Solo me comentó que estaba triste por Lucas porque le había parecido muy majo. Elia tenía ganas de pasear por Madrid, de buscar novelas que sucedieran en Nueva York y de comerse un helado de chocolate amargo. Se compró el helado, pero por aquella zona no encontró ningún libro que le convenciese. Me pidió caminar hasta la plaza Mayor y buscar por otras librerías más pequeñas.

Pasamos la plaza y seguimos por la calle de Toledo. Entramos en una librería de calle de la Ruda, y allí se compró *Éramos unos niños* de Patti Smith y *Por favor, mátame: La historia oral del punk*. A mí me regaló *El gran Gatsby*, que ella ya se había leído.

Al salir, me agarró con su mano del brazo.

—¡Pablo! —dijo—, tengo un planazo.

—A ver...

—Podemos ir esta tarde a ver la exposición de Hopper —sugirió—. ¿Cómo lo ves?

—Lo veo bien.

—¡Choca!

Chocamos.

Dudé si mantener la mano agarrada, pero no lo hice.

Caminamos en dirección al Thyssen por Tirso de Molina, Antón Martín y calle del Prado. Al pasar el Congreso y encarar hacia la plaza de Neptuno, Elia se detuvo de golpe.

Y dijo:

—Mmm... Mejor por aquí, ven.

—¿Qué pasa?

—Mejor por aquí —insistió.

Nos dimos la vuelta y rodeamos el Congreso por una calle lateral.

Al aparecer por el Thyssen, Elia vio a uno de los guardias de seguridad rondar por los jardines, al otro lado de la verja, le silbó y levantó el brazo para llamar su atención.

—Estás muy gordo —gritó Elia— para vigilar tanto dinero junto.

El hombre se rio nervioso y contestó algo trastabillado e ininteligible.

Antes de llegar al paseo del Prado, Elia se sacó una china de costo y papel.

—Así creo que lo vamos a disfrutar mucho más —dijo—. ¿Tienes un cigarro?

Se lo di, y comenté:

—¿Sabes que te estarán grabando cien cámaras?

Levantó la vista, miró alrededor sin dejar de liar y no contestó. Pensé que mientras fumábamos antes de entrar al museo, sería un buen momento para hablar, pero no me dio tiempo.

Una voz rota y temblorosa llamó nuestra atención.

—¡Elia!

Me giré.

Era Panero.

Vestía con unos pantalones grises viejos y una camisa blanca llena de lamparones. Tenía clavada la vista en nosotros, con los párpados inferiores enrojecidos. Respiraba con dificultad y abría la boca como si la mandíbula le pesara demasiado. Un cigarro se consumía en su mano como si Panero hiciera años que se hubiera olvidado de él.

Miré a Elia. Tenía la cara desencajada.

Trató de sonreír, pero no lo logró. Solo dijo:

—Hola, papá.

17

Autómata IV

Automat, 1927
Óleo sobre lienzo, 71,4 x 91,4 cm

Me desperté a las cinco de la mañana, me llené un bol con muesli y trozos de chocolate y me lo comí sentado en la cama. En el silencio de la noche solo oía mis mandíbulas masticar. Luego me preparé un café con leche y salí hacia la plaza de Legazpi a esperar a Benito.

Aquella mañana el gerente ya estaba en el supermercado a las seis de la mañana, con su olor a sudor y colonia barata. Daba indicaciones al encargado y a los reponedores siempre con las manos apoyadas en sus riñones y con la barriga hacia delante. Patricio estaba pendiente de detalles absurdos, cualquier cosa que no estuviera a su gusto le irritaba muchísimo y se lo reprochaba al encargado.

Darko vino a buscarme a planta con los albaranes en la mano para que bajara a romper el precinto de su camión y poder descargar la mercancía. Bajamos hasta el almacén. Patricio nos siguió a unos metros sin decir nada.

En el almacén, el gerente se dirigió a mí muy serio.

—Pablo, hoy viene el jefe de zona —dijo—; dese prisa en subir la mercancía, y luego eche una mano a reponer.

—Vale —dije mientras introducía los productos en la PDA.

Darko nos observaba y aguardaba en silencio a que yo acabara y le sellara los papeles. Patricio me puso la mano en el hombro y se dirigió a mí como si me estuviera encomendando una misión a vida o muerte.

—Luego me barre bien barrido lo que es esta zona —dijo, mientras señalaba el almacén.

—Vale.

—Que el jefe de zona no pueda decir que somos unos marranos.

—Eso está hecho —dije, mientras sacaba una jaula llena de cartones que mandaban desde arriba.

Patricio me habló con tristeza.

—Tu hermano era un fiera.

—Sí.

—Pobre...

—Ya —me lamenté con impostada congoja—. Los vicios.

—No son vicios, Pablo —me corrigió—, son enfermedades.

—Es verdad...

—Cuando dejes esto como una patena, subes a reponer. El jefe de zona estará al caer.

Patricio me dejó en el almacén y desapareció.

Acabé de subir la carga y metí el cartón en la máquina prensadora. No estaba muy seguro de haber pasado bien las cuerdas por los rieles correctos para que la bala de cartón se mantuviera presionada, así que no me atreví a sacarla de la máquina. Barrí rápido la zona del almacén que quedaba a la vista y subí a planta.

El supermercado estaba a punto de abrir a los clientes y a mí me quedaban diez minutos para acabar mi turno. Busqué a Luis Jesús para preguntarle a qué zona me iba a reponer hasta que llegara mi hora.

Luis Jesús estaba junto a Kevin en el pasillo de los refrescos, desde ahí miraban agazapados hacia el despacho del gerente, al otro lado del supermercado. La puerta se abrió y salieron el gerente y un chico joven con un traje azul marino y corbata roja.

—¡Ya vienen! —dijo Kevin.

Los dos se escondieron en el pasillo para que los jefes no les pudieran ver y se metieron la mano derecha por la parte trasera del pantalón. Se la restregaron por las nalgas a fondo durante unos segundos.

—La mano tiene que frotar bien la raja —indicó Luis Jesús.

—Que arrastre pelo —dijo Kevin.

Sacaron de golpe su mano y disimularon.

El gerente llegó hasta nosotros con el jefe de zona, un chico que no llegaría a los treinta, con piel recién afeitada y el gesto muy serio. Patricio nos señaló a los tres.

—Estos son unos cracks —dijo con una sonrisa de satisfacción—. Luis Jesús es el encargado de la mañana, Kevin es reponedor y Pablo recepciona. Él es Gonzalo de Luna, nuestro jefe de zona.

El hombre asintió y nos fue dando la mano uno a uno.

Patricio me miró con cara de disgusto y me indicó que me metiera el polo por dentro de los pantalones. Luego los dos jefes siguieron la visita por el resto del supermercado.

Me dirigí al vestuario y me cambié de ropa. Al salir del supermercado, me despedí de Kevin y Luis Jesús desde la distancia. Ellos me ofrecieron la mano.

—Ven, Pablo, y choca esos cinco —gritó Kevin.

En la calle, miré el móvil en busca de alguna llamada o mensaje de Elia. Ninguna señal. Hacía un par de días que no sabía nada de ella, desde que conocí a su auténtico padre y ella me pidió que me marchara.

Al salir del supermercado tomé la Línea 6 hasta Legazpi. Al salir a la calle, sonó el móvil. Era Elia. Lo descolgué, pero no me habló y se cortó. Traté de devolver la llamada, pero volvió a sonar antes. Ahora era un número largo que no tenía en la agenda. Descolgué.

—¡Pero vamos a ver, Pablo, qué desastre me ha hecho aquí!

—¿Perdón?

Reconocí la voz de Patricio.

—Me tiene el almacén que da miedo verlo... —gritaba— y con el jefe de zona de visita.

—¿Qué pasa?

—¿¡Que qué pasa!? —siguió—. Qué no pasa... Esto está lleno de mierda y al sacar la bala de cartón, no estaba bien atada y se ha esparcido todo por el suelo...

—Joder, lo siento... creía que estaba bien...

—No lo sienta tanto y venga ahora mismo usted a recogerlo... ¡Pero ya!

—No puedo —dije.

—Claro que puede... este despropósito lo arregla usted a la voz de ya...

Tomé aire un segundo, y dije:

—Patricio, váyase a tomar por culo.

Colgué.

Miré el móvil por si Elia me había llamado o enviado un mensaje en ese tiempo. Nada.

18

Recepción de hotel

Hotel Lobby, 1943
Óleo sobre lienzo, 81,9 x 103,5 cm

Iggy me esperaba en el bar de un hotel de Chueca. Le había llamado para hablar de Elia, por si él sabía algo más que yo. Llevaba ya varios días sin noticias de ella. No cogía el teléfono, ni había acudido a su trabajo.

La tarde anterior pasé por el museo para saber si sus compañeros me podían decir algo. Vi a Sebas con otro *segurata*.

—No sabemos nada —dijo Sebas.

—¿Y podría hablar con alguien de su familia? —dije—, solo quiero saber que está bien.

—No conocemos a la familia de Elia —dijo el otro.

—Pero ¿su padre no es socio de esta empresa de seguridad? —pregunté para confirmar lo que ya sospechaba.

Los dos soltaron una carcajada.

—Claro, y mi madre es la baronesa Thyssen —dijo el compañero de Sebas.

Los dejé allí mientras se descojonaban.

Entré al hotel donde había quedado con Iggy y pregunté en recepción por el bar. Aquel hotel era un lugar acogedor, con una falsa chimenea a un lado, cuadros impresionistas por las paredes y grandes lámparas de diseño. En ese entorno me sentía extraño, como si aquel no fuera un lugar para mí.

Cerca de mi casa había un oscuro pub que me impresionaba de crío. A veces vi entrar a mi hermana Paloma con chicos mayores que ella, tipos duros del barrio. Siempre me pareció que a ese lugar solo accedía gente adulta y curtida en la vida. Crecí y aquel sitio me siguió pareciendo para tipos mayores y aguerridos. Superé la edad de Paloma cuando ella entraba allí y también pasé la edad de los tíos con los que salía ella, incluso yo fui cliente de aquel pub, pero siempre me siguió pareciendo para gente muy vivida y de una edad a la que yo no llegaría nunca. Es curioso, porque con el tiempo, el pub cerró y en ese mismo local montaron una zapatería especializada en calzado ortopédico. Y creo que aun así no cambió nada para mí.

El chico de la recepción del hotel me indicó una sala contigua para llegar al bar. Pasé y vi a Iggy en una mesa de uno de los rincones, junto a una ventana de madera y frente a la barra. Se tomaba un gin-tonic. Me senté y me pedí una caña.

Cuando le pregunté por Elia, Iggy se encogió de hombros. Y dijo:

—Ni idea. Esta chica es un poco rara.

Me sorprendió la lejanía con la que pronunció la frase y la manera en la que pronunció «esta chica». Preferí no hablarle del encuentro con su padre en el Thyssen.

—Pero vosotros os conocéis más, ¿no? —pregunté—. Sois buenos amigos.

Iggy se llevó la mano a la barbilla y dijo:

—Nos conocemos desde hace un año, más o menos, de salir por la noche... hace un tiempo apareció por el café del Teatro Pavón, donde yo tenía una obra. Nos caímos genial, y desde entonces nos hemos pegado bastantes fiestas, nos hemos reído mucho juntos y se ha quedado a dormir algunos días en mi casa. Me cae muy bien, la verdad...

—¿Y no sabes dónde podría encontrarla? —pregunté desconcertado.

—Quizá no quiera que la encuentres, ni que la busques —dijo—; estará bien, tranquilo. Muchas veces se ha pasado semanas sin dar señales de vida y de repente aparece.

—Ya, quizá sí —dije—; solo quiero saber que no le pasa nada.

Iggy se pidió otro Gin Mare. Se acercó más a mí.

—Pablo —dijo en voz baja—, tengo todo preparado para la primera misión del Movimiento de Liberación Aspiracional.

—Guay —dije.

No me parecía guay.

Iggy sacó un par de hojas donde aparecían mapas del Retiro, horarios, itinerario del publicista, lo que teníamos que hacer cada uno de nosotros, el lugar en el que teníamos que esconder al perro, donde teníamos que hacer la llamada y a quién. Me dijo que memorizara mi parte allí mismo y que él ya se pondría en contacto con los demás para que hicieran lo mismo. El día D sería el 9 de septiembre.

Iggy seguía entusiasmado con el plan y yo no veía la forma de desentenderme de todo eso.

—Si no aparece Elia, no sé si podremos contar con ella. —Fue lo único que acerté a decir.

—Nos las arreglaremos —contestó Iggy.

—Claro.

Memoricé mi parte del plan: el número de teléfono al que debía llamar para anunciar el secuestro del perro, la cabina pública desde donde lo tenía que hacer, la hora y la frase exacta que tenía que pronunciar. Estuve a punto de decirle que lo dejaba, que aquello había terminado, pero Iggy habló primero.

—Por cierto, Pablo —dijo—, te he conseguido una prueba de casting.

Levanté la vista de los papeles.

—Joder, gracias —dije.

—Es para una película. Han abierto el casting porque no acaban de dar con el actor que buscan. Los que te harán la audición son amigos, les he hablado de ti.

—Genial.

—Te voy a ser sincero, les he dicho que no sé cómo trabajas, pero encajas totalmente en el personaje y creo que tienes algo especial... ahora te paso el número, llámales cuanto antes.

—Muchas gracias, Iggy. No sé cómo agradecértelo —insistí.

—Nada, tío. Quién sabe, igual comienza a cambiar tu suerte.

—Igual.

Me dio el número de teléfono de sus amigos del casting y nos dimos un abrazo.

Iggy se levantó para marcharse.

Le pasé sus papeles y los guardó en su bolso.

—¿Has memorizado todo?

—Sí.

—¿Alguna duda?

—Ninguna.

—Maravilloso —concluyó Iggy—. Saldrá todo de puta madre. Ya me pondré en contacto con vosotros.

—Bien.

Iggy se marchó y yo me quedé en la mesa de aquel bar de hotel pensando en el secuestro del perro de un publicista que no conocía, en mi primer casting para una película y en Elia, la única persona a la que tenía ganas de contárselo todo, incluso la angustia que me producía no saber dónde ni cómo estaría ella.

19

Digresión filosófica

Excursion into Philosophy, 1959
Óleo sobre lienzo, 76,2 x 101,6 cm

Patricio llevaba algunos días sin dirigirme la palabra, lo único que me dijo la primera vez que nos encontramos tras mandarle a la mierda fue que tomaría medidas y que eso no se iba a quedar así, y ya no volvió a hablarme. Yo hacía mi trabajo y él no se acercaba a mí, me parecía un buen trato.

Salí del supermercado media hora más tarde, quería hacer mi trabajo lo mejor que podía y dejar el almacén limpio y ordenado. Pillé la Línea 6, la Circular, en la parada de metro de Oporto.

Al salir en Legazpi, vi que Baroja estaba en la acera de enfrente, junto a una churrería, como siempre con su boina, su gabán y su bastón.

Crucé la calle.

—¿No tiene calor? —pregunté.

—Vaya, me congratula verte un día en el que no vas beodo —dijo.

—Aún estoy a tiempo.

Baroja intentó esbozar algo parecido a una sonrisa.

—Anda —dijo—, vamos a desgastar las calles de la villa.

Echó a caminar y yo le seguí.

Subimos por la calle Delicias hasta la estación de Atocha a un paso tan relajado que me costaba mantener el ritmo de forma natural. Aquella mañana, Baroja estaba más amable que de costumbre.

—¿Qué tal en el trabajo?

—Bueno —dije con un leve gesto de indiferencia—, una mierda.

—¿Sabes que yo regenté una panadería?

—Ni idea.

—Ahora venden pan hasta en las farmacias —continuó Baroja—, pero es como el tiempo en que te ha tocado vivir: insulso y sin sabor, aunque descuida, otras épocas han sido peores.

—La temporada de invasiones de los hunos no debió ser muy agradable, prefiero el pan sin sabor, sí.

—Menos sarcasmos conmigo, desgraciado —protestó.

Cuando dejábamos a un lado Atocha y encarábamos el paseo del Prado, Baroja dirigió la mirada a la estación y me volvió a preguntar por los trenes.

—Pablo —dijo—, ¿sabes ya a dónde se dirige ese compartimento de tren en el que ibas montado de crío?

—No lo sé —contesté incómodo—, solo era un juego. No iba a ninguna parte.

—Tal vez aún vayas montado en él.

—Tal vez.

Subimos la cuesta de Moyano y Baroja se detuvo junto a una estatua. Era él mismo, aparecía de cuerpo entero con el gabán abierto y los brazos por delante. Se llevó la mano a la barbilla y arrugó la nariz.

—Me veo muy serio —dijo señalando al monumento.

—Hombre, la alegría de la huerta tampoco es usted.

Me dio con su bastón en la espinilla y echó a andar. Nos metimos en el Retiro.

Me mantuve en silencio a su lado. Se detuvo junto al estanque del parque. Y me habló con tristeza inusitada.

—Pensé que al estar muerto llegaría a una especie de sabiduría absoluta, de comprensión del todo que me haría llegar a la verdad, lo único que me ha preocupado toda la existencia.

En cambio, en estos años errantes por la ciudad todo se acumula en mi cabeza y no soy capaz de discernir lo accesorio de lo importante. Y cada vez es más acuciante.

—Lo sé —dije—. Pero yo qué pinto aquí.

—Entre el murmullo que producen millones de personas vivas, muertas y las que están por venir, me sorprendió una con la que todo era silencio: tú. En ti, al contrario que con todos los demás, podía centrar mi atención. Creí que a tu lado, a través de tu mirada, sería capaz de comprender este mundo que cada vez me parece más ajeno y extraño. Pensé que eras un ancla.

—Pues siento no haber ayudado demasiado —me excusé.

—Más lo lamento yo.

—Si usted quería a alguien que le explicase nuestro tiempo —dije—, podría haber contactado con un periodista deportivo.

—Para qué necesitaré yo un gacetillero —protestó.

Baroja se sentó en un banco. Yo me quedé de pie, enfrente de él.

Dije:

—Entonces, ¿soy el único que puede verle?

—De ninguna manera —contestó molesto.

Baroja levantó el brazo y gritó a alguien que se encontraba detrás de mí.

—¡Eh, tú, ven aquí!

Me giré y vi a un crío de unos diez años venir a paso tranquilo, casi arrastrando los pies y con los pantalones cortos succionados por sus pantorrillas carnosas. Cuando llegó hasta nosotros, Baroja lo observó y dijo:

—Estás muy gordo, niño.

—Ya. Mis padres me llevan el primer jueves de cada mes al endocrino —se excusó el chaval.

—Bien hecho —contestó Baroja con satisfacción—; haz caso siempre a lo que te digan los médicos y la ciencia, más que a tus propios progenitores.

—¿Qué significa «progenitores»? —preguntó el niño.

—Anda, vete a dar por culo a otra parte.

—Vale, señor.

El niño se fue con tanta pachorra como vino. Baroja alzó la vista y se dirigió a mí.

—Ya ves —dijo—, en la capacidad para ver a los difuntos tampoco eres especial.

—Me parece más bien un consuelo.

—He conocido a muchos como tú, Pablo, desde mi época universitaria —continuó—. Jóvenes provincianos que llegan a la capital en busca de juergas y aventuras de muy corto alcance, sin ser conscientes, como diría mi viejo profesor de química, de que arden en un ambiente demasiado oxigenado. Creo que hablo algo de esto en mi novela *El árbol de la ciencia*.

—La volveré a leer.

—No te la has leído.

—Puede que no.

—Esos estudiantes hiperventilados al menos tenían la excusa de ser jóvenes y universitarios —siguió Baroja—. En cambio tú, ya no eres ni una cosa ni la otra. ¿Qué pretexto tienes?

—No lo sé —dije—. Supongo que la vida debe ser algo más de lo que he visto hasta ahora. Creo que en Madrid puedo encontrar más oportunidades. Aquí siento que no existe esa presión social que te dice lo que tienes que hacer a cada edad. Y me gusta la alegría que desprende esta ciudad.

Baroja me miró y enarcó las cejas.

—En el supermercado se te ve muy alegre —dijo.

—Igual cambia mi suerte —repliqué—, tengo un prueba para una película. Puede que me empiecen a ir bien las cosas.

Baroja meneó la cabeza, se levantó del banco y me dirigió una mirada entre malhumorada y paternalista.

Dijo:

—Creo que os han engañado, y han conseguido que solo os preocupe poseer, acaparar cosas, una promesa de plenitud que nunca encuentra satisfacción. No te estoy descubriendo nada nuevo.

—No seré yo el que atesore muchas cosas —repliqué—. Sabrá que vivo de alquiler en una habitación con solo una copia de un cuadro de Hopper. No tengo nada en propiedad y no aspiro a grandes lujos materiales.

—Pablo —dijo Baroja—, tu caso es mucho más dramático.

—¿Por qué?

—Tú eres de ese tipo de gente que acumula clichés y evasión. Se amontonan en tu cabeza y permanecen ahí cogiendo polvo. Eres incapaz de soltarlo e incapaz de hacer ningún uso. Es más complicado desprenderse de todo eso que de un lingote de oro.

Pensé unos segundos en sus palabras y dije:

—Pero no todos tenemos los mismos clichés, ni nos evadimos de la misma manera. Así que supongo que me definiré por unos clichés y no por otros muchos. No sé, me podría gustar ser un bróker de la bolsa, poseer un par de casas y conducir un Jaguar. Pero no aspiro a nada de eso.

—¿Y a qué aspiras?

Me quedé pensando un rato en la pregunta y no supe qué contestar con sinceridad, solo dije:

—A perderme por el río Misisipi.

Salimos del Retiro y caminamos en silencio por la calle Alcalá hasta Ventas. Allí Baroja se paró de nuevo.

—Pablo —dijo—, tu vida es tuya, cada uno es libre de destrozarla como quiera.

—¿Y si ya viene destrozada de serie?

—Sin duda.

—Dicen que siempre hay segundas oportunidades —continué—, pero dependiendo de en qué ambiente crezcas, te salen demasiado caras o directamente no las tienes, porque estás en la mierda y naces con la vida despedazada, y nadie te da ni segundas ni primeras oportunidades. Solo te queda sobrevivir.

—Pero al menos tendrás que saber a dónde te diriges con esa impostada melancolía que tanto te gusta sacar a pasear.

No contesté y proseguimos nuestro paseo. Dejamos Las Ventas atrás y cruzamos la M-30 por un puente. Estábamos en un Madrid desconocido para mí. Enormes bloques de viviendas abarrotados de balcones con cristaleras o toldos verdes se apretaban y elevaban a cada lado de la calle.

Esta vez rompí el silencio yo.

—No sé a dónde quiero llegar, toda mi vida se han cruzado visiones distintas e incompatibles. No se puede querer echar raíces y vivir errante, pues así todo... y cuando te quieres dar cuenta tienes treinta años y ninguna herramienta para enfrentarte al mundo.

Baroja se acarició la barba y dijo:

—Decía Arthur Schopenhauer...

—Basta —interrumpí airado—, usted es Pío Baroja y yo no soy nadie. Dejé Sociología en segundo y no con un gran expediente. No me veo capaz de mantener una discusión a su altura. Nunca he sido brillante argumentando, cualquiera me impone su visión. A usted le sobran datos y referentes y a mí siempre me da la sensación de que me va a faltar alguno que me permita defender mi posición con aplomo.

—Déjame acabar, desgraciado —gruñó Baroja.

—Perdone...

—Con respecto a lo que me comentas, acertaba Schopenhauer al decir: *The answer, my friend, is blowin' in the wind...*

Le miré extrañado.

Y dije:

—Esa frase creo que es de Bob Dylan.

—Imposible —contestó tajante—. Conoceré yo la obra de Schopenhauer.

No discutí.

Dejamos atrás la vía principal y seguimos callejeando por aquel barrio que me recordaba demasiado al de mi infancia. Ahora el escritor estaba cabizbajo, solo se miraba los zapatos al caminar.

—¿Qué pinto en estos tiempos en Madrid? —dijo con tristeza—. Ya está mi estatua, que luce mejor que yo y siempre permanecerá así.

—Supongo que este es su sitio —dije.

Baroja caminaba con los hombros caídos.

Se giró hacia mí y replicó:

—Los muertos no tenemos sitio, Pablo.

No contesté, pero pensé que a veces los vivos tampoco.

Baroja se detuvo junto a la entrada de un garaje y me miró con angustia.

—Pablo —dijo—, ¿seguro que esos versos son de Bob Dylan?

—Yo diría que sí —contesté—, pero quizá también lo dijo Schopenhauer, no sé...

Baroja negó con la cabeza.

—Me desdibujo, Pablo.

—Ya me gustaría saber un uno por ciento de lo que sabe usted —dije para animarle.

—Y a mí —contestó Baroja, con una mueca de amargura—, ese el problema.

Estuvimos unos segundos en silencio y al fin pregunté:

—¿A dónde vamos ahora?

—Pablo, se ha acabado el paseo.

Miré a mi alrededor y vi una calle estrecha de bloques de tres pisos, sin balcones, con ventanas pequeñas y persianas sucias.

—¿Dónde me ha traído?

Baroja no dijo nada, solo levantó su bastón y señaló un portal. La puerta de la calle se abrió y apareció Elia.

La vi alejarse calle arriba.

20

Dos comediantes

Two Comedians, 1965
Óleo sobre lienzo, 73,7 x 101,6 cm

La mañana que Baroja me llevó hasta Elia, no me atreví a hablar con ella. Volví a mi barrio, y pasé la tarde caminando por Madrid. Esta vez sin el escritor a mi lado. Quizá lo mejor era, como decía Iggy, dejarla tranquila y esperar a que ella decidiese dar señales. Tampoco sabía cómo acercarme, ni qué decirle. Y, sin embargo, algo me empujaba a volver a verla. Si no quería saber nada de mí, tan fácil como darme media vuelta.

Al día siguiente, por la tarde, regresé. Creí que recordaba mejor dónde se ubicaba el bloque del que vi salir a Elia, pero una vez allí, no me pareció tan sencillo. Di un par de vueltas tratando de dar con algún detalle que me orientase, pero no había manera, todas las calles eran muy parecidas. Entré en un bar y pedí una cerveza. Me senté a una mesa desde donde podía ver el exterior. La gente paseaba a sus perros, caminaba con bolsas de la compra, empujaba carritos con bebés y lanzaba colillas en la acera. Aunque nadie era Elia. Me pedí otra cerveza y luego otra. Comenzaba a anochecer, así que pagué la cuenta y salí con intención de volver a casa.

Al girar una esquina me topé con un hombre con sombrero que caminaba —casi bailaba— de manera errática, agarrándose a las farolas y doblando su cuerpo de forma anárquica mientras extendía los brazos al aire. El hombre me hizo un gesto con la mano. No podría jurar que lo fuera, pero aquel tipo era igual que Tom Waits. Una mujer con el pelo corto y canoso se dirigió a mí.

—No, no es Tom Waits —dijo—; se parece, pero no es. Aunque yo sí soy Gloria Fuertes. Sigue al hombre.

Caminé hacia donde me indicó y al cabo de unos metros vi aparecer a Elia. Vestía con un una camiseta de *Saved by the Bell* y unas mallas cortas. Se quedó parada al verme.

Me acerqué a ella.

Y dije:

—¿Estás bien?

Elia enarcó las cejas.

Y dije:

—¿Piensas que estoy loca?

—No.

Nos dimos dos besos.

Y dije:

—¿Te apetece tomar algo?

—Claro.

Entramos en el mismo bar del que acababa de salir hacía unos minutos y nos sentamos a la misma mesa. En esos primeros instantes no hablamos mucho, era uno de esos momentos en que te sientes un desconocido con alguien que has tenido confianza, y notas que todo es frágil, que los antiguos códigos ya no valen, hay que crearlos de nuevo y dudas si seréis capaces y mides las palabras para no dar ningún paso en falso mientras te enfrentas a quien nunca hubieras pensado que verías como un desconocido.

—¿Te gusta mi barrio? —dijo Elia señalando a la calle.

—Está bien —aseguré—, se parece bastante al barrio en el que crecí.

—Se nota ya que anochece antes.

—Sí.

Pedimos un par de cañas.

—Pablo, me da mucha vergüenza, no sé por qué lo hago.

Aunque no te he mentido en todo —dijo Elia—. Con mi padre sí, claro, con lo de los viajes y mis estudios en Nueva York también. No me voy a ningún sitio. Aunque mi familia sí tenía dinero, en esto solo te engañé a medias, al menos lo tenía la familia de mi madre cuando yo era pequeña...

—Da igual, Elia, déjalo —dije.

La tarde anterior lo único que me prometí si veía a Elia era no pedir explicaciones. Ya lo hicimos con Lito y no fue bien.

—Perdóname por llamar a tu padre Panero —dije.

—No es lo peor que le han llamado —contestó con tristeza—. Después de lo que le llaman por este barrio suena hasta a halago.

—Lo siento.

—Su nombre es Manuel... Ha aceptado ingresarse durante un tiempo... no podíamos seguir así.

—Espero que sea para bien... —comenté.

—Me veo tan enclaustrada, Pablo, porque alguien se tiene que hacer cargo, y mi madre desde que se separó no quiere saber nada y la familia de mi padre...

Elia se detuvo y de repente estalló en un llanto que era incapaz de detener. Trataba de hablar, pero los espasmos del llanto y la respiración atropellada le impedían articular ninguna palabra con sentido. Elia se calmó un poco y pudo hablar, aunque ahora lo hacía para sí misma.

—No puedo más... Quiero que se acabe ya el verano, me asfixia esta vida... —las lágrimas le empapaban las mejillas y llenaban sus hoyuelos y resbalaban por las comisuras de sus labios—, quiero que sea otoño y que haga frío, ir abrigada y sentir el aire helado en mi cara y caminar por el centro y comprar un cucurucho de castañas asadas en la calle Preciados y que me den consuelo.

Saqué un par de papeles del servilletero y se los di. Ella buscó por el bolsillo de sus pantalones y encontró un paquete de pañuelos. Se sonaba la nariz y luego trataba de tomar aire.

—Nunca he sentido que tuviera padre... —dijo.

En una ocasión mi padre desapareció de casa una temporada. Una tarde vino una mujer del ayuntamiento con una carpeta bajo el brazo. Se presentó y comenzó a hablar con mi hermana Paloma. Yo me quedé a unos metros. La mujer tenía dos grandes paletas que le impedían cerrar la boca con normalidad. Mi hermana la escuchaba con atención. La mujer hablaba con una voz muy dulce sobre visitas, reuniones con otras familias y disponibilidad de psicólogos. A veces la mujer se giraba y me hacía alguna pregunta. Cuando se marchó la mujer, yo puse los dientes como si fuera un conejo e imité las frases que había dicho aquella señora. Mi hermana Paloma se rio mucho y cuanto más se reía, más dientes de conejo ponía al imitarla. No recuerdo haber ido a ninguna reunión de familiares y con el tiempo supe que aquellos días mi padre había estado ingresado en un centro para alcohólicos.

Tenía ganas de hablar de todo eso con Elia, pero no dije nada.

Ella estaba más calmada.

—He ido a hablar con mi médico de cabecera —dijo—, para que me derive al especialista.

—Eso está bien.

—¿Estoy *locata*?

—No me lo pareces.

—A veces me da miedo desarrollar algo peor —dijo—, heredar la enfermedad de mi padre... siempre ha sido un fantasma que me ha perseguido, y pienso que quizá ya se haya abierto esa puerta. Creo que debería dejar los porros.

—Yo te veo bien —dije con una sonrisa —, pero igual lo de los porros no es mala idea.

—Siento no haberte pillado el teléfono estos días.

—No pasa nada —la excusé—, solo quería saber que estabas bien.

El camarero se acercó hasta nosotros y se dirigió a Elia.

—¿Te está molestando este hombre? —dijo, mientras me señalaba.

—No —dijo ella.

—¿Queréis tapa?

—Sí.

El camarero se metió en la cocina. Al cabo de unos minutos nos trajo un plato enorme de patatas bravas y salchichas pequeñas.

—Cuando todo esto cambie —continuó Elia—, quiero retomar Comunicación Audiovisual; la dejé en tercero para ponerme a trabajar.

—Eso está bien.

—¿Sabes? Un día mi padre se presentó en la facultad. Yo quería irme de Erasmus, y él habló con mis profesores para decirles que no me dejaran ir. Ellos enseguida advirtieron que algo no cuadraba con él y se portaron muy bien. Pero él siempre me lo ha hecho pasar muy mal. No sé cómo lo hace, pero parece que tuviera un radar y muchas veces se ha plantado en mis trabajos y ha dicho barbaridades. No está bien, lo sé, pero lo he pasado mal. A veces, me gustaría seguir con mi vida y desentenderme... Me gustaría que todo esto pasase.

A veces las cosas no pasan. Quizá se acaben, pero siempre las tienes ahí. Admiro a la gente que cuenta experiencias del pasado como si no le afectasen ya, como si una gran brecha las hubiese alejado de ellos y relatasen un episodio de una vida que aunque suya, podría ser de cualquier otra persona. Para mí nada se desdibuja, siempre hay una continuidad de la que nunca logro distanciarme. Los malos recuerdos se pegan a la suela del zapato como mierdas de perro y solo te queda avanzar arrastrando los pies.

Miré a Elia y dije:

—Mi padre fue alcohólico durante un tiempo de su vida, cuando yo era niño; muchas noches llegaba a casa bebido y yo rezaba para que se fuera a dormir la mona sin liarla... no siempre era así.

—Hemos estado bien jodidos, ¿verdad? —dijo Elia.

—Supongo.

Es difícil hablar de las propias desgracias, muchas veces no resulta un desahogo, sino todo lo contrario, pero si encuentras a alguien con quien te sientes a gusto ya no hay quien lo pare.

Durante un rato incluso nos reímos de nuestras desdichas, hasta que le cogí la mano. Elia no la apartó, pero dejó de sonreír.

—Pablo —dijo con una ternura que me incomodó—, no sé lo que sientes tú, pero no estoy enamorada de ti.

—Vaya —dije.

—Aún tengo heridas que no se han cicatrizado y no me parecería justo para ti. Y ahora, como ves, no es el mejor momento de mi vida, ni sé cuándo lo va a ser. No estoy bien. Lo siento.

—No pasa nada —afirmé yo.

Elia miró a la calle y luego a mí, y dijo:

—Creo que no he superado una relación de hace años. Desde entonces me siento muy insegura y pienso que inconscientemente he buscado relaciones en las que domine la situación, aunque no dejarme llevar hace también que me implique poco emocionalmente. Luego no me siento llena, pero tampoco sé salir por no hacer daño a la otra persona. Y en fin, creo que eso me puede pasar contigo y no quiero.

—Para mí eres lo mejor de esta ciudad —dije—, eso sin duda.

Elia enarcó las cejas y preguntó:

—¿Y tú por qué viniste a Madrid? ¿Solo para ser actor?

—Sí —dije—, supongo que esa es la razón.

Yo también me pregunté muchas veces qué fue lo que me hizo ir a Madrid. Y nunca me había contestado con honradez. Tal vez la honestidad con uno mismo sea como el año cero en el calendario gregoriano: no existe. Siempre te quedas por delante o por detrás. La honradez más pulcra solo es algo que se les exige a los demás.

Elia pidió un par de cervezas. Y dijo:

—Creo que yo misma me creí el papel de chica alocada que se acerca al hombre melancólico recién llegado a la ciudad, que hacías tú.

—No soy melancólico —me quejé.

—Un poco te lo hacías —insistió con una sonrisa.

Me quedé en silencio unos segundos y solté:

—Igual eso también formaba parte de tus fantasías.

Elia cambió el gesto y yo me arrepentí de aquellas palabras nada más pronunciarlas.

—Perdóname —me excusé—, soy gilipollas.

—No pasa nada.

Hubo un largo silencio que rompió el camarero con un plato de alitas de pollo.

—Elia —dije—, mi padre acaba de superar un cáncer. Una tarde vino a mi casa porque a su edad se sentía solo y con miedo. Hacía tiempo que no sabía de él. Me duele reconocerlo, y más cuando veo cómo te ocupas tú del tuyo, pero yo no le perdono nada. No le culpo de todos mis males, pero no le perdono nada de la parte que le toca.

Me detuve y cogí aire. Una espada de doble filo atravesaba mi garganta desde el paladar hasta la boca del estómago. Elia me miraba sin decir nada.

Yo seguí:

—Supongo que esa es la razón por la que vine a Madrid realmente. Alejarme de él. No quiero saber nada, por la existencia de mierda que nos dio a mi hermana y a mí. No le perdono que se desentendiera toda la vida de nosotros. Crecimos como nos dio la ganas porque él nunca se ocupó de nosotros. Y vino en mi busca cuando ya se sentía débil. Pues ahora, a los treinta, yo quería buscar lo que él me negó siempre, porque nada de lo que soñé de niño él pudo matarlo, solo quedó latente. Y ni siquiera le pedía tanto. Eso fue lo que me hizo huir para comprobar que el mundo podía ser muchas más cosas de las que había visto hasta entonces. No quería que mi padre ahora también lo frustrara y me largué sin tan siquiera despedirme. Cuando llegué aquí y te conocí, no me lo podía creer, justo eras la persona que había esperado toda la vida encontrarme o supongo que es así como te quería ver y como quería que tú me vieras a mí. Quizá más que tu fantasía fue la mía.

Elia no decía nada. Yo no volví a hablar. Al cabo de un rato dijo:

—¿Te has escapado de casa, como cuando Tom Sawyer simuló su muerte por el Misisipi?

Sonreí. Y no dije nada.

Llegué a *Las aventuras de Tom Sawyer* por la serie japonesa, no por la novela. De crío, no tuve mucha opción de viajar, no había libros en casa, ni discos, nunca nos fuimos de vacaciones y a mi padre le interesaban más los bares y las tragaperras que mi educación. Aunque tuvo una cosa buena, nunca le gustó la tele, no dedicaba un segundo en ella. Era toda para mí. La tele se convirtió en la primera puerta por la que me colé a la vida. Con todo lo bueno y todo lo malo.

Elia me miró y dijo:

—¿Estás bien?

—Sí —dije.

—A ver, demuéstralo.

Imité a Robert De Niro mal.

—*You talkin' to me?, You talkin' to me?*

Esta vez lo hice como si fuera una actriz del Hollywood clásico, a lo Gloria Swanson en *El crepúsculo de los dioses*.

Elia soltó una enorme carcajada. E imitó ella también a Robert De Niro.

Seguimos hablando de nuestras miserias entre lágrimas, risas y cervezas. A su lado todo parecía menos grave, menos importante. Nos retamos incluso a ver quién soltaba la barbaridad más grande que había hecho su padre. No recuerdo quién ganó y ni siquiera me importa ya.

Nos quedamos solos en el bar. El camarero barría el suelo con las sillas ya en lo alto de las mesas, nos miró cansado y dijo:

—¿No tenéis casa?

Elia y yo nos miramos y comenzamos a descojonarnos de risa.

Nos levantamos, pagué la cuenta y salimos a la calle.

—Elia —dije—. Espero que te vaya todo muy bien.

—Igualmente, Pablo. Mucha suerte en la vida.

Nos dimos un abrazo. Y cada uno tiró por un lado. No llevaba ni diez pasos cuando Elia me llamó.

—Oye, Pablo —dijo—, al final no hemos visto la exposición de Hopper.

—No —dije con pesar.

—Una pena.

Elia me miró extrañada y dijo:

—Por cierto, ¿cómo sabías por dónde vivía?

Me encogí de hombros.

21

El cine Circle

The Circle Theatre, 1936
Óleo sobre lienzo, 68,6 x 91,4 cm

Afronté el casting como todas las oportunidades que me había brindado la vida hasta entonces: con una sensación de inminente fracaso que no me dejaba disfrutar del momento. No eran nervios propios de la tensión; se trataba más bien de un sentimiento de melancolía que se anticipaba a una derrota que haría evidente lo que hasta entonces solo era una posibilidad. Hay gente que vive las dificultades como retos; otros vivimos las oportunidades con angustia. El mundo imagino que es de los primeros.

Llamé al número que me pasó Iggy y me atendió una chica muy simpática. Me indicó dónde estaban sus oficinas, el día y hora a la que debía presentarme y poco más.

La mañana de la prueba salí del curro puntual, pasé por casa, me duché y me dirigí a las oficinas, cerca de la Gran Vía. Allí me recibió la persona con la que había hablado, una mujer de unos treinta años con el pelo moreno muy liso y un vestido ceñido de hilo. Se llamaba Celia. Me dio una hoja con el texto que tenía que interpretar y me indicó que tenía media hora para preparar la prueba.

En la sala había un par de tipos de mi edad, muy parecidos entre ellos. Pensé que los tres seríamos el mismo perfil que buscaban para el personaje. Nos saludamos y me senté en una esquina para memorizar el texto y pensar cómo debía enfocarlo.

Fui el último en entrar, después de una hora. Los otros dos ya se habían marchado. Salió Celia a buscarme y me llevó hasta una habitación con una mesa en el centro, un sofá y una cámara en una esquina. En la sala había un hombre de unos cuarenta y pico años con una gorra de los New York Yankees. Se presentó. Se llamaba Marco y era el socio de Celia. No hablaba demasiado, era ella la que se mostraba más cortés.

—Bueno, Pablo —dijo Celia—, nos ha contado Iggy que sois muy amigos.

—Sí.

—No sé si te contó de qué va un poco la cosa —siguió.

—No me contó mucho —dije.

—Bien —Celia hablaba con calma—, se trata de un proyecto especial del que no podemos contar demasiado. Buscamos al protagonista de un largometraje. Nos ha fallado el actor que ya tenía asignado el papel desde hacía meses, alguien consagrado y con mucha experiencia. Y esto que podría parecer un contratiempo, nos ofrece la oportunidad de situarnos en otro escenario. Marco y yo hemos pensado en abrir el abanico y buscar un rostro nuevo, pero que sea la persona ideal para el personaje.

—Bien, guay.

Lo dije con esa humildad teatralizada en la que te ves obligado en un espacio donde estás a prueba desde que entras por la puerta.

—Iggy nos habló de ti —continuó Celia—. Y es cierto que físicamente y por la edad encajas totalmente en el personaje, pero te tenemos que hacer una prueba para conocerte porque no depende solo de nosotros. Imagino que ya sabes cómo van estas cosas.

—Claro.

Marco se situó en una silla detrás de la cámara. Celia seguía a mi lado.

—Pablo, ¿te sabes el texto? —me preguntó ella.

—Creo que sí.

—¿Hacemos primero una lectura italiana? —propuso Marco.

—¿Cómo? —pregunté.

—Leemos el texto sin intención —aclaró Celia.

—Ah, sí, por supuesto.

Leí el texto a trompicones.

Celia me dejó acabar y dijo:

—Pues vamos allá. En cuanto haga una señal con la mano puedes comenzar.

Celia se colocó junto a Marco y levantó el pulgar.

Respiré hondo y comencé mi interpretación.

—Maldita seaaa, Indio, no te teeengo miedo —levanté el puño—, no te tengo mieeeedo, ¿dónde estás? Sé que me persigues porque yo fui Tooom Sawyer y tratas de vengaaaarte. No lo pudiste hacer con él porque fue más listo que tú. Un crío te robó el tesoro y acabó contiiiigo, por eso ahora vienes a por mí. Siempre me has perseguido, pero ya no te tengo miedo, ¿me oooooyes?

Celia paró la prueba. Se levantó y abrió una de las ventanas de la habitación.

—Estás sudando mucho, Pablo —dijo preocupada—; ¿te encuentras bien?

—Me siento raro —me excusé—. Igual es por la tensión de la prueba o porque este texto me resulta muy familiar.

—No sé —dijo Celia—. Igual es porque está basado en una obra de teatro con la que Steve Buscemi lleva tiempo triunfando en Broadway. ¿Puede que la hayas visto?

—No —contesté.

—En fin —siguió Celia—. ¿Estás mejor? ¿Quieres agua, una Coca-Cola?

—Agua —dije.

Celia fue a por agua. Marco me miraba sin decir nada.

Bebí y me preparé de nuevo. Celia me volvió a dar indicaciones.

—No subas tanto ahora, más calmado... —dijo.

—Está bien.

—Vamos allá.

Volví tomar aire y solté el texto:

—Maldiiiita sea, Indiiiio, no te tengo miedo —levanté el puño—, no te tengo miedo...

Ahora me detuve yo. Se me había ido por completo lo que tenía que decir. Estaba en blanco. Me acerqué a la hoja y le eché un vistazo. Tenía la camiseta llena de lamparones de sudor. Eso me ponía más nervioso. Seguí por donde me había quedado.

—¿Dónde estás? Sé queee meee persigues porque yo fui Tooom Sawyer y tratas de vengarte.

Marco me hizo un gesto para que parara.

—Está bien, Pablo, muchas gracias —dijo.

—¿Ya? —pregunté.

—Pablo —dijo Marco—. Le hemos hecho un favor a Iggy porque es un buen amigo y nos dijo que tenías algo y le creímos. Aunque te voy a ser sincero, sé que no tienes mucha experiencia y eso no es malo a priori. Pero ¿me puedes decir tu formación?

—Bueno, algún curso, no mucho. —Apenas me salían las palabras.

—Creo que te hago un favor —siguió— si te digo que para dedicarse a la interpretación hay que trabajar muy duro y formarse muchísimo.

—Marco, no es necesario —lo cortó Celia.

—Déjame... —dijo Marco— y creo que a ti, Pablo, te falta formación...

—Ya —dije.

—No digo que esto no sea lo tuyo —siguió Marco—, ojo, y nunca es tarde para dedicarse a lo que a uno le gusta y te animo a que lo hagas y quizá tengas ese algo que dice Iggy, pero ahora no lo veo.

Yo no decía nada. Escuchaba al otro lado de la cámara y asentía.

Celia se mostraba más afable. Me dijo:

—¿Quizá sea porque estás muy nervioso? No me gustaría acabar esto así, Pablo, y el tiempo de descuento también es parte del partido, así que si quieres hacer algo en lo que tú te veas seguro o improvisar, adelante. Quizá no para este papel, que no está hecho para ti, pero nosotros seguimos teniendo la oficina aquí...

—No sé —dije.

—Lo que quieras —me animó ella.

Tenía la cabeza totalmente en blanco. Quería salir de allí y a la vez no quería dejar mal a Iggy. Una idea se me cruzó por la cabeza.

Y dije:

—Puedo imitar mal a Robert De Niro en *Taxi Driver* de varias maneras.

—¿Cómo? —dijeron los dos a la vez.

—Da igual.

Salí de aquella prueba de casting con una enorme sensación de derrota, pero con una confianza plena en mis intuiciones sobre el propio fracaso.

22

Cinco de la mañana

Five A.M., 1937
Óleo sobre lienzo, 51,1 x 91,8 cm

El despertador sonó a las cinco de la mañana, como cada día de lunes a sábado durante las últimas semanas. Me preparé un café frío y llené un bol con leche y muesli con trocitos de chocolate. Desayuné en silencio sentado en una silla de la cocina.

Lucas salió de su habitación y se unió a mí, vestía con un pijama de dinosaurios.

—Buenos días —dijo, con un aspecto bastante más despierto que el mío.

—Buenos días.

Abrió la nevera, sacó un paquete de salchichas, las troceó, las metió un minuto en el microondas y luego las roció con kétchup. Se sentó a mi lado.

—Ese olor a estas horas me está revolviendo el estómago —dije.

—Para mí es la hora de la cena. ¿Quieres?

Negué con la cabeza.

—¿No puedes dormir?

—No —contestó Lucas—. Estoy viendo pelis y jugando a la Play y todo eso, cosas divertidas que no te gustarían.

Lucas aún tenía los puntos de sutura en la ceja y la cara amoratada, aunque la hinchazón había bajado algo. Se movía con lentitud, como si no quisiera forzar los huesos y músculos de su dolorido cuerpo.

El piso ya estaba totalmente limpio del destrozo que había hecho Lito, de quien no sabíamos nada desde su arranque de locura.

—¿Cada día te levantas a esta hora? —me preguntó Lucas.

—Menos los domingos.

—Porque vas a misa para escuchar el sermón del reverendo McGregor.

—Justo.

Acabé el bol de muesli y me encendí un cigarro para fumármelo mientras tomaba el café.

—¿Te molesta? —pregunté tras dar un par de caladas.

—Sí —dijo Lucas.

—A mí también el olor de las salchichas. Empate.

—Las salchichas solo me dan cáncer a mí.

—Bueno, si viene Lito, ya me iré al patio.

A Lucas se le cambió la cara.

—¿Tú crees que volverá? —dijo.

—Creo que no. Esta tierra ya la ha quemado.

Lucas metió el plato en el fregadero, se giró hacia mí y dijo:

—Pablo, estaría guay que te vinieras conmigo: Londres, la India, Brasil...

Apagué el cigarrillo y me llevé la mano a la barba.

—Me encantaría —dije.

—*Fantabuloso*.

—Pero hay un problema.

—¡Oh! —soltó Lucas.

—No tengo pasta —dije—; con las pocas horas que trabajo me he pulido lo que tenía ahorrado...

Lucas se quedó pensativo unos segundos y dijo:

—Ah, bueno. Si solo es por eso, no hay problemas. Te dejo yo pasta. Con lo que vayas ganando me lo devuelves. Todo de golpe. No quiero pequeños plazos, que luego me lo pulo sin enterarme.

Le di un abrazo y me volvía asegurar.

—¿En serio? —dije.

Lucas se rio. Y me advirtió:

—Hasta que no me devuelvas el último centavo que me debes, para mí serás una especie de sirviente por los países que recorramos...

Soltó una carcajada sobreactuada de malvado de película.

—También te puedo pegar una paliza como la de Lito —dije.

—Ya. No lo hagas, aún estoy recuperándome.

—Muchas gracias, Lucas.

—Solo es un préstamo, pero date prisa en sacar el billete de avión. Cuando me despierte por la tarde te doy todos los datos y te hago la transferencia.

Lucas se fue a su cuarto; antes de entrar se volvió hacia mí y dijo:

—Ah, y nada de fumar en espacios cerrados en este viaje. Mi dinero, mis normas.

—Hecho.

Lucas cerró la puerta. Yo me acabé el café, me puse los pantalones del uniforme, las botas de seguridad y una camiseta.

Salí de casa en dirección a la plaza de Legazpi a esperar a Benito, como cada mañana.

23

Anochecer en Cape Cod

Cape Cod Evening, 1939
Óleo sobre lienzo, 76,8 x 101,6 cm

Entré en el jardín del Thyssen y busqué un banco para sentarme. Se acercaba la hora de cerrar y grupos de turistas salían del edificio con folletos y souvenires de la tienda del museo. De sus bolsas sobresalían cilindros de papel de pinturas de artistas que admiraban, entre ellos la estrella de la temporada: Edward Hopper.

Pensé en entrar a ver la exposición del pintor americano, pero no tenía ánimo de enfrentarme a aquellos paisajes, a sus personajes y al recuerdo de Elia. Saqué el paquete de tabaco, ya no quedaban cigarrillos. Me levanté para tirarlo a una papelera y cuando regresé vi que Baroja ocupaba mi sitio.

Me senté a su lado. Estuvimos unos minutos en silencio mientras veíamos pasar a la gente.

—¿Por qué le gusta a la gente el arte? —pregunté.

—A la gente le gustaría que le gustase el arte —dijo—, pero la inmensa mayoría no tiene tiempo para que les llegue a gustar, solo tiene tiempo de consumir arte.

Negué con la cabeza y repliqué:

—Y aun así, creo que a todo el mundo le gusta el arte, incluso creo que todos tenemos un punto de artistas, otra cosa es que lo saquemos a lo largo de nuestra vida. O que incluso sepamos que lo somos. Es algo que no tiene que ver con la capacidad técnica. Eso es lo que creo.

No me contestó. Los silencios con él ya no eran incómodos. Aunque aquella tarde parecía más abstraído que de costumbre.

Baroja habló sin mirarme:

—Pablo, me he cansado de desgastar las aceras de esta ciudad.

—Imagino que tarde o temprano debe pasar —contesté.

Se giró hacia mí.

—No quiero vagabundear por unas calles de las que ya no recuerdo ni su nombre ni su historia. He tratado de aferrarme a la ciudad contigo, no ha servido y además sé que te vas, muchos lo hacéis, porque a veces esta ciudad con toda su solidez solo es una larga parada en el camino y al final la gente regresa a su hogar. También sé que cuando te vayas, me volveré a sentir solo, cada vez más desorientado y errante para acabar convertido en una sombra que habite las calles. Nadie quiere ser una sombra.

—¿Y qué va a hacer?

—Me marcho, Pablo —dijo tajante.

Me puse derecho y le miré sorprendido.

—¿A dónde?

Baroja levantó su bastón y señaló al museo.

—¿Al Thyssen? —pregunté.

—No, calamidad —protestó.

—Entonces... —No sabía a qué se refería.

Baroja dijo:

—Me voy a las pinturas de Hopper.

No percibí ningún atisbo de sarcasmo.

Baroja apoyaba una mano en la empuñadura del bastón y con la otra agarraba el eje.

—Quizá encuentre complicidad en gente que también se siente sola y no lo esconde. Es en los paisajes de ese artista que ahora empiezo a apreciar donde quiero acabar mis días.

—Entonces ¿el arte no se paró con el impresionismo?

—No he dicho que me embriague Hopper —matizó Baroja—, solo que ya no me disgusta. Quizá cuando esté dentro de sus pinturas me llegue a entusiasmar.

—Un poco le envidio —dije.

—Los que no creemos en Dios nos construimos el cielo a medida.

Baroja soltó una risa socarrona.

Y añadió:

—Además, por una vez quiero ser yo el personaje.

—Me parece raro decir esto —dije—, pero creo que le echaré de menos.

—Déjate de sentimentalismos —se quejó—, me abochornas.

—Es así —insistí.

—Pablo, escúchame, se me ha acusado de ser una persona que se contradijo a lo largo de su vida. No opinaré sobre ello, pero te puedo decir que nunca tengas miedo a contradecirte. La contradicción nos hace más humanos. Y con el tiempo quién sabe si más sabios. Aunque tampoco me hagas mucho caso a estas alturas.

Baroja apoyó sus dos manos sobre el bastón y cerró los ojos.

—¿Se va a algún cuadro en especial? —pregunté.

—Me voy a todas las pinturas en las que no haya asfalto, ya he tenido suficiente en mi vida. Ahora quiero descansar cerca del mar. Pasear por la costa y dejar de desgastar las aceras para llenarme los zapatos de arena.

—Pues para eso podría irse a Águilas —sugerí.

Aun con los ojos cerrados Baroja acertó a golpear mi espinilla con su bastón.

—¡Silencio! —gruñó—. Tengo que concentrarme. En el Thyssen también hay una retrospectiva de Jackson Pollock, y como por tu culpa acabe siendo una salpicadura en una de las obras de ese cretino, será lo último que veas en tu vida.

—Perdón —me disculpé.

—Bueno, pues venga, adiós —dijo Baroja con seque-
dad—. Creo que llegaré para ver anochecer en Cape Cod.

—Hasta siempre, don Pío.

No volví a hablar. Baroja desapareció.

Y Madrid me pareció un poco más vacía.

CUARTA PARTE

PRINCIPIOS DE SEPTIEMBRE

1

Autómata V

Automat, 1927
Óleo sobre lienzo, 71,4 x 91,4 cm

Septiembre pertenece al verano solo de forma administrativa, pero en realidad es ya otra estación; tampoco es otoño, por supuesto, quizá porque cuatro estaciones se quedan cortas para dividir un año y solo sean eficientes para dar nombre a una pizza o un grupo de conciertos.

Aquella madrugada de principios de mes hacía más frío que los días anteriores. Esperaba a Benito en la plaza de Legazpi con las manos cruzadas en los brazos, pensando que hubiera sido buena idea ponerme una camiseta de manga larga.

Dieron las seis menos veinte de la mañana y no aparecía. No era normal que Benito se retrasara. Aguanté cinco minutos más y como no apareció, ni cogía el móvil, comencé a caminar.

Llegué unos veinte minutos tarde al supermercado. El encargado estaba con Darko en el camión de los frescos; cuando me vio aparecer me pasó la PDA y se fue a planta. Luis Jesús tampoco sabía nada de Benito.

Darko soltó una carcajada y dijo:

—Aquí el único que no llega tarde hoy es el bosnio.

Mientras recepcionaba la mercancía del día, vino a verme un tipo al almacén. Era de la empresa de Benito, se presentó y me dijo que durante los próximos días vendría él porque aquella misma mañana Benito había dejado la empresa. Había decidido con su familia dejarlo todo, largarse de Madrid y vivir en su pueblo. Admiré a Benito.

Antes de despedirme de Darko eché un vistazo a las esquinas del almacén por si había cámaras. Al fondo, junto al montacargas, vi algo en el techo que podría ser una, pero no estaba seguro.

Busqué una bolsa y comencé a echar productos de la zona de merma: cuñas de queso con la etiqueta arrancada, paquetes de ensaimadas abiertos, pero con las piezas intactas; botes de detergente con el tapón roto; latas de albóndigas a punto de caducar. Solo dejé un par de latas de cocido para mí. Le di la bolsa a Darko.

—Mejor no, Pablo —dijo apurado.

Salí a la calle, le dije a Darko que me abriera la puerta de la cabina de su camión y dejé la bolsa en el asiento. Le firmé y sellé el albarán y me despedí.

—Nos vemos mañana —dije.

Al entrar de nuevo en el almacén, el encargado me dijo que me pasara por el despacho del gerente, porque Patricio quería hablar conmigo.

La puerta del despacho estaba abierta, me quedé bajo el quicio. Patricio estaba muy concentrado en el teclado del ordenador.

—Hola, ¿quería verme? —pregunté.

—Sí, siéntese, Pablo.

Patricio se frotaba las manos y buscaba las palabras idóneas para arrancar a hablar. Al fin lo hizo.

—Pablo, ¿cree que ha trabajado duro en esta empresa? —preguntó.

—He trabajado más de lo que me tocaba —dije.

—A veces lo que uno cree que es mucho, no lo es.

—¿Cómo?

—Hay mucha gente esperando ahí fuera su puesto de trabajo —aclaró.

No dije nada. Patricio continuó hablando.

—Pablo, yo también fui un joven rebelde.

—Vaya.

—Conozco lo que se siente cuando el mundo te parece un lugar inhóspito y no encuentras tu sitio.

—Al final usted lo encontró —dije.

—Sí, lo encontré.

—Me alegro.

—¿Cuánto lleva en esta empresa? —preguntó Patricio.

—Un mes y algo.

—Para mí ya es suficiente —dijo—. Voy a hacerle por la empresa y con un contrato indefinido. No es la política de esta casa, pero lo voy a luchar, de algo me tiene que servir llevar treinta años aquí.

—Vaya, gracias —dije—. ¿Veinte horas?

—Cuarenta horas si puede ser. Pablo, encontré mi sitio en esta vida porque hubo gente que confió en mí cuando ni yo mismo lo hacía.

—Está bien eso —dije.

—Pablo, no me provoca usted ninguna simpatía —continuó Patricio—, pero hago esto por su hermano Alberto y por el joven que fui yo.

Respiré hondo y dije:

—Sabe que no tengo hermanos, ¿verdad?

—Espero que sepa aprovechar esta oportunidad —siguió—, hay trenes que solo pasan una vez en la vida. Súbase a este tren.

—Claro —dije.

—Es todo, que pase buena mañana.

Me levanté, y seguí con mi trabajo. Al acabar, pasé por la zona de merma y eché un par de latas de cocido en mi mochila.

Salí del supermercado y volví a casa en la Línea 6 de metro.

2

Casa junto a las vías del tren

House by the Railroad, 1925
Óleo sobre lienzo, 61 x 73,7 cm

En la cocina del piso, Lucas y yo preparábamos los detalles del viaje. Él iba enumerando las cosas que aún nos faltaban por hacer y yo apuntaba en un cuaderno.

—¿Tienes el pasaporte en regla? —preguntó.

—Sí.

—¿Te has sacado el billete ya?

—No.

—¿No? ¡Joder! ¿Para eso te dejo la pasta? —protestó—. Espabila, Pablo. Cada día que te atrases te va a salir más caro el billete. Y trata de pillar el mismo avión que yo. ¿Tienes el número de mi vuelo?

—Sí.

—Bien.

Cerré la libreta y me levanté a por una birra.

—¿Sabes que me van a hacer fijo en el supermercado? Cuarenta horas.

—Anda, no sé qué decirte... —dijo Lucas—. ¿Felicidades?

—Sí, por ejemplo —contesté.

—¿Y qué vas a hacer ahora? ¿Eso cambia tus planes?

Me senté de nuevo y abrí la lata de cerveza.

Firmar un contrato indefinido me daría estabilidad y tiempo para pensar en lo que quería hacer con mi vida. Aunque tal vez esa fuera mi vida.

De pronto oímos que alguien abría la puerta de la calle.

Lucas y yo nos miramos y mantuvimos la respiración. Por la puerta de la cocina apareció Sara, estaba mucho más morena que cuando se fue a finales de junio. Arrastraba un par de maletas y un paquete de ensaimadas.

—¡Hola, chicos! —dijo con una enorme sonrisa—. ¿Qué tal el verano?

Nos levantamos y le dimos un par de besos. Lucas se centró en las ensaimadas.

—¿Son para nosotros?

—Para el piso en general —puntualizó ella.

Sara se fijó en la cara de Lucas y con su mano le movió la barbilla para observarla mejor. Aún le quedaban algunas zonas amoratadas.

—¿Qué te ha pasado?

—Disparidad de opiniones con el coctelero del piso —dije yo.

—¿Con Lito? ¿Dónde está? —preguntó Sara.

Nos encogimos de hombros y le contamos lo que había pasado y que desde entonces no sabíamos nada de él. Sara metió las maletas en su cuarto y volvió a la cocina. Movía la cabeza y se mordía el labio sin dar crédito a todo lo que le contábamos.

—Madre mía —dijo—, un poco flipado sí era, pero no parecía mal chico.

—A mí también me parecía que no tenía tan buena derecha —dijo Lucas—. Ya ves, juicios precipitados

Sara se rio y fue hasta la nevera.

—¿Puedo coger una cerveza? —preguntó.

—Claro —dijo Lucas.

—¿Y qué vas a hacer? ¿Denunciarle?

—No. Ya me da igual —respondió Lucas—. Pablo y yo dejamos el piso y Madrid la semana que viene. Nos vamos a Londres y después a la India. Ahora somos socios.

—¡Vaya! ¡Enhorabuena! —dijo Sara—. Pues yo también tengo novedades.

Sara dio un trago a su cerveza, sonrió y dejó una larga pausa.

—Cuenta —exigió Lucas.

—Este verano he dejado a mi pareja —dijo Sara—, después de tantos años, con planes de boda, con un piso a medias...

—Joder —soltamos a la vez Pablo y yo.

—Sí, en realidad no estábamos bien —continuó Sara—, seguíamos por inercia, pero una noche por Palma conocí a alguien y lo cambió todo. Trabaja dando clases de educación física en un instituto. Y encima es de Madrid. Así que también dejo este piso, me voy a vivir con él justo al lado de la estación de Chamartín. Y yo qué sé. La vida es muy corta, ¿no? Ha sido un mes genial. Creo que no me he equivocado, y si lo he hecho, pues a apechugar. Eso solo significará que estamos vivos, ¿no?

—Bien hecho —dije yo.

—Espero.

Sara acabó la cerveza y se fue a la ducha.

Yo salí del piso en busca de más cerveza. En el rellano me encontré a mi vecina. La anciana iba acompañada de una pareja de unos cincuenta años. Al verme se dirigió a mí.

—¡Usted! ¿Vive aquí? —preguntó de forma inquisitorial.

—Sí —contesté—, en esta misma puerta.

La anciana estaba bastante más desmejorada que cuando se fue a principios de agosto. Parecía que hubiese pasado mucho más que un mes desde entonces. Miró a sus acompañantes, me señaló y dijo:

—Este es el que se caga en el portal y por todas partes...

—Venga, mamá —dijo la chica apurada, mientras abría la puerta de la casa.

—¡Sinvergüenza! —me gritó la anciana—. ¿Por qué se caga en el portal, eh? ¿Por qué se caga?

—No sé —dije yo.

Su hija me miró y me hizo un gesto con la cara para que no le hiciera mucho caso. El hombre con disimulo se llevó el dedo índice a la sien y lo movió. Yo les sonreí para que vieran que no le daba importancia y bajé las escaleras hasta la calle.

3

Ventanas en la noche II

Night Windows, 1928
Óleo sobre lienzo, 73,7 x 86,4 cm

El día antes de marcharme me pareció buena idea escribir a Elia para decirle que dejaba Madrid. No me contestó al mensaje, y no quise llamarla.

Aquella misma tarde recogí lo poco que tenía en la habitación, saqué el póster de *Soir Blue* de su marcó, lo enrollé con cuidado y lo metí en la maleta. Abrí la persiana para que entrara algo de aire fresco. Desde dentro de mi cuarto podía ver el patio interior del edificio, las ventanas y los pequeños balcones que se alzaban pegados unos con otros hasta el último piso. No se oía ningún ruido.

Alguien llamó al timbre. Abrí la puerta y se presentó un mensajero que traía un paquete para Lucas de parte de Seguros MAPFRE. Me dejó una carta de la empresa y una bolsa transparente que parecía que contenía un chubasquero enorme de color rojo. Me hizo gracia pensar que esa prenda sería idónea para pasar el otoño en Inglaterra. Le di mi nombre y mi DNI y el chico se largó.

Antes de cerrar la puerta, alguien me saludó desde las escaleras.

Era Elia.

—¡Hola! —dijo con una tímida sonrisa.

—Hola.

—¿Te apetece dar una vuelta?

Me puse las zapatillas y salimos a la calle.

Caminamos en dirección al Thyssen. Elia parecía animada, su padre estaba más estable.

Era extraño y curioso, ahora que ya no me quedaba nada de tiempo en la ciudad, las calles de Madrid me parecían un lugar extraño por el que no había pasado nunca.

Al llegar al museo, Elia saludó a Sebas, el guardia de seguridad que vigilaba la puerta.

—No más de media hora —dijo el hombre.

—Hecho —contestó ella.

Entramos al edificio y caminamos en dirección contraria a los visitantes que se dirigían a la calle. Se acercaba la hora de cerrar. Nos quedamos solos en una de las salas del Thyssen, rodeados de cuadros de Edward Hopper. Elia se sentó con las piernas cruzadas y yo me estiré junto a ella, con los codos apoyados en el suelo y el cuerpo ligeramente levantado.

Elia me miraba y sonreía y los hoyuelos se le marcaban.

—¿Has visto? Tenemos el museo para nosotros —dijo—, no quería que te fueras sin ver la exposición.

La sala se quedó en penumbra y poco a poco una luz crepuscular con tonos rojizos, violetas y anaranjados iluminó el museo. El silbido de un tren sonó a lo lejos.

Frente a nosotros una mujer con el pelo recogido nos observaba sentada en una cama de un motel, tras ella había un enorme ventanal con las cortinas recogidas. El sol de la mañana iluminaba la habitación del motel. A través de la amplia ventana se podía ver el capó de un automóvil y más allá, áridas montañas. La mujer nos miró con tristeza. Y dijo:

—Siempre he querido estar preparada para ese momento que lo cambie todo y nunca acaba de llegar. Y si ha llegado ya, sin duda me ha pillado sin estar preparada.

Las paredes del museo desaparecieron y de pronto todo quedó en una gran estancia atravesada por una carretera con casas de madera de dos pisos a los lados. Al fondo se podía ver un bosque.

—No quiero saber cuánto costará el alquiler de esas viviendas —bromeó Elia.

—Creo que no nos lo podemos permitir —apunté yo.

Una chica aguardaba en el pasillo de un cine de Nueva York sin reparar en nosotros. Permanecía de pie, cabizbaja, con una mano en la barbilla. El murmullo de la película que proyectaban sonaba a lo lejos.

—¿En qué crees que estará pensando? —pregunté.

—Parece que recuerda a alguien que le hizo daño —sugirió Elia—. Y no se atreve a contarlo. Una escena de la película se lo ha traído de vuelta.

—Curioso —dije—, porque diría que la película es *Gremlins 2*.

—Obra maestra —respondió Elia.

Del suelo comenzó a crecer una fina hierba y el techo del museo se abrió y dejó ver el cielo estrellado.

En la terraza del café del cuadro *Soir Blue,* me pareció distinguir a un tipo con boina que me recordó a Pío Baroja; el hombre escuchaba a sus acompañantes con un cigarro en la boca. Discutían de filosofía y de arte.

De pronto la figura del hombre desapareció y alguien me habló.

—Ese podría ser yo, Pablo —dijo Baroja—. Hice escala en París antes de regresar a Madrid.

El escritor estaba junto a nosotros en la sala del Thyssen. Vestía como siempre.

—Poco ha durado por allí —dije.

—Demasiada humedad —protestó Baroja—. Además vosotros solo contempláis una parte de las pinturas, todo lo que no veis tampoco es tan interesante. Un desastre todo. No me interesa Hopper.

Elia y yo nos reímos y lo lamentamos.

—Supongo que mi sitio está en las calles de esta bendita ciudad —siguió Baroja—. Además, he encontrado a alguien a quien le gusta disfrutar del camino y pasear con calma, sin prisas por llegar a ningún sitio.

A su lado estaba el falso Antonio Vega, encorvado y con las manos en los bolsillos. Nos saludó con timidez.

—No es mal chaval —dijo Baroja—. Sabe de todo y habla lo justo. Creo que me gusta más que tú, Pablo. Con él quizá esté menos perdido por esta ciudad y estos tiempos.

—Me alegro —dije.

Baroja miró a Elia.

—Me gusta tu amiga. —Se quitó la boina y la saludó—. Encantado.

—Igualmente —dijo Elia.

—¿Sois novios? —preguntó el escritor con una sonrisa burlona.

—No —dijo Elia.

—Haces bien —replicó Baroja.

—Eso creo yo —contestó Elia.

Baroja se ajustó el gabán y echó a andar con su nuevo acompañante. Le llamé por última vez.

—¡Baroja! —grité—. Creo que ya sé dónde va ese tren en el que iba montado de crío.

—¡Hombre! Al fin. —Baroja suspiró aliviado.

—No es un tren —dije—, es un coche de metro, de la Línea 6, la Circular. No he parado de dar vueltas en el mismo trayecto toda mi vida. Es así de simple.

Baroja se llevó la mano a la frente y meneó la cabeza con disgusto.

—La madre que te parió. Eres idiota —se quejó—. Nunca es así de simple.

—Vaya —me lamenté.

—Adiós, Pablo —dijo—, sigue dándole vueltas hacia dónde te lleva ese tren. Por aquí estaremos si alguna vez decides volver para desgastar las aceras de Madrid.

Cuando Baroja llevaba unos metros, se volvió.

—Ah, se me olvidaba —dijo—, si pasas por el 315 de Bowery entre la Primera y la Segunda, encontrarás a David Bowie. Le he hablado de ti. Dale recuerdos.

Y Baroja desapareció por el pasillo del museo con su nuevo amigo.

Un grito rompió el silencio.

—¡¡Hasta siempre, maestro!!

Era Ernest Hemingway. Estaba sentado en el porche de una casa con una botella de whisky en la mano. Luego se dirigió a mí en un tono brusco.

—¡Malditos lloricas! —gritó—. Sois una panda de melifluos que no tenéis ni media hostia. ¡Vosotros sí que sois una generación perdida! Y ni siquiera sois originales con el nombre. Te miro, y me dan ganas de abofetearte. ¡Qué diablos, un escarmiento te vas a llevar!

Hemingway se levantó de golpe y vino hacia mí con el puño levantado. Me arrastré por el suelo para alejarme de él. Julio Cortázar, Javier Krahe y Raymond Chandler lo detuvieron.

—¡Dejadme que le dé su merecido a ese medio hombre! —gritaba Hemingway mientras se lo llevaban.

Las casas de madera dejaron paso a calles asfaltadas y grandes bloques de ladrillos.

Una chica con un vestido blanco y un sombrero que la protegía del intenso sol aguardaba en las escaleras de un edificio. Se apoyaba con su mano en una de las dos columnas que flanqueaban la entrada.

—¿A quién esperará? —pregunté a Elia.

La chica no dejó que Elia contestara. Nos miró y habló ella misma.

—No espero a nadie. He discutido con mi novio. Simplemente pienso que es imbécil y que me gustaría irme a Europa y conocer el Viejo Continente. Creo que ahí es donde realmente pasa la vida y no en esta triste calle de esta triste ciudad.

En una pequeña oficina, un hombre de mediana edad observaba abstraído los edificios envejecidos y grises de una ciudad pequeña. Permanecía sentado delante de una enorme mesa. Habló para sí mismo.

—Si me hicieran jefe de compras todo sería diferente, pero creo que Roger Epstein, de personal, está jugando sucio.

Me giré hacia Elia.

—No me hubiera importado trabajar en una aburrida oficina —confesé—. Te aseguro que es mucho mejor que la mayoría de los trabajos que he tenido.

Elia se rio.

Un hombre con traje gris oscuro y sombrero a juego bebía en la barra de un bar de espaldas a nosotros. Se giró y nos habló.

—Quizá te pase como a mí. Antes solo sabía hablar robando frases que había leído, ahora ya ni siquiera me acuerdo. Solo nos queda seguir adelante, amigo.

El hombre pegó un trago a su copa y se dio la vuelta, y una brisa que traía olor a mar comenzó a soplar.

Elia sacó de su bolso un paquete envuelto en papel de regalo y me lo entregó.

—Te he traído un regalito —dijo—. Ábrelo mañana.

Luego me miró y añadió:

—No es tarde para que las cosas nos vayan bien, Pablito.

—Supongo que no.

Le di las gracias por el regalo.

Y las luces se apagaron y las estrellas en el cielo dejaron de brillar y la hierba se secó bajo nuestros cuerpos.

4

Verano en la ciudad

Summer in the City, 1950
Óleo sobre lienzo, 76 x 51 cm

Saqué las maletas de mi habitación y las dejé en el vestíbulo del piso. Me serví un café y me lo bebí mientras escribía una nota. No se me da bien expresar en papel cosas muy personales a la gente, ni siquiera felicitaciones de cumpleaños, le doy demasiadas vueltas y al final me acaba saliendo un churro, pero Lucas se la merecía.

Le pedí que me perdonase por dejarle tirado. Aquella tarde nos teníamos que ir a Londres como paso previo para emprender nuestro negocio de compraventa en la India. Me lo imaginé levantándose un par de horas más tarde, leyendo lo que le había escrito y cagándose en mí. Seguro que pensaba que aquel viaje con él era demasiado apasionante para una persona como yo a la que no le gustaba nada divertido.

Le prometí que en cuanto pudiese le devolvería el dinero que me había dejado, y con intereses. Y quién sabe, si todavía me dirigía la palabra, me podía unir a él más adelante, pero ahora no podía, sentía que tenía pendiente cerrar otros asuntos. Para acabar le daba las gracias por el verano que había pasado con él en Madrid y le deseé toda la suerte del mundo.

Quien no se lo tomaría tan bien sería Iggy. La mañana siguiente era el día previsto para secuestrar al perro del publicista. Estaría ultimando los detalles. No le dije nada a Iggy de que Lucas y yo nos bajábamos del carro del secuestro, todo aquello ya me quedaba muy lejos.

Al final los negocios fracasan porque siempre es tu socio el que te deja con el culo al aire, nunca se van a la mierda por ti. Pensé que yo sí podía decir que había dejado tirados a mis socios.

Salí del piso y caminé hasta el paseo de la Chopera. A las cinco de la madrugada no había nadie por la calle. Paré un taxi y le dije que me llevara al aeropuerto.

En el coche abrí el regalo que me había dado Elia el día anterior. Era un libro: *Las aventuras de Huckleberry Finn*. La dedicatoria decía así:

Sucede que hay segundas partes que son mejores que sus predecesoras. Es el caso del libro que tienes entre los dedos. Espero que lo disfrutes si no lo has leído. Tengo que confesarte que Tom Sawyer siempre me pareció un niño un poco idiota. En cambio, Huckleberry, su amigo asilvestrado, creo que es un auténtico héroe, con esa capacidad de sobreponerse con tan poco a los golpes de la vida. Espero que el Misisipi sea como siempre has creído. Que te vaya muy bien en lo que elijas, querido Pablito.

No tenía claro lo que quería elegir en el futuro, ni siquiera sabía si tenía la capacidad de elegir. Ahora solo me estaba dando un tiempo de tregua. Otra vez. Solo quería viajar a Estados Unidos unos días y llegar hasta el río Misisipi. Y tal vez navegar por él hasta las orillas de Nueva Madrid. Si la cosa no había ido bien en una ciudad fascinante con un río pequeño, quizá funcionaba en una ciudad pequeña con un río fascinante. Y luego regresar a mi casa, despedirme de mi padre, y tal vez volver de nuevo aquí y buscar un trabajo y esperar a que me hicieran indefinido. O hacer un curso de teatro y apuntarme a alguna compañía amateur. O tal vez irme a la India con Lucas. No sé. Es la ventaja de no ser nada: puedes ser cualquier cosa.

El taxi se detuvo en un semáforo y me pareció ver por la calle Goya a Julia, la amiga de Elia que cantó *Perlas ensangrentadas* en el karaoke. Cruzaba un paso de cebra acompañada de un grupo de gente.

Me gustaba la lista de música que sonaba en aquel coche, de *El bello verano* pasó a *Ain't Got No, I Got Life* de Nina Simone.

> *I got my arms, got my hands*
> *Got my fingers, got my legs*
> *Got my feet, got my toes*
> *Got my liver, got my blood*

El taxista no dejó que acabara la canción y cambió a *Un ramito de violetas* de Manzanita. En fin, la narrativa me pedía otra cosa en aquel coche mientras me despedía de Madrid y del verano, pero qué más daba, si quieres que tu existencia sea perfecta, quédate a vivir en un cuadro de Hopper, ahí hasta la angustia posee un aceptable aire estético.

Quise hacer recuento de todo lo que me llevaba de esa ciudad, además de un niño apadrinado —se me olvidó darme de baja de la ONG de Lola—. Alguna vez leí que si no has pasado un año en un lugar no puedes decir que lo conoces realmente. Es necesario pasar el otoño, el calor, los días más cortos y las noches eternas y frías, las fiestas y los días grises. En tres meses, sentía que apenas conocía nada de la ciudad, salvo los mismos sitios por donde me había perdido una y otra vez. Algo parecido se podía decir de lo que había aprendido a mis treinta y cinco años de la vida.

Estamos atrapados en un puñado de canciones, atrapados en una docena de calles, en un país en el que nacemos por casualidad; estamos atrapados en nuestras capacidades y las ganas de luchar con las que te levantes cada mañana, atrapados en un mundo al que no le importas más que por tu capacidad de consumir, de ser útil, de estar dispuesto a divertirte después de horas de trabajo; atrapados en aquella época que fue la mejor de nuestra vida; atrapados en recuerdos que se enredan y distorsionan como una telenovela mala, atrapados en eslóganes publicitarios de un director creativo que ya solo se habla con la hija pequeña; atrapados en unos padres que hicieron lo que pudieron, porque ellos a su vez también tuvieron sus propios fantasmas; atrapados en nuestros miedos, en nuestras causas justas, en lo que opinarán los demás y en nuestros propios prejuicios; atrapados cada día que pasa en mitad de ningún sitio.

Y con esos mimbres, lo terrible es que solo tienes esos escasos mimbres, debes enmarcar tu vida: encuentra alguien a quien amar, date un lujo de vez en cuando, sé lo mejor persona que puedas y saca tres veces al perro. No somos especiales, no más que ese vecino que detestas. Y el próximo verano tampoco lo cambiará todo. Solo será otra bella promesa que no se cumple.

Aunque aún nos queda contar nuestras irrelevantes miserias, porque las historias no son solo de los que tienen algo que contar, de los que dominan la gramática o de los que poseen una mirada personal y única, un discurso elaborado y una biografía apasionante. Las historias también pertenecen a los que no tienen en apariencia nada que contar, a aquellos que la vida se les escapa entre los dedos, a los que su relato es que no tienen relato.

A través de la ventanilla del taxi veía cómo dejaba atrás Madrid y brillaban cada vez más lejanas las luces de la ciudad. Pronto amanecería y sus calles recobrarían el ímpetu cotidiano, pero yo no estaría ya entre las personas que las poblasen, a mí me esperaban nuevas aceras que desgastar.

Agradecimientos

Quiero dar las gracias a todas las personas que con su confianza, apoyo y generosidad me dieron impulso para terminar esta novela.

Especialmente a mi familia: Carmen, Raquel, Javi, Almu y Mario, por ser tan buena gente. Estoy orgulloso de haber crecido junto a vosotros. Algún día Carla y Alma leerán el libro, supongo. Cuando lo hagan, tengo la esperanza de que sean benévolas.

A Lucía, por estar a mi lado y apoyarme durante todo el proceso, por sus consejos, por aguantar (y aguantarme) tantos días de encierro antes del gran encierro, por hacerme crecer cada día y por llorar y reír juntos. Con esto que tenemos, ¿qué hacemos?

A Alberto Marcos, por confiar en mí, por sus siempre acertadas observaciones, por la paciencia para las entregas, por su ímpetu contagioso y por cuidar tanto la edición.

A todo el equipo de Plaza & Janés, porque nada sale adelante sin el esfuerzo colectivo.

A mi familia del restaurante Venta la Rata, un pequeño paraíso a las faldas de sierra Espuña, en Totana, por su gran humanidad y por cuidarme siempre tan bien. Allí, durante el verano de 2019, escribí una parte de la novela; y, con toda seguridad, no hubiera sido posible sin las recetas de Antonia.

A Zahara, por su talento, por su generosidad y por las conversaciones que tuvimos cuando la novela solo era un proyecto.

A Miguel Anómalo, porque comencé a poner diálogos a cuadros de Hopper una madrugada de procrastinación en la que debía acabar el guion de un podcast que hacíamos juntos. Y porque el cruzarme con él en la vida creo que indirectamente tiene algo de culpa en que este libro sea una realidad.

A Nacho, por inspirar algunos momentos de la historia.

A Ana, lectora voraz, que me animó a seguir porque quería saber más.

A Luke, por estar; y por darme tantos ejemplos de regalos absurdos de empresa. Si de esta novela se lanza algún objeto promocional, tu padre será el primero en tenerlo. Y a Alfredo, por sus paellas, y por muchas cosas más.

A Pati, por explicarme con tanto detalle cómo se realiza una prueba de casting, aunque luego yo lo hiciera a mi modo y peor.

A Susana y Jess, que siempre me animaron para que viniera a vivir a Madrid.

Y, por supuesto, a Madrid (y a todas las personas que son parte de mi vida gracias a ella, las que están y las que se tuvieron que marchar; Anna, tú entre ellas), porque después de muchos años, aún conservo el entusiasmo por esta ciudad.

Acabé la novela pocos días antes de comenzar la cuarentena por el coronavirus. Si la vida es como un cuadro de Hopper, los días inciertos de encierro y distanciamiento lo han evidenciado de manera necesaria y dolorosa. Así que esta novela también te la dedico a ti. Gracias.

Índice

TERCERA PARTE
AGOSTO

CUARTA PARTE
PRINCIPIOS DE SEPTIEMBRE